I0655676

Exemplaire de l'édition originale
dans sa reliure primitive, d'une taille
inconnue jusqu'alors 0,164 mill.
les plus grands exempl. ont 160 et sont
fort rares

Duchemin DeVilliers

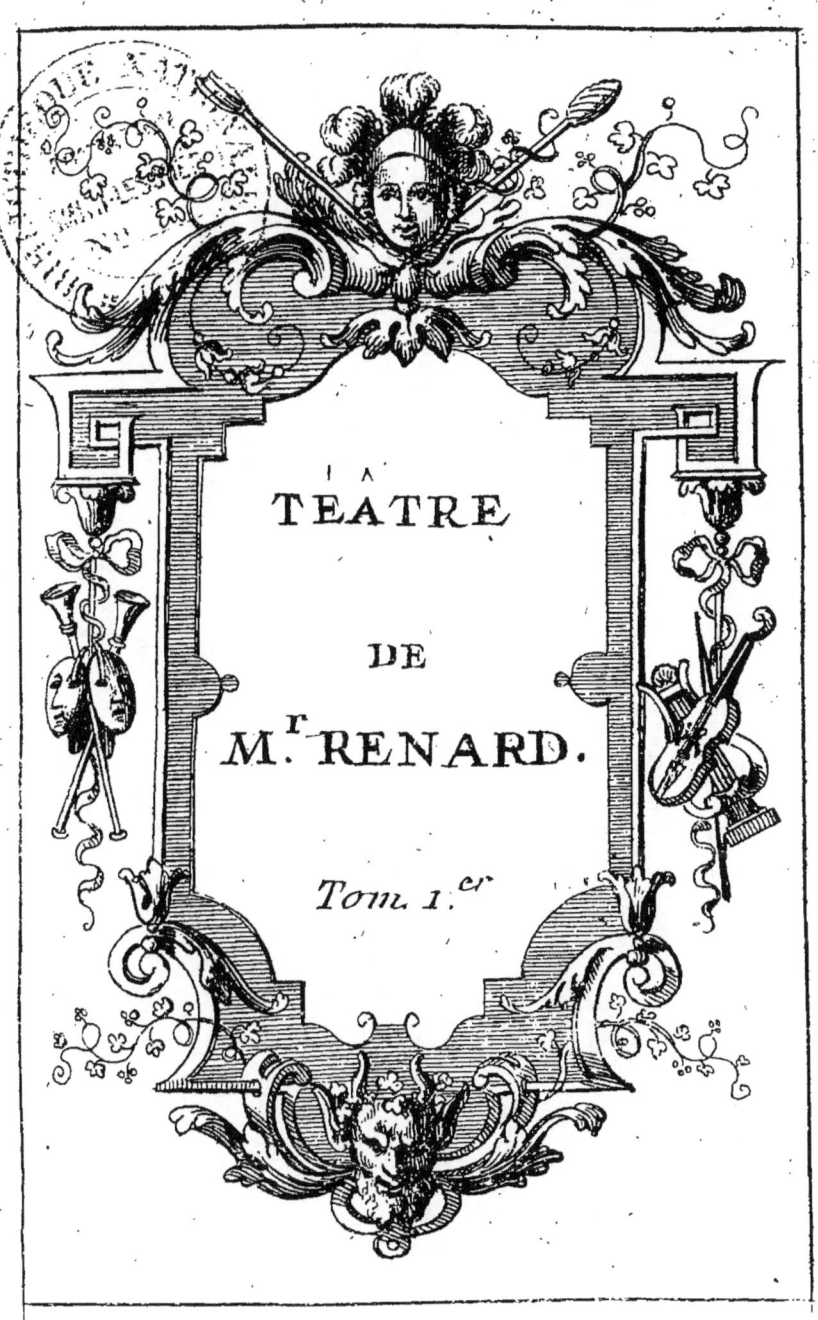

LA

# TEATRE

## DE

# Mr RENARD.

*Tom 1.er*

# LES
# ŒUVRES
## DE
## Mr. REGNARD.

### TOME I.

## A PARIS,

Chez PIERRE RIBOU, Quay des
Auguſtins, à la deſcente du Pont-Neuf,
à l'Image Saint-Louis.

M. DCCVIII.
*Avec Approbation & Privilege du Roy.*

# PIECES CONTENUES
## dans ce I. Volume.

LA SERENADE.

LE BAL.

LE JOUEUR.

LE DISTRAIT.

LE RETOUR IMPREVEU.

ATTENDEZ-MOY SOUS L'ORME.

# LA

# SERENADE,

## *COMEDIE.*

### Representée en 1693.

# ACTEURS.

MR. GRIFON, Pere de Valere.

VALERE, Amant de Leonore.

Mad. ARGANTE, Mere de Leonore.

LEONORE.

Mr. MATHIEU.

SCAPIN, Valet de Valere.

MARINE, Servante de Mad. Argante.

CHAMPAGNE, Valet de Mr. Mathieu.

Muſiciens & Danſeurs.


*La Scene eſt à Paris.*

La Serenade.

# LA
# SÉRÉNADE,
## *COMEDIE.*

## SCENE PREMIERE.

### Mr. MATHIEU, MARINE.

#### MARINE.

E vous dis encore une fois, que Mada-me n'est pas au logis, & qu'il faut que vous reveniez, si vous voulez luy parler.

#### Mr. MATHIEU.

A la bonne heure, je reviendray. Ce-pendant, Marine, dis-luy que j'ay vendu un Colier à la personne qui doit epouser Mademoiselle sa fille.

#### MARINE.

Je voudrois, Monsieur Mathieu, que vous fussiez étranglé par votre gorge, avec votre diantre de Co-lier. C'est donc vous qui vous êtes mélé de cette af-faire ? Ne devriez-vous pas songer que les mariages legitimes ne sont point de votre competence? UnCour-

A ij

tier d'ufure, comme vous, ne doit s'intriguer que
d'affaires de contrebande, & laiffer les honnêtes filles
en repos.

### Mr. MATHIEU.

A Dieu ne plaife, ma pauvre Marine, qu'on voye
jamais aucun vray mariage de ma façon. Je ne fais
point faire de marché à vie, c'eft un métier trop pe-
rilleux. Une fille eft une marchandife qu'on ne fçauroit garantir, & l'on n'en a pas plutôt fait l'emplet-
te, qu'on voudroit en eftre défait à moitié de perte.

### MARINE,

Ouy, mais ceux qui font des mariages ne s'emba-
raffent gueres du fuccés ; & quand ils ont reçu leur
pot de vin, & que le poiffon eft dans la naffe, fauve
qui peut. Vous connoiffez du moins l'homme qu'on
luy deftine, puifque vous luy avez vendu un Collier ?

### Mr. MATHIEU.

Je vay le luy livrer, & en recevoir de l'argent.

### MARINE.

Ce n'eft pas là ce que je demande ; quel homme
eft-ce ?

### Mr. MATHIEU.

C'eft un fort honnête homme, fort riche, fort vieux,
& fort gouteux.

### MARINE.

Que la pefte te créve !

### Mr. MATHIEU.

Sa figure n'eft peut-eftre pas des plus ragoûtantes ;
mais, comme vous fçavez, entre l'utile & l'agreable il
n'y a pas à balancer.

### MARINE.

Ouy, pour des ladres comme vous, qui ne connoiffent
d'autre bonheur que celui d'amaffer du bien ; & de faire
travailler leur argent à gros, & tres gros intereft : mais
pour une jeune perfonne, comme Leonore, qui cherche
à paffer fes jours dans le plaifir, vous trouverez bon,
s'il vous plaift, vous & Madame fa mere, qu'elle
préfere l'agreable à l'utile, & que moy de mon cofté,

je fasse tout mon possible pour rompre un mariage aussi biscornu que celuy-là.

### Mr. MATHIEU.

Helas ! ma pauvre enfant, romps ; casse le mariage en mille pieces, je m'en soucie comme de cela. Je t'aideray mesme en cas de besoin, pourveu que tu me fasses payer de mes peines un peu grassement.

### MARINE.

Un peu grassement : Eh mort de ma vie, n'estes-vous pas déja assez gras? Allez, vous devriez mourir de honte, d'avoir une face qui a pour le moins deux aunes de tour.

### Mr. MATHIEU.

Marine est toujours railleuse ; mais je ne songe pas que mon homme m'attend. Il veut donner tantost une Serenade à sa Maîtresse : Musiciens & filles de chambre ont volontiers commerce ensemble ; n'y en a-t'il point quelqu'un de tes amis, à qui tu voulûs faire gagner cet argent-là ?

### MARINE.

Qu'il aille au diable, avec sa Serenade. Je vay songer à luy donner l'aubade, moy.

### Mr. MATHIEU.

Ce mariage te met de mauvaise humeur. Je voudrois bien rester plus long-temps avec toy, je ne m'y ennuye jamais.

### MARINE.

Et moy, je m'y ennuye toujours.

### Mr. MATHIEU.

Adieu.

### MARINE *seule.*

Je prie le Ciel qu'il te conduise, & que tu te puisses casser le cou. Il n'y auroit pas grand mal, quand tous ces maquignons de mariages-là seroient au fond de la riviere avec une bonne pierre au cou. Que je plains le pauvre Valere ! Il ne sçait pas son malheur. J'ay une lettre à luy rendre de ma Maîtresse. Voicy son Valet à propos.

## SCENE II.

### SCAPIN, MARINE.

#### SCAPIN.

Bon jour, ma charmante.

#### MARINE.

Bon jour, mon adorable.

#### SCAPIN.

Comment se porte ta Maîtresse?

#### MARINE.

Mal.

#### SCAPIN.

Il y a toujours quelque chose à refaire aux filles.

#### MARINE.

Et ton Maître?

#### SCAPIN.

Il se porteroit assez bien, s'il avoit un peu plus d'argent. 

#### MARINE.

Je n'ay jamais connu un Gentilhomme plus gueux que celuy-là.

#### SCAPIN.

Monsieur Grifon, son pere, est bien riche, mais il est bien ladre.

#### MARINE.

Nous nous en appercevons.

#### SCAPIN.

Tel que tu me vois, je sers mon Maître sans gages, & *incognito*.

#### MARINE.

Comment *incognito*?

#### SCAPIN.

Ouy, Monsieur Grifon ne sçait pas que son fils a l'honneur d'estre à moy, il ne me connoist pas mesme, je loge en ville, & je vis d'emprunt.

MARINE.

Tu fais souvent mauvaise chere.

SCAPIN.

Assez. Cela n'empêche pas que je ne nourisse quelquefois mon Maître, quand il est mal avec son Pere.

MARINE.

Voila un beau ménage !

SCAPIN.

Hé, dis-moy un peu...

MARINE.

Je n'ay rien à te dire. Tien, rends cette lettre-là à ton Maître.

SCAPIN.

Comme tu fais Marine ! regarde-moy un peu.

MARINE.

Hé bien, que me veux-tu ?

SCAPIN.

Vous plairoit-il seulement, ô Beauté Leoparde ! me dire le contenu de cette lettre ?

MARINE.

Je n'ay pas le temps.

SCAPIN.

Tu me romps si souvent la tête de ton babil, quand je te prie de ne dire mot !

MARINE.

J'aime à faire le contraire de ce qu'on souhaite.

SCAPIN.

Le beau naturel ! Je te prie donc de te taire, Marine, c'est le moyen de te faire parler.

MARINE.

Je parleray, s'il me plaist.

SCAPIN.

Et tant qu'il te plaira.

MARINE.

Et me tairay, si je veux.

SCAPIN.

Dis, si tu peux, mon enfant; cela est difficile.

A iiij

#### MARINE.

Mais voyez cet animal, qui veut m'empêcher de parler !

#### SCAPIN.

Je n'ay garde.

#### MARINE.

Voila encore un plaisant visage, pour fermer la bouche à une femme !

#### SCAPIN.

Fort bien.

#### MARINE.

Ny toy, ny ton pere, ny ta mere, ny toute ta peste de generation, ne me feroit pas rabattre une sillabe.

#### SCAPIN.

Quelle est agreable !

#### MARINE.

Quand on parle bien, on ne parle jamais trop.

#### SCAPIN.

Tu ne devrois pas parler souvent.

#### MARINE.

Va, va, quand je seray morte, je me tairay assez.

#### SCAPIN.

Jamais tant que tu auras parlé.

#### MARINE.

Tu voudrois donc sçavoir le contenu de la lettre?

#### SCAPIN.

Moy, point du tout, je ne veux rien sçavoir.

#### MARINE & SCAPIN *parlent ensemble.*

#### MARINE.

Oh, tu sçauras pourtant malgré que tu en ayes, que ma Maîtresse se marie aujourd'huy avec un homme qu'elle n'a jamais veu ; que sa mere a terminé l'affaire; qu'elle prie Valere.... Que la peste te créve, adieu.

#### SCAPIN.

Oh, tu auras menti, & il ne sera pas dit que tu me feras entendre malgré moy. Je ne veux rien sçavoir, laisse-moy en repos, garde tes nouvelles pour un autre. Le diable puisse t'étrangler, adieu.

## SCENE III.

### SCAPIN *seul.*

PAr ma foy c'eſt une charmante choſe qu'une femme ! Quelle docilité d'eſprit ! quelle complaiſance!
Voila une des plus raiſonnables que je connoiſſe. Mais
je m'amuſe icy, & je dois aller promptement porter
cette lettre à mon Maître, car il eſt diablement amoureux. Qui dit amoureux, dit impatient ; & qui dit
impatient, ſuppoſe un homme qui a plûtôt donné un
coup de pied au cul, que le bon jour. Mais le voila.

## SCENE IV.

### VALERE, SCAPIN.

#### VALERE.

HE' bien, Scapin, apprens-moy des nouvelles de
Leonore. L'as-tu veuë ? que t'a dit Marine?
#### SCAPIN.
Marine ? Rien du tout. C'eſt une fille dont on ne
ſçauroit tirer une parole.
#### VALERE.
Marine ne t'a rien dit, elle qui parle tant !
#### SCAPIN.
C'eſt juſtement ce qui fait qu'elle ne dit rien ; mais
tout ce que j'ay pû comprendre de la volubilité de ſon

A v

difcours, c'eft qu'il faut renoncer à Leonore; & le
pis que j'y trouve, c'eft que nous n'avons pas un fou
pour nous en confoler.

### VALERE.

Quoy, que dis-tu ? parle, explique-toy. Renoncer à Leonore !

### SCAPIN.

Ouy, Monfieur.

### VALERE.

Et Marine ne t'a point dit la caufe de fon refroi-
diffement ?

### SCAPIN.

Non, Monfieur.

### VALERE.

Quoy, tu n'as pû penetrer.....

### SCAPIN.

Oh, Monfieur, Marine eft une fille impenetrable.

### VALERE.

Que je fuis malheureux !

### SCAPIN.

Elle m'a feulement donné une petite lettre, qui
vous expliquera peut-eftre mieux la chofe.

### VALERE.

Eh donne donc, maraut, donne donc.

(*il lit.*)

*SI vous m'aimez autant que je vous aime, nous*
*fommes les plus malheureufes perfonnes du monde. Ma*
*Mere prétend me marier à un homme que je ne connois*
*point. Détournez le malheur qui nous menace, &*
*foyez certain que je choifiray plutoft la mort, que*
*d'eftre jamais à d'autre qu'à vous.*

Scapin ?

### SCAPIN.

Monfieur?

### VALERE.

Que dis-tu de cette lettre-là ?

### SCAPIN.

Je dis, Monsieur, que ce n'est pas là une lettre de change.

### VALERE.

Et je me laisseray enlever Leonore ? Non, non, Scapin, à quelque prix que ce soit, il faut empescher...

### SCAPIN.

Monsieur, le Ciel m'a donné des talens merveilleux pour faire des mariages ; & je puis dire, sans vanité, qu'il n'y a gueres de jour qu'il ne m'en passe quelqu'un par les mains. J'en ay mesme ébauché plus de mille en ma vie, qui n'ont jamais esté achevez ; mais j'aime trop la propagation de l'espece, pour avoir le courage d'en rompre aucun.

### VALERE.

Que tu fais mal-à-propos le mauvais plaisant! Il faut..

### SCAPIN.

Paix, voicy votre Pere. Le vilain Usurier, qui nous vendit si cher l'argent l'année passée, est avec luy.

### VALERE.

Vient-il luy demander ce que je luy dois ?

### SCAPIN.

Il seroit mal adressé. Ecoutons.

SSSSSSSS·SSSSSSSSSSSSS

# SCENE V.

## Mr. GRIFON, Mr. MATHIEU, VALERE, SCAPIN.

### Mr. GRIFON.

JE vous donnay il y a huit jours, un sac de mille francs à faire valoir, dont j'ay votre billet, Monsieur Mathieu.

**Mr. MATHIEU.**

Cela eſt vray, Monſieur Grifon.

**SCAPIN** *à part.*

Le bon homme negocie avec les uſuriers auſſi-bien que nous, mais ce n'eſt pas de la meſme maniere.

**Mr. GRIFON.**

Nous ſommes convenus à trois mille huit cens livres; ce ſont encore deux cens Louis qu'il faut vous donner pour le Colier, Monſieur Mathieu.

**Mr. MATHIEU.**

Ouy, Monſieur Grifon.

**SCAPIN** *à part.*

Cela nous accommoderoit bien.

**VALERE** *bas à Scapin.*

Paix, tay-toy.

**Mr. GRIFON.**

Paſſez tantoſt chez moy, ou envoyez-y quelqu'un de votre part, avec un billet de votre main, cela ſuffira; c'eſt de l'argent comptant, Monſieur Mathieu.

**Mr. MATHIEU.**

Je n'en ſuis point en peine, & je vous laiſſe le Co-lier, Monſieur Grifon.

**SCAPIN.**

Un Colier de trois mil huit cent livres! Le friand morceau!

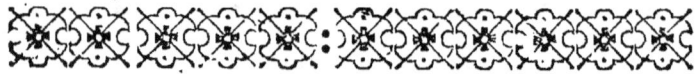

# SCENE VI.

## Mr. GRIFON, VALERE, SCAPIN.

### Mr. GRIFON.

AH, vous voila, mon fils; que faites-vous-là? y a-t'il long-temps que vous y eſtes?

**VALERE,**

Je ne fais que d'arriver.

**Mr. GRIFON.**

Qui est cet homme là ?

**VALERE.**

C'est, mon pere......

**Mr. GRIFON.**

Quoy ? c'est......

**VALERE.**

Un Muficien de l'Opera.

**Mr. GRIFON.**

Mauvaife connoiffance, qu'un Muficien de l'Opera ! Ils menent les gens au cabaret, & il faut toujours payer pour eux.

**SCAPIN.**

De quoy diantre vous avifez-vous de me faire Muficien ? J'aimerois mieux eftre tout autre chofe.

**VALERE.**

Tay-toy.

**Mr. GRIFON.**

O ça, mon fils, j'ay une nouvelle à vous apprendre ; la préfence du Muficien ne gâtera rien, & peut-
être pourra-t'il nous eftre utile.

**SCAPIN.**

Votre imagination m'a fait Muficien par hazard,
vous verrez qu'il faudra que je le devienne par necef-
fité.  **Mr. GRIFON.**

Je vais me marier.

**VALERE.**

Vous marier, vous, mon pere ?

**Mr. GRIFON.**

Moy-même, en propre perfonne.

**SCAPIN** à part.

Je ne m'attendois pas à celuy-là.

**Mr. GRIFON.**

Que dit Monfieur le Muficien ?

**SCAPIN.**

Je ne puis que vous loüer, Monfieur, de former

une entreprife fi hardie. Vous avez eu le bonheur
d'enterrer une premiere femme, vous hazardez d'en
prendre une feconde, le peril ne vous rebute point ;
cela eft fier, cela eft grand, cela eft heroïque ; &
pour ma part, je n'ay garde de manquer d'applaudir
à une refolution auffi genereufe que la vôtre.

#### Mr. GRIFON.

Voila un joly garçon.

#### VALERE.

Ce que j'en ay dit, mon pere, n'eft que par l'intereft que je prens à votre fanté.

#### Mr. GRIFON.

Ne t'en mets point en peine, ce font mes affaires.

#### SCAPIN.

Ouy, Monfieur ; que Monfieur votre Pere vous
donne feulement une Belle-mere bien faite, belle,
jeune, & laiffez-le faire : vous ferez ravy qu'il fe foit
remarié, fur ma parole.

#### Mr. GRIFON.

Oh ! je fuis feur qu'il en fera content. C'eft une fille à qui il ne manque rien. Ce que je voudrois de vous
maintenant, Mr. de l'Opera, ce feroit que vous m'ai-
daffiez à donner une petite Serenade à ma Maîtreffe.

#### SCAPIN.

Une Serenade, dites-vous ? Vous ne pouvez mieux
vous adreffer qu'à moy. Mufique Italienne, Françoife,
je fuis un homme à deux mains.

#### Mr. GRIFON.

Tout de bon ?

#### SCAPIN.

Demandez à Monfieur votre fils. Je fuis le premier
homme du monde pour les Serenades, il m'en doit encore deux ou trois.

#### VALERE.

Ouy, mon Pere.

#### SCAPIN.

Ce n'eft pas pour me vanter ; mais en cas de Chanteurs, Simphoniftes, Violiftes, Theorbiftes, Cla-

veſſiniſtes, Operas, Operateurs, Operatrices, Made-
loniſtes, Catiniſtes, Margotiſtes, ſi difficiles qu'elles
ſoient, j'ay tout cela dans ma manche.

### Mr. GRIFON.

Je voudrois une Serenade à bon marché.

### SCAPIN.

Je ménageray votre bourſe, ne vous mettez pas en
peine. Il ne nous faudra que trente-ſix Violons, vingt
Haut-bois, douze Baſſes, ſix Trompetes, vingt-quatre Tambours, cinq Orgues, & un Flageolet.

### Mr. GRIFON.

Eh fy donc ! voila pour donner une Serenade à tout
un Royaume.

### SCAPIN.

Pour les voix, nous prendrons ſeulement douze baſſes, huit concordants, ſix baſſes-tailles, autant de
quintes, quatre haute-contres, huit faûſſets & douze
deſſus, moitié entiers, & moitié hongres.

### Mr. GRIFON.

Vous nommez-là de quoy faire un regiment de Muſique. SCAPIN.

Il ne faut pas moins de voix pour accompagner tous
les inſtrumens. Laiſſez-nous faire, je veux qu'il y ait
dans cette Muſique-là un eſpece de petit charivary, qui
conviendra merveilleuſement bien au ſujet. Nous allons
Monſieur votre fils & moy, donner maintenant les ordres pour . . .

### Mr. GRIFON.

Attendez, on doit m'amener ma Maîtreſſe, je ſuis
bien-aiſe que vous la voyiez, & que vous m'en diſiez
votre ſentiment l'un & l'autre.

### SCAPIN.

Prenez-la belle & jeune, au moins ; ſur-tout d'humeur complaiſante : tous vos amis vous conſeilleront
la même choſe.

### VALERE.

Allons-nous-en, je me meurs d'inquietude.

# SCENE VII.

## Mr. GRIFON, VALERE, SCAPIN, Mad. ARGANTE, LEONORE, MARINE.

### Mr. GRIFON.

NE vous avois-je pas bien dit, qu'on devoit l'amener ? Voila la Mere, & la Fille de chambre.

### VALERE.

Que vois-je, Scapin! C'est Leonore.

### SCAPIN.

Autre incident.

### Mad. ARGANTE.

Allons, ma Fille, approchez, & saluez le Mary que je vous ay destiné.

### LEONORE.

Quoy, Madame, voila la personne...

### Mad. ARGANTE.

Qu'avez-vous donc, Mademoiselle ; est-ce que Monsieur ne vous plaist pas ?

### LEONORE.

Je ne dis pas cela, Madame, & je n'auray jamais d'autres volontez que les vôtres.

### VALERE.

Scapin ; elle obeït à sa Mere, je suis perdu.

### MARINE.

Il y a de l'erreur de calcul.

### Mad. ARGANTE.

Je suis ravy, ma Fille, de vous voir des sentimens raisonnables, & j'ay toujours bien jugé que vous ne voudriez pas me desobeïr.

## LEONORE.

Vous defobeïr, moy ? j'aimerois mieux mourir que
de faire quelque chofe qui vous déplût.

## Mr. GRIFON.

Voila une fille bien née, n'eft-il pas vray?

## SCAPIN.

Il y a icy du qui pro quo, fur ma parole.

## LEONORE.

Tout ce que j'ay à me reprocher, Madame, c'eft
que mon obeïffance ait fi peu de merite en cette occafion ; & les chofes font dans un état à me permettre
d'avoüer fans honte, que votre choix & mon inclination ont un parfait rapport enfemble.

## Mr. GRIFON.

Comme elle m'aime déja ! cela n'eft pas croyable.

## LEONORE.

Mais j'ay lieu de me plaindre ; eft-ce à moy de parler comme je fais, quand vous eftes fi peu fenfible, Valere, aux bontez que ma Mere a pour nous ?

## Mad. ARGANTE.

Comment donc, Valere ? à qui en avez-vous ?

## Mr. GRIFON.

Qu'eft-ce que cela fignifie ?

## SCAPIN.

Nous approchons du dénoûment.

## Mad. ARGANTE.

Que voulez-vous dire avec votre Valere ?

## LEONORE.

Ne m'avez-vous pas dit, Madame, que vous aviez
conclu mon mariage ?

## Mad. ARGANTE.

Qu'a de commun Valere avec votre mariage ? c'eft
à Monfieur Grifon que voila, que je vous marie.

## Mr. GRIFON.

Ouy, mignonne, c'eft moy qui auray l'honneur que
de...

## LEONORE.

Vous, Monfieur ?

Mad. ARGANTE.

Je voudrois bien, pour voir, que vous ne le trou-
vaffiez pas bon !

Mr. GRIFON.

Monfieur mon Fils, par quelle avanture eft-il men-
tion de vous dans tout cecy ?

VALERE.

Par une avanture fort naturelle, mon Pere.

Mr. GRIFON.

Comment, une avanture fort naturelle ?

MARINE.

Ouy, Monfieur ; Mademoifelle eft fille, Monfieur
eft garçon ; elle eft aimable, il eft joly homme, ils
ont fait connoiffance, ils s'aiment, ils font dans le
gouft de s'époufer ; y a-t'il rien là que de fort naturel ?

SCAPIN.

Il n'eft point queftion de la nature là-dedans, c'eft
la raifon & l'intereft qui font aujourd'huy les mariages. Monfieur eft le Pere, Madame eft la Mere ; la
raifon eft de leur cofté, la nature eft une fotte, & vous
auffi, ma mie.

Mad. ARGANTE.

Il a raifon.

LEONORE.

Quoy ? à l'âge que j'ay, ma Mere, vous voudriez
me faire époufer un homme comme Monfieur ? Vous
n'y fongez pas.

VALERE.

Quoy ? à l'âge que vous avez, mon Pere, vous voudriez vous marier à une fille comme Mademoifelle, je
croy que vous refvez.

LEONORE.

En verité, ma Mere, vous eftes trop raifonnable,
pour exiger de moy une chofe auffi éloignée de bon
fens.

VALERE.

Serieufement parlant, mon Pere, vous n'eftes
point d'âge encore à radoter.

## Mad. ARGANTE

Ouais! & où fommes-nous donc ? allons, petite
ridicule, qu'on donne tout-à-l'heure la main à Monfieur.

## VALERE.

Non pas, Madame, s'il vous plaift.

## Mr. GRIFON.

Qu'eft-ce à dire ?

## VALERE.

Avec votre permiffion, mon Pere, cela ne fera
pas, je vous affure.

## Mr. GRIFON.

Cela ne fera pas ! que dites-vous à cela, Monfieur
le Muficien ?

## SCAPIN.

Vous avez-là un grand garçon bien mal moriginé,
Monfieur.

## Mr. GRIFON à *Valere.*

Pendart !

## VALERE.

Que diroit-on dans le monde, fi en ma prefence,
je vous laiffois faire une action auffi extravagante que
celle-là ?

## Mr. GRIFON.

Quoy donc, extravagante ? comment donc ? à ton
pere, malheureux !

## MARINE.

A votre pere !

## SCAPIN.

A voftre propre pere !

## VALERE.

Quand il feroit mon pere cent fois plus qu'il ne l'eft
encore, je ne fouffriray point que l'amour luy faffe
tourner la cervelle jufqu'à ce point-là.

## Mr. GRIFON.

Mais quelle Comedie joüions-nous donc icy ! Je
vous demande pardon pour mon fils, Madame.

Mad. ARGANTE.

Cela n'eſt rien ; j'ay bien des excuſes à vous faire
pour ma fille, Monſieur.

MARINE.

Voila des enfans bien obſtinez ! Mais auſſi, pourquoy vous expoſer à vous marier, ſans ſçavoir ſi Monſieur votre fils le voudra bien?

Mr. GRIFON.

S'il le voudra bien ?

SCAPIN.

Monſieur, avec trois ou quatre cent Piſtoles, ne
pourrions-nous point le mettre à la raiſon ?

Mr. GRIFON.

Je l'y mettray bien ſans cela.

Mad. ARGANTE.

Et moy, je vous répons de cette pétite impertinen-
te-là ; elle vous épouſera , ou je la mettray dans un lieu,
d'où elle ne ſortira de long-temps.

LEONORE.

J'y demeureray plutôt toute ma vie , que d'épouſer
un homme que je n'aime point.

Mr. GRIFON.

Elle s'en va , Madame.

Mad. ARGANTE.

Ne vous mettez pas en peine , je ſçauray la reduire :
elle ſera votre femme aujourd'huy ; ou vous mourrez
de mort ſubite.

Mr. GRIFON.

De mort ſubite ! Voila à quoy vous m'expoſez,
Monſieur le coquin. Laiſſe-moy faire , je veux l'é-
pouſer à ta barbe ; je m'en vais dépenſer tout mon
bien pour m'en faire aimer ; je luy donneray des Pre-
ſens , des Bijoux , des Maiſons , des Contrats , des
Cadeaux , des Feſtins, des Serenades. Des Serenades,
Monſieur le Muſicien ; & je luy feray des enfans,
pour te faire enrager.

SCAPIN.

Oh , pour celuy-là , on vous en défie.

# SCENE VIII.

## VALERE, SCAPIN.

### VALERE.

NOn, Scapin, il n'y a point d'extremité où je ne me porte, pour empescher ce mariage.

### SCAPIN.

Doucement, Monsieur; nous abaisserons ses fumées d'amour. Il ne la tient pas encore. J'ay pris le soin d'une Serenade; il vient de negocier un Colier : laissez-moy faire. Mais le diable est que nous n'avons point d'argent.

### VALERE.

Ah! mon pauvre Scapin, cherche, imagine, invente des moyens pour en trouver ; engage tout, vend tout, donne tout.

### SCAPIN.

Hé, que diable engager, que vendre ? Pour tout meuble & immeuble, vous n'avez que votre habit & le mien, encore le Tailleur n'est-il pas payé.

### VALERE,

Quoy tu ne peux trouver ?

### SCAPIN.

Depuis que je travaille pour vous, les ressorts de mon esprit emprunteur sont diablement usez.

### VALERE.

Mais, quoy...

### SCAPIN.

Laissez-moy un peu rêver tout seul. J'ay ma Serenade en tête. Si je pouvois avoir seulement de quoy payer les Musiciens dont je me veux servir...

### VALERE.

A quoy bon...

### SCAPIN.

J'ay befoin de me recueillir, vous dis-je, laiffez-moy en repos, & allez fortifier Leonore dans le def-fein de ne point époufer votre Pere.

### VALERE.

Il faut vouloir tout ce qu'il veut, j'ay befoin de luy.

# SCENE IX.

### SCAPIN.

CE n'eft pas une petite affaire pour un valet d'hon-neur, d'avoir à foûtenir les interês d'un Maitre qui n'a point d'argent. On s'accoquine à fervir ces gredins-là, je ne fçay pourquoy; ils ne payent point de gages, ils querellent, ils roffent quelquefois; on a plus d'efprit qu'eux, on les fait vivre, il faut avoir la peine d'inventer mille fourberies dont il ne font tout au plus que de moitié; & avec tout cela nous fommes les valets, & ils font lés Maiftres. Cela n'eft pas jufte. Je prétens à l'avenir travailler pour mon compte; cecy fini je veux devenir Maître à mon tour. Mais que vois-je?

# SCENE X.

## CHAMPAGNE, SCAPIN.

### CHAMPAGNE.

HE' c'est toy, mon pauvre Scapin.

### SCAPIN.

Le beau Champagne en ce païs cy !

### CHAMPAGNE.

Il y a six mois que je suis revenu, mais je ne me montre que depuis quinze jours.

### SCAPIN.

Pourquoy donc ?

### CHAMPAGNE.

Par une espece de scrupule. Une lettre de cachet du Châtelet m'avoit deffendu de paroistre à la Ville, elle me prescrivoit un temps pour voyager; mes voyages sont finis , je reparois sur nouveaux frais.

### SCAPIN.

Et que fais-tu à present ? Je t'ay veu autrefois le plus adroit grison, & , soit dit entre nous , le plus hardy coquin qu'il y eust en France.

### CHAMPAGNE.

J'ai quitté tout cela, mon ami. La Justice aujourd'hui a l'esprit si mal tourné ; il n'y a plus rien à faire dans le commerce. Elle prend toujours les choses du mauvais costé, j'ay renoncé aux vanitez du monde, & je me suis jetté dans la reforme.

### SCAPIN.

Toy , dans la reforme ?

### CHAMPAGNE.

Ouy , mon enfant. Il faut faire une fin. Je me suis retiré, je preste sur gages.

### SCAPIN.

La retraite est meritoire.

### CHAMPAGNE.

Ma foy, il n'y a plus que ce metier-là pour faire quelque chose ; il n'y a rien de tel, quand on a de l'argent, d'en aider des particuliers dans leurs necessitez pressantes.

### SCAPIN.

Voila un motif fort charitable.

### CHAMPAGNE.

Je me suis associé d'un fort honneste homme, qui est, je pense, luy, associé d'un autre fort honneste homme chez qui il m'envoye prendre deux mille huit cens livres.

### SCAPIN.

Deux mille huit cens livres ? ( *à part.* ) Serions-nous assez heureux … Cela seroit admirable. Tu es associé avec Monsieur Mathieu ?

### CHAMPAGNE.

Avec Monsieur Mathieu ; mais je suis un peu subalterne à la verité. Nous demeurons ensemble, il me loge fort haut, me meuble modestement, m'habille chaudement pour l'Eté, fraîchement pour l'Hiver, me nourrit sobrement, ne me donne point de gages, mais ce que je prens c'est pour moy.

### SCAPIN.

Voila une bonne condition. Et, dis-moy, es-tu toujours aussi yvrogne qu'avant ta Lettre de cachet?

### CHAMPAGNE.

Je bois beaucoup de vin, mais je ne l'aime pas.

### SCAPIN.

Tu vas donc recevoir deux mil huit cens livres ?

### CHAMPAGNE.

Deux mil huit cent livres.

### SCAPIN.

Chez Monsieur Grifon.        CHAMPAGNE.

**CHAMPAGNE.**

C'eſt le nom de notre aſſocié. Qui te l'a dit?

**SCAPIN.**

Pour le ſurplus d'un Colier que Monſieur Mathieu luy a vendu ?

**CHAMPAGNE.**

Je l'ay oüy dire ainſi.

**SCAPIN.**

Et tu as un billet de Monſieur Mathieu , pour marque que tu ne viens pas à faux ?

**CHAMPAGNE.**

Cela eſt comme tu le dis. Voila le billet. Hé, d'où diantre ſçais-tu tout cela ?

**SCAPIN.**

Je ſuis l'aſſocié du fils de Monſieur Grifon , moy.

**CHAMPAGNE.**

Quoy , tu te meſles auſſi . . .

**SCAPIN.**

Nous ne ſommes aſſociez que pour emprunter , nous autres. Le connois-tu Monſieur Grifon ?

**CHAMPAGNE.**

Non.

**SCAPIN.**

Te connoiſt-il ?

**CHAMPAGNE.**

Je ne crois pas.

**SCAPIN.**

Tant mieux. Monſieur Grifon n'eſt pas au logis ; & en attendant qu'il vienne , nous pouvons aller renouveller connoiſſance au Cabaret.

**CHAMPAGNE.**

De tout mon cœur, je ne refuſe point des parties d'honneur.

**SCAPIN.**

Morbleu , j'enrage. Voila un homme à qui j'ay affaire , mais ce ne ſera que pour un moment. Va-t'en m'attendre icy prés, aux Barreaux verts ; & faire tirer bouteille. Voila un fripon que je friponneray ſur ma

B

parole, si je puis seulement attraper le billet.

# SCENE XI.

## Mr. GRIFON, MARINE, SCAPIN

### MARINE.

JE vous dis, Monsieur, que vous aurez plus de peine que vous ne pensez à reduire cet esprit-là.

### SCAPIN.

Ah, Monsieur, je vous cherchois pour vous dire que dans peu votre Serenade sera en état.

### Mr. GRIFON.

Bon. Voila ma maison, & voila celle de ma Maîtresse.

### SCAPIN

Tant mieux, cela est fort commode pour mon dessein.

### Mr. GRIFON.

Tu dis donc, Marine, que tu viens de la part de Leonore ?

### MARINE.

Ouy, Monsieur, pour vous faire des excuses de ce qui s'est passé à votre entreveuë.

### Mr. GRIFON.

Elle revient à elle, j'en suis bien-aise.

### MARINE.

Elle est au desespoir de n'avoir pû se contraindre devant Madame sa mere; mais elle dit qu'elle vous hait trop pour se faire la moindre violence.

### Mr. GRIFON.

Voila un fort sot compliment. Je n'ay que faire de ces excuses-là.

**MARINE.**

Elle fçait trop bien vivre pour manquer à la civilité; elle m'a chargé de vous prier de ne point prefſer
Madame ſa mere ſur votre mariage, & de luy donner
du temps pour s'accoutumer à une figure auſſi extraor-
dinaire que la vôtre.

**Mr. GRIFON.**

Vous eſtes une impertinente, ma mie; & je ne
fçay . . . .

**MARINE.**

Je vous demande pardon, Monſieur, je vous reſ-
pecte trop pour vous rien dire de mon chef qui vous
déplaiſe. Ce ſont les ſentimens de ma Maîtreſſe que
je vous explique le plus clairement & le plus ſuccinte-
ment qu'il m'eſt poſſible.

**Mr. GRIFON.**

Je ne veux point ſçavoir ſes ſentimens, tant qu'elle
en aura d'auſſi ridicules.

**MARINE.**

Il ne tiendra pas à moy qu'elle ne change; & quelque
averſion qu'elle ait pour vous, elle ne laiſſera pas de vous
épouſer, ſi elle m'en veut croire. Vous n'avez que votre
âge, votre air, & votre viſage contre vous, dans le fond;
je gagerois que vous avez les meilleures manieres du
monde.

**Mr. GRIFON.**

Voila une inſolente, qui à mon nez, me vient chanter poüille.

**MARINE.**

C'eſt votre phiſionomie lugubre qui l'a d'abord ef-
farouchée; elle en reviendra peut-eſtre, & vous aimera à la folie, que ſçait-on? Vous ne ſeriez pas le
premier magot, qui auroit épouſé une jolie fille.

**Mr. GRIFON.**

Malgré tout ce qu'elle me dit, je ne veux point me
fâcher, elle peut me rendre ſervice. Tu me parois d'a-
greable humeur.

**MARINE.**

Je suis assez franche, comme vous voyez.

**Mr. GRIFON.**

C'est ce qui me semble. Je veux estre de tes amis, & si le mariage se fait, ne te mets pas en peine. Dis-moy un peu en confidence ; quelle sorte de caractere est-ce que Leonore, & que faudroit-il que je fisse pour luy plaire ?

**MARINE.**

Vous n'avez qu'à mourir, Monsieur ; c'est le plus grand plaisir que vous luy puissiez faire.

**Mr. GRIFON.**

Ce n'est pas là ce que je te demande. De quelle humeur est-elle ?

**MARINE.**

Ah ! de l'humeur du monde la plus douce. Je ne luy connois qu'un petit défaut.

**Mr. GRIFON.**

Quel est-il ?

**MARINE.**

C'est, Monsieur, que quand elle s'est mise quelque chose en teste, & qu'on s'avise de la contredire, elle crie, elle peste, elle jure, elle bat, elle mord, elle égratigne, elle estropie mesme, en cas de besoin ; mais dans le fond c'est une bon enfant.

**Mr. GRIFON.**

Voila une humeur bien douce vrayment ! Et avec cela, n'a-t'elle point quelque passion dominante ?

**MARINE.**

Non, Monsieur, rien ne la domine ; elle a du goust pour toutes les belles manieres ; elle vend, pour jouer, tout ce qu'elle a ; elle met ses nipes en gages pour aller à l'Opera & à la Comedie, elle court le Bal sept fois la semaine seulement, elle fesse son vin de Champagne à merveille, & sur la fin du repas elle devient fort tendre.

**Mr. GRIFON.**

Tu crois donc qu'elle pourra m'aimer ?

MARINE.

Ouy, Monsieur, sur la fin d'un repas; & je vais luy faire entendre que pour un mary vous valez cent fois mieux qu'un autre.

Mr. GRIFON.

Cela est vray, au moins.

MARINE.

Assurément. Dans ce siecle-cy, quand un mary laisse faire à sa femme tout ce qu'elle veut, c'est un homme adorable, on ne peut pas luy demander autre chose.

Mr. GRIFON.

Ah, mon enfant, tu peux l'assurer de ma part, que si jamais elle est ma femme, je ne la contraindray jamais en la moindre bagatelle.

MARINE.

Commencez donc par ne point trop presser les affaires. Je vay luy proposer vos conventions; & comme il n'y a rien dans ces articles là qui repugne à la Coutume, je ne doute point qu'elle ne les accepte.

Mr. GRIFON.

Cette fille a quelque chose de bon dans ses manieres. Ah, ah, voila une plaisante figure d'homme?

## SCENE XII.

Mr. GRIFON, SCAPIN *déguisé, une emplastre sur l'œil.*

SCAPIN

NE pourriez-vous point, Monsieur, me faire le plaisir & l'honneur de m'enseigner le logis de Monsieur Grifon?

**Mr. GRIFON.**

Que luy voulez-vous, à Monsieur Grifon?

**SCAPIN.**

Avoir l'avantage de luy rendre un petit billet que Mr. Mathieu m'a fait l'honneur de me donner, afin que ledit sieur Grifon me fasse la grace de me compter deux mille huit cens livres restant à payer pour un Colier que ledit sieur Grifon a acheté dudit sieur Mathieu.

**Mr. GRIFON.**

C'est moy qui suis Monsieur Grifon, & où est le billet?

**SCAPIN.**

Le voila, Monsieur, je ne viens qu'à bonnes enseignes. Vous aurez, s'il vous plaist, la bonté de m'expedier.

**Mr. GRIFON.**

Ouy, voila l'écriture de Monsieur Mathieu, mais je ne vous connois pas pour estre à luy.

**SCAPIN.**

C'est une gloire que je ne merite pas, Monsieur; je suis seulement son compere, Isaac, Jerôme, Boisme, Rousselet, Maistre Marchand Fripier ordinaire privilegié suivant la Cour. Si l'on peut vous y rendre quelque service, vous n'avez qu'à disposer de votre petit serviteur.

**Mr. GRIFON.**

Je vous suis obligé.

**SCAPIN.**

J'ay des amis en ce païs-là. Mon Frere est apprentif partisan chez le Commis du Secretaire de l'Intendant d'un homme d'affaire, & mon oncle est le Sousportier de l'hostel des Fermes.

**Mr. GRIFON.**

Ces amis-là sont quelquefois plus utiles que d'autres.

**SCAPIN.**

Il est vray, Monsieur, j'ay autrefois par leur moyen tiré mon parain des galeres, & je sauvay l'année pas-

fée une amende honorable à Monsieur Mathieu;
c'eſt ce qui fait qu'il a beaucoup de confiance en moy.

### Mr. GRIFON.

Voila un garçon bien ingenu, c'eſt dommage qu'il
luy manque un œil.

### SCAPIN.

J'abuſe de votre loiſir, Monſieur, mais ce n'eſt pas
ma faute. Avec deux mille huit cens livres, vous ſerez
débaraſſé de mes importunitez&, je prendray congé
de vous quand il vous plaira.

### Mr. GRIFON.

Quel original! Ouy, ouy, je vay vous apporter de
l'argent, vous n'avez qu'à attendre.

# SCENE XIII.

## SCAPIN, VALERE, LEONORE, MARINE.

### SCAPIN.

PAr ma foy, voila qui ne va pas mal; mais voicy
mon Maître avec ſa Maitreſſe, il ne me recon-
noiſtra pas.

### LEONORE.

Comptez, Valere, que rien ne me peut faire changer.

### VALERE.

Ah, charmante Leonore, que vous devez me pa-
roiſtre adorable avec de pareils ſentimens!

### SCAPIN.

Monſieur, je vous donne le bon jour. Y a-t'il long-
temps que vous eſtes en cette Ville? Vos affaires vont-
elles b en? comment gouvernez-vous la joye avec
cette aimable enfant?

B iiij

VALERE.

Que me veut cet yvrogne-là ? Qui estes-vous, mon amy ?

SCAPIN

Je suis un honneste garçon, qui connois vos besoins, & qui viens vous offrir deux cens pistoles que me va donner Monsieur vostre pere. ( *Scapin oste son emplastre.* )

VALERE.

C'est toy, Scapin ! qui t'auroit reconnu ?

SCAPIN.

Vous voyez, Monsieur, ce qu'on fait pour vous.

MARINE.

Par ma foy, voila un méchant borgne.

VALERE.

Et tu as trouvé le moyen de tirer deux cens pistoles de mon pere ?

SCAPIN.

Il va me les livrer. J'ay encore un Colier à escamoter, mais j'aurois besoin tout-à l'heure de quelques gens de main.

VALERE.

Tout-à-l'heure ? & où veux-tu que je les cherche à present ?

MARINE.

Monsieur, je suis à votre service. Pour la main, je l'ay aussi bonne que la langue.

SCAPIN.

Toy ? mais serois-tu fille à travailler de nuit ?

MARINE.

Pourquoy non ? c'est dans ce temps-là que je triomphe. J'ay deux ou trois filles de mes amies, qui ne m'abandonneront pas dans le besoin.

SCAPIN.

Bon, bon, il ne me faut pas de plus vaillans champions pour mon dessein. Mais j'entens Monsieur Grifon, allez m'attendre au prochain détour, je vous diray dans un moment ce qu'il faudra faire.

# SCENE XIV.

Mr. GRIFON, SCAPIN *remettant son emplaſtre ſur l'autre œil, voyant Monſieur Grifon arriver.*

### Mr. GRIFON.

IL y a deux cens Loüis neufs dans cette bourſe. Voyons ſi je ne me ſuis point trompé.

### SCAPIN.

Vous eſtes trop exact, & vous ſçavez trop bien comter.

### Mr. GRIFON.

Il n'importe, Monſieur; pour plus grande ſeureté . . . . . .

### SCAPIN.

Je ne regarderay point aprés vous, Monſieur; le compere Mathieu me l'a deffendu.

### Mr. GRIFON.

Vous eſtes le maiſtre, ſerviteur.

### SCAPIN.

Voila de quoy payer la Serenade.

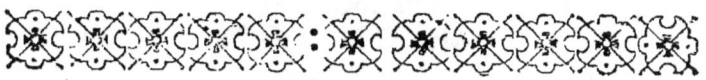

# SCENE XV.

### Mr. GRIFON *ſeul.*

MR. Mathieu ne laiſſe point moiſir l'argent entre les mains de ceux qui luy doivent. Je luy devois,

B v

me voila quitte. Je ne ſçay ce que cela ſignifie, mais
je n'ay point bonne opinion de mon mariage. Moy
qui n'ay jamais rien aimé, je m'aviſe de devenir a-
moureux à mon âge. O amour, amour! La nuit devient obſcure, & le Muſicien devroit eſtre icy.

# SCENE XVI.

### Mr. GRIFON, CHAMPAGNE yv e.

#### CHAMPAGNE.

L Era, lera, lera.

##### Mr. GRIFON.

J'entens quelqu'un qui chante, ſeroit-ce luy?

##### CHAMPAGNE.

Palaſambleu, je ſuis bien nourry. Ce Monſieur Scapin fait bien les choſes, ouy.

##### Mr. GRIFON.

Qui va là? eſt-ce-vous, Monſieur le Muſicien?

##### CHAMPAGNE.

Ouy, à peu prés, c'eſt un yvrogne.

##### Mr. GRIFON.

Paſſez votre chemin, mon amy.

##### CHAMPAGNE.

Que je paſſe mon chemin?

##### Mr. GRIFON.

Ouy.

##### CHAMPAGNE.

Ouy, qui le pourroit.

##### Mr. GRIFON.

Quel maraut eſt-ce icy?

##### CHAMPAGNE.

Maraut? voila quelqu'un qui me connoît. Je ſuis
plus peſant que de coutume, & je ne ſçay ſi mes jam-

bes pourront porter au logis tout le vin que j'ay bû.

**Mr. GRIFON.**

Ne seroit-ce point quelque émissaire de mon coquin de fils, qui viendroit icy pour troubler la feste ? je veux m'en éclaircir.

**CHAMPAGNE.**

Hola l'amy, qui parlez tout seul, suis-je loin de chez moy, par parenthese ?

**Mr. GRIFON.**

Où loges-tu ?

**CHAMPAGNE.**

Hé parsambleu, si je le sçavois je ne le demanderois pas.

**Mr. GRIFON.**

Que cherches-tu dans ce quartier ?

**CHAMPAGNE.**

Je ne sçay, je ne m'en souviens pas. Je suis pourtant venu pour quelque chose. Ah ! Monsieur Grifon, le connoissez-vous ?

**Mr. GRIFON.**

Je ne me trompois pas, c'est un fripon.

**CHAMPAGNE**

Justement ; un fripon, un vilain, un fesse-mathieu.

**Mr. GRIFON**

A qui penses-tu parler ? C'est moy que suis Monsieur Grifon.

**CHAMPAGNE.**

Le diable emporte, si je l'aurois deviné. Or donc, pour revenir à nos moutons, Monsieur Mathieu, cet autre vilain, ce ladre.....

**Mr. GRIFON.**

Ce pendart-là me fera perdre patience.

**CHAMPAGNE.**

Patience ; ouy, c'est bien dit, allons doucement : ce Monsieur Mathieu donc, comme de vilain à vilain il n'y a que la main, il est arrivé que par la concomitance d'un Colier ; enfin je ne me souviens pas bien de tout cela.

Mr. GRIFON.

Tu as oublié la leçon qu'on t'a faite. Combien te donne-t'on pour joüer le personnage que tu fais ?

CHAMPAGNE.

Comme Mr. Mathieu est un vilain, je ne gagne pas grand'chose ; mais je suis sobre.

Mr. GRIFON.

Il y paroist.

CHAMPAGNE.

Venons à l'explication. Vous estes Mr. Grifon, je suis Mr. Champagne, donnez-moy de l'argent au plus viste, car j'ay haste.

Mr. GRIFON.

Que je te donne de l'argent ?

CHAMPAGNE.

Oüy parbleu, de l'argent, je ne perds point le juge-ment, j'ay beau boire, il me faut huit cens deux mil-le & quelques livres, j'ay le billet de Mr. Mathieu, vous allez voir, car je n'y voy goute.

Mr. GRIFON.

Voila justement l'encloüeure. Tu viens un peu trop tard pour m'attraper, mon pauvre amy. Si tu as le bil-let de Mr. Mathieu, je t'en donneray.

CHAMPAGNE.

Cela est fort judicieux & fort raisonnable, j'aime les gens d'esprit. Je ne le trouve point, ce diable de billet.

Mr. GRIFON.

Cherche bien.

CHAMPAGNE.

Je ne trouve rien, la peste m'étouffe. Je l'avois pour-tant avant que d'aller au Cabaret.

Mr. GRIFON.

Trouve-le donc.

CHAMPAGNE.

Oh ! vous en demandez trop. Quand on a bû, on ne peut pas retrouver sa maison ; vous voulez que je re-trouve un billet : il n'y a pas de raison à cela.

**Mr. GRIFON.**

Tu en as beaucoup , toy.

**CHAMPAGNE.**

Ecoutez , ne nous broüillons point. J'eſtois de ſang
froid quand je l'ay perdu , je le retrouveray quand je
ſeray de ſang froid, cela eſt infaillible ; juſqu'au revoir.

**Mr. GRIFON.**

Il n'eſt pas ſi yvre qu'il paroiſt.

# SCENE XVII.

## Mr. GRIFON *ſeul.*

MOnſieur mon fils choiſit mal ſes gens ; il eſt plus
mal-aiſé de m'attraper qu'on ne s'imagine :
quelque nuit qu'il faſſe , je connois les fourbes d'une
lieuë.

# SCENE XVIII.

## SCAPIN, Mr. GRIFON.

### SCAPIN.

ALlons, Monſieur, de la joye, vive l'Amour &
la Muſique, je vous amene icy tout un Opera.

**Mr. GRIFON.**

Que voulez-vous faire de ces flambeaux ?

**SCAPIN.**

Pour nous éclairer Monſieur ; ma Muſique eſt une
Muſique de conſequence, il faut voir clair à ce qu'on
fait; allons, Meſſieurs de la ſimphonie.

# SERENADE.

## Mr. GRIFON, SCAPIN, PLUSIEURS SIMPHONISTES, DANSEURS ET MUSICIENS.

### UN VENITIEN chante.

*Hor che piu belle*
*Splendor le stelle*
*Il sonno sbandite amanti*
*Con suoni, con canti,*
*La cruda suegliate,*
*Fate, fate,*
*Che veda i suo rigori,*
*E m'ei dolori.*

### LA VENITIENNE.

*Forse chil lungo piangere,*
*Potra frangere*
*Sua crudeltà,*
*Ed undi merce,*
*La sua fe ritrouvera.*

### LE VENITIEN.

*Amanti*
*Costanti,*
*Sofrite le penne,*
*Portate catene,*
*Sperate merce,*
*Tra doglie martiri,*
*Fra pianti, e sospiri,*
*Si prova la fe.*
*Amanti costanti,*
*Sperate merce.*

### LA VENITIENNE.

*Spero, spero chun di l'amor*

*Dara pace al dolor,*
*Il mio fedel ardor,*
*Pol ben far*
*Triomphar*
*Questo misero cuor.*

### SCAPIN.

Peut-estre que l'Italien ne vous plaist pas, il faut
vous servir à la Françoise.

*Scapin va chercher six femmes déguisées avec des*
*Manteaux rouges, qui viennent en dansant, & font un*
*spectacle.*

### SCAPIN.

*Amis, tenez-vous tout prests,*
*La beste est dans nos filets.*
*Lors qu'un vieux fou s'échape*
*D'estre amoureux sur ses vieux ans,*
*Il faut qu'il mette la nape,*
*Et qu'on boive à ses dépens.*

### LE CHOEUR.

*Il faut qu'il mette la nape,*
*Et qu'on boive à ses dépens.*

### AIR.

*Vive la jeunesse,*
*Vive le Printemps,*
*C'est le temps*
*De la tendresse.*
*Fuyez d'icy sombre vieillesse;*
*Car en amour les vieillards ne sont bons*
*Qu'à payer les Violons.*

### UNE MUSICIENNE.

*Un jour un vieux hibou*
*Se mit dans la cervelle*
*D'épouser une hirondelle,*
*Jeune & belle,*
*Dont l'Amour l'avoit rendu fou.*
*Il pria les oyseaux de chanter à la feste,*

*Tout s'enfuit en voyant une si laide beste,*
*Il n'y resta que le coucou.*

### Mr. GRIFON.

Monsieur le Musicien, voila de vilaines paroles.

### SCAPIN.

Pardonnez-moy, Monsieur, ce sont des paroles nouvelles qui furent faite à la noce de Vénus & de Vulcain. Mais allons au fait.

*Les Violons jouent un air, sur lesquels les fem-*
*mes de la Serenade dansent, & en dansant elles*
*mettent le pistolet sous le nez de Monsieur Gri-*
*fon & de Scapin.*

### Mr. GRIFON.

Misericorde! des pistolets, Mr. le Musicien!

### SCAPIN.

Paix, paix, ne faisons point de bruit, nous ne sommes pas les plus forts.

### Mr. GRIFON.

Ils prennent mon chapeau, Mr. le Musicien.

### SCAPIN.

Et paix, paix, ils prennent le mien, & je ne dis mot. Mr. GRIFON.

Ils me deshabillent, Mr. le Musicien.

### SCAPIN.

Hé comme vous criez! faut-il faire tant de bruit pour un méchant juste-au-corps?

### Mr. GRIFON.

Ils foüillent dans mes poches, Mr. le Musicien, & prennent ma bourse.

### SCAPIN.

Ils foüillent aussi dans les miennes; mais il n'y a rien, ils seront bien attrapez.

### Mr. GRIFON.

Ils me prennent un Colier de quatre cens pistoles, Mr. le Musicien.

### SCAPIN.

Bon, bon, ils ne tueront personne.

### Mr. GRIFON.

Ah! la maudite Serenade!

# SCENE DERNIERE.

VALERE, SCAPIN, Mr. GRIFON,
LEONORE, MARINE,
DANSEURS.

### VALERE.

AH, mon Pere ! comme vous voila ! & d'où venez-vous ?

### SCAPIN.

Nous venons de donner une Serenade.

### Mr. GRIFON.

Ah Valere, je suis mort, on vient de me voler un Colier de quatre cens pistoles.

### VALERE.

Ne vous allarmez point, mon Pere, je vous amene vos Voleurs.

*Leonore & Marine jettent leurs Manteaux.*

### Mr. GRIFON.

Misericorde ! Leonore, Marine !

### MARINE.

Ouy, Monsieur, c'est nous qui avons fait le coup.

### SCAPIN.

Ah ! coquine, tu iras au Galeres.

### VALERE.

Si vous voulez consentir que j'épouse Leonore, je vous montreray votre Colier.

### Mr. GRIFON.

Mon Colier ? Ah ! je te promets que si je le retrouve, je consens à tout.

### VALERE.

Je n'iray pas loin.

**Mr. GRIFON** *voulant prendre le Colier.*

Ah, mon cher Colier!

**VALERE.**

Ah, tout beau, s'il vous plaist, mon Pere; je vous ay dit que je vous le ferois voir, mais je ne vous ay pas dit que je vous le rendrois. Quand une fille se marie, elle a besoin d'un Colier, en voila un tout trouvé Je vous prie, Mademoiselle, de l'accepter pour l'amour de moy.

**Mr. GRIFON.**

Comment donc?

**SCAPIN.**

Vous voulez bien, Monsieur, que je vous fasse aussi mes petites excuses, & que je vous dise que le borgne à qui vous avez tantôt donné deux cens Loüis, c'estoit moy, & que je ne suis qu'une façon de Musicien.

**Mr. GRIFON.**

Double pendart. Ah! je suis assassiné. Quelle maudite journée! Non, je ne veux jamais entendre parler ny de fils, ny de maîtresse, ny d'amour, ny de mariage, & je vous donne tous à tous les diables.

**MARINE.**

Tant mieux. Voila peut-estre la premiere chose qu'il ait donné de sa vie.

**SCAPIN** chante, & le Chœur repete.

*J'offre icy mon sçavoir faire*
*A tous ceux qui n'ont point d'argent,*
*Je croy que le nombre en est grand,*
*Et je n'auray pas peu d'affaire.*
*Malgré toute ma ressource,*
*Gardez-vous d'un sexe enchanteur;*
*Non content de prendre le cœur,*
*Il en veut encore à la bourse.*

**FIN.**

# LE BAL,

## *COMEDIE,*

### REPRESENTE'E EN 1694.

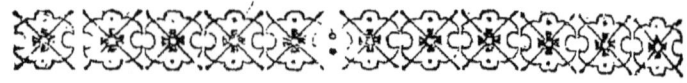

# ACTEURS.

LEONORE.

VALERE, Amant de Leonore.

LISETTE.

MERLIN.

GERONTE, Pere de Leonore.

Mr. DE SOTANCOUR, Bourgeois de Falaise.

FIJAC, Gascon.

MATHIEU CROCHET, Cousin de Mr. de Sotancour.

Mr. GRASSET, Rotisseur.

Mr. DE LA MONTAGNE, Marchand de Vin.

GILLETTE.

Troupe de Masques.

*Le Bal.*

# LE BAL,

## COMEDIE.

---

## SCENE PREMIERE.

### MERLIN *seul.*

E voicy daus Charone, & voila le logis
Où l'amour nous conduit ; gardons
d'eſtre ſurpris.
Il fait ma foy bien chaud ; j'ay bien eu
de la peine,
Je ſuis venu ſans boire, ouf! je ſuis hors d'haleine,
Je riſque dans ce lieu bien plus qu'au Cabaret.
Monſieur Geronte a l'air d'un petit indiſcret.
S'il me voit, ce Vieillard me conduira peut-eſtre
Fort incivilement. D'ailleurs auſſi mon Maître
Eſt un autre brutal qui n'entend point raiſon,
Et veut eſtre introduit ce ſoir dans la maiſon.
Entre ces deux écueils, je le donne au plus ſage
A pouvoir ſe ſauver icy de quelque orage.
Qu'on eſt fou, pour un autre, aller riſquer ſon dos !
Ah ! qu'un grand Philoſophe a dit bien à propos,
Qu'un bon valet étoit une piéce bien rare !

On dit que pour la nopce icy tout se prepare;
Je veux en tapinois faire la guerre à l'œil.
Déja la nuit commence à s'habiller de deüil;
Lisette dans ces lieux m'a promis de se rendre,
Pour sçavoir quel party mon Maistre pourra pren-
    dre.
Mais j'entrevois quelqu'un.

# SCENE II.

*Mr. Grasset, Rotisseur, tenant un plat de rôt. Mr de la Montagne, un panier de bouteilles.*

## MERLIN, Mr. GRASSET, Mr. LA MONTAGNE.

### Mr. GRASSET.

Monsieur, voila le rôs.
### Mr. LA MONTAGNE.
Monsieur, voila le vin.
### MERLIN.
Vous venez à propos.
Ils me prennent sans doute icy pour l'œconome;
Profitons de l'erreur, faisons le Majordome.
### Mr. GRASSET.
Voila douze poulets à la pâte nourris,
Autant de pigeons gras dont les culs sont farcis,
Poules de Caux, pluviers, une demy-douzaine
De rafles de genêts, six lapins de garenne,
Deux jeunes marcassins, avec quatre faisans,
Le tout est couronné de soixantes ortolans,

Et des perdrix, morbleu, d'un fumet admirable.
Sentez plutôt. Quel baume !

### MERLIN.

Ouy, je me donne au Diable,
Ce gibier est charmant, & je le garantis
Bourgeois, & né natif en plaine S. Denis.

### Mr. GRASSET.

Monsieur !

### MERLIN.

Oh ! je connois vos tours. Qu'il vous souvienne
Qu'un jour étant chez vous, par malheur la garenne
S'ouvrit, & qu'aussi-tôt on vit tous vos garçons
S'armer habilement de broches, de bâtons,
Et qu'ils eurent grand'peine, avec cet air si brave,
A faire rembûscher au fond de votre cave,
Et dans votre grenier, tous les lapins hiards,
Qu'on voyoit dans la ruë abondamment épars.

### Mr. GRASSET.

Je ne merite pas, Monsieur, un tel reproche.

### MERLIN *prend deux perdrix, qu'il met dans sa poche.*

Donnez-moy deux perdrix, allez coucher en broche.
Et souvenez-vous bien, vous & vos galopins,
De mieux à l'avenir enfermer vos lapins :
Entrez. Pour vous, Monsieur, qui portez la ven-
    dange,
Vous ne valez pas mieux, on ne perd rien au change.
C'est-là tout mon vin ?

### Mr. LA MONTAGNE.

Tout. On n'est pas un fripon,
Il faut être en ce monde ou marchand ou larron.

### MERLIN *tirant une bouteille.*

On est bien tous les deux. Voyons, sans vous déplaire.
Cette bouteille-cy me paroît bien legere.
Vous êtes un fripon, un scelerat.

### Mr. LA MONTAGNE.

Monsieur,

Vous me rendez confus.

### MERLIN.

Un Arabe, un voleur.

### Mr. LA MONTAGNE.

Vous avez des bontez !

### MERLIN.

Sans parler de la colle,
Ny des ingrediens dont votre art nous defole,
Je vous y tiens ; voila, Monfieur le Gargotier,
Des bouteilles qui font faites d'un triple ozier.
Ah ! Monfieur le pendart !

*Il défait une bouteille couverte de trois ou quatre o-*
*ziers, en forte qu'il n'en demeure qu'un fort petit.*

### Mr. LA MONTAGNE.

Mais ce n'eft pas ma faute.

Le Marchand . . .

### MERLIN.

Se peut-il volerie auffi haute ?
De l'or & des grandeurs je n'en demande pas,
Jufte Ciel : feulement fais qu'avant mon trépas,
Je puiffe de mes yeux voir trois de ces Corfaires,
Ornant fuperbement trois bois patibulaires,
Pour prix de leurs larcins, en public élevez,
Danfer la Sarabande à deux pieds des pavez.
Voila les vœux ardents que fait pour vôtre avance,
Le plus fincere amy que vous ayez en France.
Adieu . . . Laiffez m'en deux, comme un échantillon,
Pour montrer qu'à bon droit vous paffez pour fripon.

*Il les met dans fes poches, & en prend une troifieme.*

### Mr. LA MONTAGNE.

Vous m'avez pris mon vin ?

### Mr. GRASSET.

Qui me payera ma viande ?

### MERLIN.

Je l'ay fait à deffein. Hipocrate commande,
Et dit en quelque endroit, que pour fe bien porter,

Il

Il se faut quelquefois dérober un soupé.
Si toute cette troupe, & celuy qui l'envoye,
Estoit au fond de l'eau, que j'en aurois de joye!
Voila la nopce en branle. ( *il boit* )

# SCENE III.

## LISETTE, MERLIN.

### LISETTE.

AH, Merlin, te voilà
La bouteille à la main, que diantre fais-tu là ?
    MERLIN *boit.*
En t'attendant, tu vois que je me desennuye.
    LISETTE.
Tout est perdu, Merlin, Leonor se marie.
Monsieur de Sotancour, pour nous faire enrager,
De Falaise à Paris vient par le Messager.
Il arrive en ce jour; & pour luy faire feste,
Hors ma maîtresse & moy, tout le monde s'appreste.
    MERLIN *boit.*
Que j'en ay de chagrin !
    LISETTE.
            Pour faire un plein regal,
Ce soir avant la nopce, on donne icy le bal.
    MERLIN *vuidant sa bouteille.*
On donne icy le bal ? l'affaire est donc finie ?
    LISETTE.
Autant vaut, mon enfant.
    MERLIN.
            Morbleu, j'entre en furie,
En songeant qu'un morceau si tendre & si friaud
                    C

Doit tomber fous la main d'un maudit Bas-Normand,
Et de Falaife encor. Dis-moy, Monfieur Geronte,
Pere de Leonor, ne meurt-il point de honte ?

LISETTE.

Ce Normand a, dit-il, plus de cent mil écus;
Et pour faire un mary , c'eft autant de vertus.

MERLIN.

Et que dit ta Maîtreffe ?

LISETTE.

Elle fe defefpere,
S'arrache les cheveux.

MERLIN.

Autant en fait Valere.
A table aux Entonnoirs , dans un grand embarras,
Le pauvre Diable attend fa vie ou fon trépas.

LISETTE.

Il peut donc maintenant , puifque l'affaire eft faite,
Mourir quand il voudra.

MERLIN.

Quoy, ma pauvre Lifette,
Laifferons-nous crever un pauvre agonifant ?

LISETTE.

N'as-tu point de remede à ce mal fi preffant ?
Quelque elixir heureux, quelque once d'emethique?

MERLIN.

Mais toy, ne peux-tu rien tirer de ta boutique ?
J'ay fait le Diable à quatre.

LISETTE.

Et j'ay fait le dragon,
Moy. J'attends mefme encor un mien parent Gafcon,
A qui j'ay fait le bec , & qui ce foir s'engage
A venir traverfer ce maudit mariage.

MERLIN.

Et quel eft ce Gafcon que tu mets dans l'employ ?

LISETTE.

C'eft un fourbe, un fripon , à peu prés comme toy.

MERLIN.

Comme moy, des fripons ! Fijac feul me reffemble.

### LISETTE.

C'eſt luy.

### MERLIN.

Je le verray , nous agirons enſemble.
Si Valere pouvoit ſeulement ſe montrer…

### LISETTE.

Bon ! cela ne ſe peut ; comment pouvoir entrer ?
Tout le monde au logis vous connoiſt l'un & l'autre.

### MERLIN.

Ne ſçais-tu pas encor quelle adreſſe eſt la nôtre ?
On m'a dit que ce ſoir, on doit danſer, chanter.

### LISETTE.

On me l'a dit ainſi.

### MERLIN.

J'en ſçauray profiter ;
Ayde-nous ſeulement.

### LISETTE.

Je ſuis preſte à tout faire.

### MERLIN.

Et moy, je te promets que ſi dans cette affaire,
Mon Maître plus heureux épouſe *incognito*,
Je pourray t'épouſer de même *ex abrupto*.

### LISETTE.

Depuis que mon mary, par grace ſinguliere,
D'un ſurtout de ſapin, que l'on appelle biere,
Dont on ſort rarement, a voulu ſe munir,
J'ay fait vœu d eſtre veuve, & je le veux tenir.

### MERLIN.

Ouyda, l'état de veuve eſt une douce choſe,
Ou a pluſieurs Amants, ſans que perſonne en gloſe,
Et l'on fait juſtement, du ſoir juſqu'au matin,
Comme ces fins gourmets qui vont goûter le vin.
Sans achepter d'aucun, à chaque piece on taſte,
On laiſſe celuy-cy, de peur qu'il ne ſe gaſte :
On ne veut pas de l'un parce qu'il eſt trop vert ;
Celuy-cy trop paillet, cet autre trop couvert.
D'un tel vin la couleur eſt malade & bizarre,
Cet autre dans le chaud peut tourner à la barre ;

L'un eſt trop plat au goût , l'autre trop petillant ,
Et ce dernier enfin a trop peu de montant.
Ainſi ſans rien choiſir , de tout on fait épreuve ,
Et voila juſtement comme fait une veuve.

### LISETTE.

Une veuve a raiſon; j'aime mieux , prix pour prix ,
Deux Amants comme il faut , que cinquante maris.
Un époux eſt un vin difficile à revendre ,
On peut en eſſayer , mais il n'en faut point prendre.

### MERLIN.

Si tu voulois de moy faire un petit eſſay ,
J'ay du montant de reſte , & le vin aſſez guay.
Mais je m'arreſte trop , & je laiſſe mon Maître
Se diſtiller en pleurs , & s'enyvrer peut-être.
Je te quitte , & je vais arreſter ſes tranſports :
Si Liſette eſt pour nous , nous ſommes aſſez forts.

# SCENE IV.

## LISETTE ſeule.

JE veux à les ſervir m'employer toute entiere.
Ce Monſieur Bas-Normand me choque la viſiere.

## SCENE V.

### GILETTE, LISETTE.

#### GILETTE.

DE la joye ! ah Lifette ! à la fin dans la Cour
Arrive avec fracas Monfieur de Sotancour ;
Monfieur de Sotancour.

#### LISETTE.

Au diantre la begueule,
Avec fon Sotancour ! voyez comme elle gueule !

#### GILETTE.

Je l'ay veû de mes yeux defcendre de cheval,
Il amene un coufin, un grand original,
Qu'on avoit mis en croupe ainfi qu'une valife.
Mais les voicy tous deux.

#### LISETTE.

L'affaire eft dans fa crife.

## SCENE VI.

### Mr. DE SOTANCOUR, MA-THIEU CROCHET *en gueftres.* UN VALET *qui porte une lanterne & un fac.*

#### SOTANCOUR.

TRop heureufe maifon ! & vous murs trop épais,
Qui cachez à mes yeux le plus beau des objets,

C iij

Qui dans vos noirs détours recelez Leonore,
Faites de votre pis, cachez-la mieux encore:
Mais bien tôt malgré vous je verray ses appas
Cap à cap, sans reserve, & du haut jusqu'en bas.
Je verray son nés... son... Mais, j'aperçois Lisette.
Maîtresse subalterne, adorable Soubrete,
Tu me vois en ces lieux en propre original,
Pour serrer le doux nœud du lien conjugal.

### LISETTE.

Le bourreau t'en fasse un qui te serre la gorge,
Maudit Provincial!

### SOTANCOUR.

De plaisirs je regorge,
En songeant... Ah, Cousin! qu'elle a le nez joly,
Le minois égrillard, le cuir fin & poly!
Sur son blanc estomac deux globes se soutiennent,
Qui pourtant à l'envy sans cesse vont & viennent,
Et qui font que d'amour je suis presque enragé;
Pour le reste, Cousin, quel heureux prejugé!
L'eau m'en vient à la bouche.

### MATHIEU CROCHET *en Normand.*

Est-elle brune ou blonde?

### SOTANCOUR.

Oh non, elle est bay-clair; ses cheveux sont en onde,
Et fort negligemment flotent à gros bouillons
Sur sa gorge d'albâtre, & vont jusqu'aux talons.
Son teint est... tricolor; elle est ma foy charmante.
La Belle de me voir est bien impatiente?
Comment se porte-t'elle?

### LISETTE.

Assez mal; elle dit
Qu'elle ne fait la nuit que tourner dans son lit.

### SOTANCOUR.

Dans peu nous calmerons le tourment qu'elle endure,
Et nous l'empescherons de tourner, je te jure.

### LISETTE.

Sans cesse elle soupire.

SOTANCOUR.

Et bien , Coufin, tu voy ;
Ay-je tort quand je dis qu'elle eft folle de moy ?

LISETTE.

Tout eft feinte, Monfieur, fouvent dans une fille.
Ne vous y fiez pas ; l'une paroît gentille ,
Pour fçavoir fe fervir d'une beauté d'emprun ,
Mettre un vifage blanc fur un vifage brun :
L'autre , de faux cheveux compofe fa coeffure ;
Cette autre de fes dents bâtit l'Architecture :
Celle-cy doit fa taille à fon patin trompeur ,
Et l'autre fes tetons à l'art de fon Tailleur.
Des charmes apparents on eft fouvent la dupe ,
Et rien n'eft fi trompeur qu'animal porte-jupe.

SOTANCOUR.

Leonore auroit-elle aucun de ces defauts ?

LISETTE.

Je ne dis pas cela , mais le monde eft fi faux ,
Une fille toujours a quelque fer qui loche.

MATHIEU CROCHET.

Oh , Coufin , n'allez pas acheter chat en poche.
Pour fçavoir fi la belle eft droite, ou de travers ,
Faites-la vifiter avant par des Experts.

SOTANCOUR.

Bon, bon ! va , s'il faloit que cette marchandife
Fût fujette à vifite , avant que d'eftre prife ;
Malgré tant d'achepteurs, je te jure, coufin ,
Qu'elle demeureroit long-temps au Magazin.
Mais je la voy paroître.

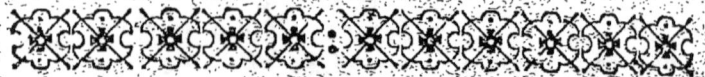

# SCENE VII.

Mr. GERONTE, LEONORE,
SOTANCOUR, MATHIEU
CROCHET, LISETTE,
Mr. GERONTE.

### Mr. GERONTE.

AH! serviteur, mon Gendre,
Soyez le bien-venu, vous vous faites attendre,
Votre retardement alloit m'inquieter,
Et ma fille estoit preste à s'impatienter.

### SOTANCOUR.

J'en suis persuadé ; mais vous aussi, Madame,
D'impatiens transports vous bourelez mon ame ;
Mon cœur tout panthelant comme un cerf aux abois,
Par avance à vos pieds vient apporter son bois.
Vos beaux yeux desormais sont le Nord ou le Pole,
Où de tous mes desirs tournera la boussole :
Vos appas, vos attraits... qui vous font tant d'hon-
　　neur,
Vous ne repondez rien, doux objet de mon cœur ?

### Mr. GERONTE.

La joye & le plaisir...

### SOTANCOUR.

　　　　　　Je vous entends, Beau-pere,
Le plaisir de me voir la gonfle de maniere,
Qu'elle ne peut parler.

### Mr. GERONTE.

　　　　Justement.

SOTANCOUR.

Dans ce jour
Nous ne ferons plus qu'un, vous & moy Sotancour.

LISETTE.

Ah! la belle union!

SOTANCOUR.

Moy bien fait, vous gentille,
Nous allons mettre au monde une belle famille.
Beau-pere, on dit bien vray, quant à moy, j'y fouf-
cris,
On a beau faire, il faut prendre femme à Paris;
L'on y taille en plein drap. Nos femmes de Province
Ont l'abord repouffant, la mine plate & mince,
L'efprit fec & bouché, le regard de hibou,
L'entretien difcourtois; & l'accueil loup-garou:
Mais le Sexe à Paris a la mine jolie,
L'air attractif, fur-tout la croupe rebondie;
Mais il eft diablement fujet à caution.

MATHIEU CROCHET.

On dit qu'à forligner il a propenfion.

SOTANCOUR.

Je veux croire pourtant, malgré la deftinée,
Que je pourray toujours aller tefte levée;
Que malgré votre nez, & cet air égrillard,
Mon front entre vos mains ne court point de hazard.
Voudriez-vous, Mignonne, à la fleur de mon âge
Mettre inhumainement mon honneur au pillage?
Me referveriez-vous pour un tel accident?
Hem? vous ne dites mot.

LISETTE.

Qui ne dit mot, confent.

SOTANCOUR.

Beau-pere, jufqu'icy, s'il faut que je le dife,
La future n'a point encor dit de fottife;
Peut-eftre qu'elle en penfe: en tout cas, j'avertis
Qu'elle a l'entretien maigre, & le difcours concis.

Mr. GERONTE.

Tant mieux pour une femme.

C v

SOTANCOUR.

　　　　　　　　　　Ouy, quand par retenuë
Elle caquette peu : mais fi c'eft une gruë . . .
Dans la famille au moins on ne voit point de fots.
Luy, par exemple, il a plus d'efprit qu'il n'eft gros.

MATHIEU CROCHET.

Le Coufin me connoift ; oh ! je ne fuis pas cruche,
Tel que vous me voyez.

SOTANCOUR.

　　　　　　　　Luy . . . c'eft la coqueluche
Des filles de Falaife : Il étudie en Droit,
Et fçait tout fon Cujas fur le bout de fon doigt.

MATHIEU CROCHET.

Oh ! quand on a du Code acquis quelque teinture,
Prés des femmes de refte on fçait la procedure :
Nous autres du bareau, nous fommes des gaillards.

LISETTE.

Vous eftes Avocat ?

MATHIEU CROCHET.

　　　　　　　Et de plus, Maître és Arts.

SOTANCOUR.

Tres alteré, beau-pere, au moins ne vous déplaife.
On a foif volontiers, quand on vient de Falaife.
Allons tâter du vin.

Mr. GERONTE.

　　　　　Allons, c'eft fort bien dit.

SOTANCOUR.

Je me fens là-dedans un terrible appetit.

MATHIEU CROCHET.

Depuis trois jours je jeûne, afin d'eftre capable
De pouvoir dignement faire figure à table.

LISETTE.

Monfieur eft prevoyant.

SOTANCOUR.

　　　　　　　Vrayment c'eft fort bien fait.
Allons, fuivez-moy donc, Coufin Mathieu Crochet.
Bien-tôt nous reviendrons, ô Beauté mon idole,
Voir fi vous n'avez point retrouvé la parole.

## SCENE VIII.

LEONORE, LISETTE *regardant partir Mathieu Crochet.*

### LISETTE.

Voila ce qui s'appelle un garçon fait au tour !

### LEONORE.

Lisette, que dis-tu de Monsieur Sotancour ?

### LISETTE.

Et de Mathieu Crochet, qu'en dites-vous Madame ?

### LEONORE.

De Monsieur Sotancour je deviendrois la femme ?
A ne t'en point mentir, je suis au desespoir.

### LISETTE.

Oh ! qu'il ne vous tient pas encor en son pouvoir !
Valere n'est pas homme à quitter la partie,
Il faut qu'il vous épouse, ou j'y perdray la vie.

## SCENE IX.

MERLIN en Maistre de Musique, avec des porteurs d'Instrumens, dans l'un desquels est Valere : Il entre en chantant.

## AIR.

Pour attraper un Rossignol,
Re mi fa fol,
Je disois un jour à Nanette,
Il faut aller au bois : mais chut !
Mi fa fol ut.

C vij

*Je me trouvay dans sa cachette,*
*Le Rossignol y vint aussi,*
*Mi re ut si.*
*Et si-tost qu'il fut sur la branche,*
*Prest à chanter de son bon gré,*
*Sol fa mi re.*
*Elle le prit de sa main blanche,*
*Et puis dans sa cage le mit,*
*La sol fa mi.*

### LISETTE.

Que cherchez-vous, Monsieur, avec cet équipage ?
### MERLIN.
Vous voyez un Breton prest à vous rendre hommage.
Depuis plus de vingt ans je rode l'Univers,
Où je fais admirer l'effet de mes Concerts.
### LISETTE.
Tant mieux pour vous, Monsieur, j'en ay l'ame ravie,
Mais nous ne sommes point en goût de simphonie ;
Laissez-nous, s'il vous plaist, avec tous nos ennuis.
### MERLIN.
Quand vous me connoîtrez ... vous sçauray qui je
suis.
### LISETTE.
Je le croy bien.

### MERLIN.
Je suis un Musicien rare,
Charmé de mon sçavoir, gueux, yvrogne & bizare.
### LISETTE.
Pour la profession voila de grands talens.
### MERLIN.
Voudriez-vous m'entendre ?
### LEONORE.
Oh, je n'ay pas le temps.
De chagrins trop cuisans j'ay l'ame penetrée.
### MERLIN.
Tant mieux, je vous voudrois encor desesperéé.

### LISETTE.

Elle n'en est pas loin.

### MERLIN.

C'est comme je la veux,
Pour donner à mon Art un exercice heureux.

### LEONORE.

Pour des Bretons, Monsieur gardez votre science.

### MERLIN.

J'ay tout ce qu'il vous faut, autant qu'homme de
France.
Tout Breton que je suis, je sçay votre besoin.

### LISETTE.

Ne le renvoyons pas, puisqu'il vient de si loin.

### MERLIN.

Dans un concert d'hymen, lorsque quelqu'un discorde,
Je sçais juste baisser, ou hausser une corde;
Nul ne sçait de l'amour mieux le diapazon,
Ny mettre comme moy deux cœurs à l'unisson.

### LISETTE.

Oh! vous aurez grand' peine, avec votre industrie,
A faire icy chanter deux Amants en partie.

### MERLIN.

J'ay dans cet étuy-là, Madame, un instrument
Qui calmeroit bien-tost vos maux assurément.
Il est doux, amoureux, insinuant & tendre,
Et qui va droit au cœur.

### LISETTE.

Ne peut-on point l'entendre?

### LEONORE.

Ah! laisse-moy, Lisette, en proye à mon malheur.

### LISETTE.

Madame, un air ou deux calment bien la douleur.

### MERLIN.

Fcoutez-le, de grace, un seul moment sans peine,
Et s'il ne vous plaist pas, soudain je le rengaîne.

### MERLIN ouvert l'étuy dans lequel est Valére.

Cet instrument, Madame, est-il de votre goût?

# LE BAL,

## LEONORE.
Que vois-je ! c'eſt Valere ?

## LISETTE.
### Et Merlin.

## MERLIN.
Point du tout.

Je ſuis un Bas-Breton.

## VALERE.
Non, belle Leonore.

Je n'ay pû reſiſter au feu qui me devore ;
Et puiſqu'on rompt les nœuds qui nous avoient liez ,
Je viens dans ce moment expirer à vos piez.

## LEONORE.
A quoy m'expoſez-vous ?

## VALERE.
Pardonnez à mon zele.

## LEONORE.
Mon pere va venir.

## LISETTE.
Je feray ſentinelle.

## LEONORE.
Mais que pretendez-vous ?

## VALERE.
Vous prouver mon amour,

Pour détourner l'hymen qu'on veut faire en ce jour ,
Souffrez que cet amour ſoit en droit de tout faire.

## LISETTE.
Gare, tout eſt perdu, j'apperçois votre pere.

## MERLIN.
Rentrez viſte.

## LISETTE.
Non, non, ce n'eſt pas encor luy.

## MERLIN.
Maugrébleu de la maſque ! allons r'ouvrir l'étuy.
C'eſt Liſette, Monſieur, qui cauſe ce vacarme.
Fais mieux le guet au moins ; une ſeconde alarme
Demonteroit morbleu l'inſtrument pour toujours.

**VALERE** *sortant de l'étuy.*

Ah! Madame! aujourd'huy secondez nos amours,
Evitez d'un rival l'odieuse poursuite,
Ce soir pendant le Bal livrez-vous à sa suite.

**LEONORE.**

Mais comment ?

**VALERE.**

De Merlin vous sçaurez pleinement...

**LISETTE.**

Viste, viste, rentrez, Monsieur de l'Instrument.
Ah! Merlin, pour le coup, c'est Geronte en personne.

**VALERE** *rentre dans l'étuy.*

Ah! Madame !

**MERLIN.**

Et rentrez.

**LEONORE** *en s'en allant.*

A toy je m'abandonne.

# SCENE X.

## Mr. GERONTE, SOTANCOUR, LISETTE, MERLIN.

**MERLIN** *en colere.*

Ouy, vous estes un sot en bécare, en bémol,
Par la clef de f ut fa, c sol ut, g re sol.
De la sorte insulter la Musique Bretonne !

**SOTANCOUR.**

Lisette, quelle est donc cette mine boufonne?

**LISETTE.**

C'est un Musicien Bas-Breton.

**SOTANCOUR.**

Bas-Breton !

Cet homme doit chanter sur un diable de ton,
Jamais de son pays il n'est venu d'Orphée,
Je croy dés-à-present sa musique enragée;
Pour des doubles bidets, passe.

### MERLIN.

              Fat, animal,
Vil Carabin d'orchestre, atome musical.
Par la mort....

### SOTANCOUR *l'arrestant.*

        Doucement.

### MERLIN.

            Tenez-moy, je vous prie:
Si j'echape une fois, je veux avoir sa vie;
Laissez... ( *Il luy donne un coup sur les-doigts.* )

### SOTANCOUR.

Si je te tiens, je veux estre empalé.

### MERLIN *revenant.*

Comment ! me soûtenir, que mon air est pillé !
Un air delicieux, que j'estime, que j'aime,
Et que j'ay pris plaisir à composer moy-même
Dans Kinpercorantin.

### Mr. GERONTE.

        Il a tort.

### LISETTE.

           Entre nous,
Cela ne se dit point.

### SOTANCOUR

        Là, là, consolez-vous,
Ce n'est pas un grand mal, on ne voit point en France
Punir de ces larcins la frequente licence:
Mais que vois-je ? est-ce à vous ce petit instrument ?

### MERLIN.

Pour vous servir, Monsieur.

### SOTANCOUR.

          J'en joüe elegamment:
Je vais vous regaler d'un petit air.

### MERLIN *l'arrêtant.*

        De grace,

Je ne puis m'arrefter ... Il faut ....

### SOTANCOUR.

Sur cette Baffe
Je veux que l'on m'entende un moment preluder.

### MERLIN.

Vous feriez trop long-temps, Monfieur, à l'accorder,
Et de plus, mon Valet a la clef dans fa poche.

### SOTANCOUR.

Tous ces gens-là font faits de croche & d'anicroche :
Je vous dis que je veux ....

### LISETTE.

Vous en jouërez fort mal,
L'Inftrument eft Breton.

### MERLIN.

Et tant foit peu brutal.
Vous l'entendrez tantôt, je me feray connoiftre,
Et vous verrez pour lors quel homme je puis eftre.

### SOTANCOUR.

Quoy, vous voulez, Monfieur, donner concert ceans?

### MERLIN.

Je cherche à me produire aux yeux d'habiles gens.

### SOTANCOUR.

Vous venez tout-à-point, ce foir je me marie,
De la nopce & du bal fouffrez que je vous prie.

### MERLIN.

Volontiers, j'y prétens figurer comme il faut.

### LISETTE.

Faites toûjours porter votre Inftrument là-haut.

### SOTANCOUR.

Allons, venez, Monfieur, je m'en vais vous conduire,
Moy-même dans le bal je veux vous introduire.

### MERLIN *en reportant fon étuy.*

Et je m'introduiray de moy-même au foupé.
Ma foy, nous & l'étuy, l'avons bien échapé.

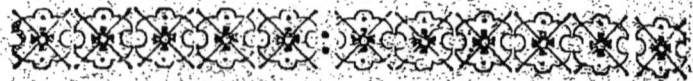

# SCENE XI.

## SOTANCOUR, LISETTE.

### SOTANCOUR.

HE' bien, que dirons nous, où donc est la maî-
    tresse ?
Je vois qu'à me trouver la belle peu s'empresse :
Si nous ne nous cherchons jamais plus volontiers,
Je ne luy promets pas grand nombre d'heritiers.

### LISETTE.

Bon, je sçay des maris qui pour éviter noise,
N'ont jamais approché leurs femmes d'une toise,
Et qui ne laissent pas d'avoir en leur maison
Un grand nombre d'enfans qui portent tous leur nom.

### SOTANCOUR.

Je sçay que Leonore aime un certain Valere,
Un fat, un feluquet, qui n'a l'heur de luy plaire
Que par son air pincé : mais c'est un petit fou,
Sans esprit, sans merite, & qui n'a pas un sou :
On m'a dit seulement que sa langue babille.

### LISETTE.

Et que faut-il de plus pour toucher une fille ?

### SOTANCOUR.

Ouy.... dis à Leonore en termes clairs & nets
Que je ne veux point estre époux *ad honores*.
Vois-tu, je ne suis pas de ces gens debonnaires
Qui font valoir leur femme en des mains étrangeres ;
Et mettant à profit un salutaire affront,
Levent à petit bruit un impost sur leur front.

## SCENE XII.

### LE BARON D'AUBIGNAC,
### LISETTE, SOTANCOUR.

#### LE BARON *Gafcon*.

AH! Monfieur, je vous cherche; eh permettez
    de grace,
Que fans plus differer icy je vous embraffe.

#### SOTANCOUR.

Pour la premiere fois l'accueil eft fraternel.

#### LE BARON.

N'eft-ce pas vous, Monfieur, qui vous nommez
    un tel.

#### SOTANCOUR.

Ouy, je me nomme un tel, mais j'ay ne vous déplaife,
Encore un autre nom.

#### LE BARON.

        Je viens vous montrer l'aife
Que j'ay d'avoir appris que vous vous mariez.

#### SOTANCOUR.

Je ne merite pas, Monfieur, tant d'amitiez.

#### LE BARON.

Nul ne prend plus que moy de part à cette affaire.

#### SOTANCOUR.

Er pourquoy, s'il vous plaift, peut-elle tant vous
    plaire?

#### LE BARON.

Pourquoy! cette demande eft bonne! maintenant
Que vous allez rouler deffus l'argent comptant,
Vous ne ferez, je croy, loyal comme vous eftes,
Nulle difficulté de bien payer vos dettes,

SOTANCOUR.

Graces au Ciel, Monſieur, je ne dois nul argent,
Et vay le front levé, ſans crainte du Sergent.

LE BARON.

Cinq cens Louis pour vous, c'eſt une bagatelle,
Allons, payez-les-moy.

SOTANCOUR.

     La demande eſt nouvelle.
Sotancour eſt mon nom, me connoiſſez-vous bien?

LE BARON.

Sotancour . . . juſtement, c'eſt pour vous que je vien.

SOTANCOUR.

Je vous dois quelque choſe?

LE BARON.

      Hé donc, le tout eſt droſle,
C'eſt cet argent, Monſieur, que ſur votre parole,
Je vous ay très-gagné l'autre hyver à trois dez,

SOTANCOUR.

A moy, Monſieur.

LE BARON.

   A vous?

SOTANCOUR.

     Et parbleu vous rêvez,
Pour connoître vos gens mettez mieux vos lunettes.

LE BARON.

Comment, chetif mortel, vous déniez vos dettes,
Vous ne connoiſſez plus le Baron d'Aubignac,
Vicomte de Dougnac, Croupignic, Foulignac,
Gentilhomme Gaſcon, plus noble que perſonne,
D'une race ancienne autant que la Garonne.

SOTANCOUR.

Quand elle le ſerois encor plus que le Nil,
Votre propos, Monſieur, n'eſt ny beau ny civil,
Je ne vous connois point, ny ne veux vous connoître.

LE BARON.

Il ne me connoiſt pas, le ſcelerat, le traitre

Ne vous souvient-il plus de cet Hyver dernier,
Quand notre Regiment fut chez vous en quartier
Un jour de Carnaval chez cette Conseillere,
Qui m'adoroit, hé donc ! vous memorez l'affaire,
                    SOTANCOUR.
Pas plus qu'auparavant, je ne sçay ce que c'est.
        LE BARON *mettant la main sur son épée.*
Ah ! je vous en feray souvenir s'il vous plaist ;
Car cadelis, je veux que le Diable me scie . . .

            LISETTE *l'arrestant.*

Ah tout beau, dans ce lieu point de bruit, je vous
        prie,
Monsieur est honneste homme, & qui vous payra bien.
                SOTANCOUR.
Moy payer : hé pourquoy, si je ne luy dois rien ?
            LE BARON.
Vous ne me devez rien ?
                LISETTE.
                    Un Gascon n'est pas homme
A venir sans sujet demander une somme.
            SOTANCOUR.
Un Gascon. Un Gascon a grand besoin d'argent,
Et pourveu qu'il en trouve, il n'importe comment :
Jamais de son Païs ne vint lettre de change,
Et quoy qu'il mange peu, si faut-il bien qu'il mange.
            LISETTE.
Donnez-luy seulement deux ou trois cens écus.
            SOTANCOUR.
J'aimerois mieux cent fois vous voir tous deux pendus.
        LE BARON *l'épée à la main.*
C'est trop contre un faquin retenir ma colere.
                LISETTE.
Hé de grace Monsieur !
            LE BARON.
                Non, non, laissez-moy faire
Que je le perce à jour.

SOTANCOUR *crie.*

A l'aide, je fuis mort.

# SCENE XIII.

GERONTE, *Les fufdits deux Valets.*

### GERONTE.

Pour quel fujet, Meſſieurs, criez-vous donc ſi fort?
#### LE BARON.
Un atome Bourgeois, qui perd ſur ſa parole,
Et ne veut pas payer; mais ce qui me conſole,
Je veux devenir nul, ou j'en auray raiſon.
#### GERONTE.
Que veut dire cela?
#### SOTANCOUR.
Monſieur, c'eſt un fripon,
Un Gaſcon affamé qui cherche à vous ſurprendre.

#### LE BARON *le voulant percer.*
Retirez-vous, Monſieur.
#### GERONTE.
Ah tout beau, c'eſt mon gendre.
#### LE BARON.
Cet homme eſt votre gendre?
#### GERONTE.
Il le ſera dans peu.
#### LE BARON.
Tant mieux, vous me payerez ce qu'il me doit
au jeu.
Je fais arreſt ſur vous, ſur la fille & la dote.
#### GERONTE.
Quoy vous avez perdu?

SOTANCOUR.

               Je vous dis qu'il radote.

Je ne fçay ...

LE BARON.

       Nuit & jour il hante les brelans,

Il doit encor au jeu plus de vingt mille francs.

GERONTE.

Plus de vingt mille francs?

LE BARON.

         Ouy Monfieur.

SOTANCOUR.

               Je vous jure,

Foy de vray bas Normand, que c'eft une impofture;

Que je ne comprens rien à ce maudit jargon,

Et ne fçais pour tout jeu que l'oye & le toton.

LE BARON.

Vous me gâtez icy bien du temps en paroles;

Monfieur, je veux toucher mes quatre cens piftoles,

Ou cadedis, je veux le faigner à l'inftant.

GERONTE.

Si mon gendre vous doit....

LE BARON.

        S'il me doit!

GERONTE.

             Je pretens

Que vous foyez payé; mais fans plus de colere,

Permettez qu'à demain nous remettions l'affaire;

Je marie aujourd'huy ma fille, & retiendray

Sur fa dot cet argent que je vous donneray.

LE BARON.

C'eft parler comme il faut; quand on eft raifonnable,

Tout Gafcon que je fuis, je fuis doux & traitable:

Adieu, jufqu'à demain, mais fouvenez-vous-en,

Que j'ay votre parole, & grand befoin d'argent.

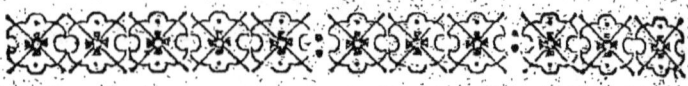

# SCENE XIV.

### GERONTE, LISETTE, SOTANCOUR.

#### GERONTE.

Vous estes donc joüeur ?
          SOTANCOUR.
                Que l'on me pilorie,
Si j'ay hanté ny vû ce Gascon de ma vie.
         GERONTE.
Mais pourquoy viendroit-il ?
          SOTANCOUR.
             C'est un fourbe, & sans vous
J'allois vous le boürer comme il faut.
         LISETTE.
              Entre nous,
Vous avez d'un joüeur acquis la renommée,
Et le feu, comme on dit, ne va point sans fumée.
         SOTANCOUR.
Oh, quittons ce propos, & ne songeons qu'au bal,
J'apperçois le cousin, il n'est ma foy point mal.

# SCENE XV.

MATHIEU CROCHET *en habit de Cupidon*, GERONTE, LISETTE, LEONORE *couverte d'une grande mante de tafetas, un masque à la main.* Une Troupe de Masques de toutes manieres.

## MATHIEU CROCHET.

ME voila, mon cousin, dans mon habit de masque.

### SOTANCOUR.

L'équipage est galant, & l'attirail fantasque.
Ma Prétenduë aussi n'est pas mal, sur ma foy,
Mon cœur en la voyant me dit je ne sçay quoy.

### LEONORE.

Oh! qu'il ne vous dit pas tout ce que le mien pense!

### LISETTE.

Le cousin est masqué mieux que personne en France.
Il est tout à manger; les femmes dans le bal
Le prendront pour l'Amour en propre original.

### MATHIEU CROCHET.

N'est-il pas vray?

### SOTANCOUR.

Parbleu, plus d'une curieuse,
De l'Aîné des Amours va tomber amoureuse,
Et voudra de plus prés connoître le cousin.

### MATHIEU CROCHET.

Qu'on s'y frote... on verra.

### LISETTE.

Ho! le petit lutin!

Qu'il va blesser de cœurs!

D.

# SCENE XVI.

## MERLIN, SOTANCOUR, MATHIEU CROCHET.

### MERLIN.

Monsieur, je viens vous dire
Que mon concert est prest.

### SOTANCOUR.

Ça, ne songeons qu'à rire.
Cousin, il faut icy remuer le gigot.

### MATHIEU CROCHET.

Laissez-moy faire, allez, je ne suis pas un sot;
Je vais plus qu'on ne veut, quand on m'a mis en danse.
Allons, ferme, Monsieur; il est temps qu'on commence.
C'est à nous de danser, & d'entamer le bal.

*Dans le mouvement qu'on fait pour commencer*
*le bal, Fijac couvert d'une pareille man-*
*te que Leonore, prend la place; & So-*
*tancour danse avec luy.*

### SOTANCOUR.

Qu'en dites-vous, beau-pere? hé, cela va-t'il mal?

# SCENE XVII.

### GILLETTE , GERONTE, SOTANCOUR , MERLIN, LE BARON.

#### GILLETTE.

O Secours, ô secours, votre fille on l'emporte,
Des Caresme prenans luy font passer la porte.

#### GERONTE.

Que dis-tu là ?

#### GILLETTE.

Je dis que quatre hommes là-bas
La font aller, Monsieur, plus viste que le pas.

#### GERONTE.

Quoy ! ma fille....

#### GILLETTE.

Ouy , Monsieur.

#### SOTANCOUR.

La plaisante nouvelle !
Tu réves ! tien, voila que je danse avec elle.

#### MERLIN.

Monsieur , laissez-la dire , elle a perdu l'esprit.

#### GILLETTE.

Non , vous dis-je.

#### SOTANCOUR.

On te dit que dessous cet habit ,
C'est Leonore.

#### GILLETTE.

Et non , je n'ay pas la berluë ,
Je viens de la quitter à l'instant dans la ruë.

#### SOTANCOUR.

Au Diable la pecore , avec ses visions !
Il faut te détromper de tes opinions.

D ij

Tien , voila Leonor.

( *Il ofte le mafque , & on reconnoift le Baron Fijac.* )

**LE BARON.**

Serviteur.

**SOTANCOUR.**

C'eft le Diable.

**LE BARON.**

Preft à vous emporter ; mais pourtant fort traitable.
Vous me devez; cherchons quelque accommodement.
J'ay votre Leonor pour mon nantiffement ,
Et je la fais conduire au Château de la Garde.
De l'argent, je le rens; point d'argent, je le garde.

**GERONTE.**

On m'enleve ma fille ! au fecours , au voleur.

※※ ※※ ※※ ※※ ※※ ※※ ※※ ※※ ※※ ※※ ※※ ※※ ※※ ※※

# SCENE XVIII.

## VALERE , GERONTE , SOTAN-COUR , MATHIEU CROCHET, MERLIN , LEONORE.

**VALERE.**

M Onfieur , pour Leonor n'ayez aucune peur ,
Loin qu'on veuille lui faire aucune violence,
Contre un hymen injufte on a pris fa deffenfe.

**GERONTE.**

Ah ! Valere, c'eft vous !

**SOTANCOUR.**

Quoy ! Valere... comment ?

Que veut dire cecy ?

**VALERE.**

Que tres-civilement
Je viens icy vous dire , en parlant à vous-même ,
Que Leonor pour vous fent une haine extrême,
Qu'elle mourroit plûtôt que...

SOTANCOUR.
>                    Leonor me hait ?

VALERE.

Si vous ne m'en croyez, croyez-en ce billet.

SOTANCOUR *lit.*

*Pour éviter l'hymen dont mon amour murmure,*
*Et pour ne jamais voir votre sotte figure,*
*J'irois au bout du monde, & plus loin même encor;*
*On ne peut vous haïr plus que fait Leonor.*

En termes clairs & nets cette lettre s'explique,
Et le tour n'en est point trop amphibologique.
Oh bien, la Belle peut revenir sur ses pas,
Elle auroit beau courir, je ne la suivrois pas :
Je vous cede les droits que j'ay sur l'Accordée,
Et ne me charge point de fille hazardée.

GERONTE.

Oh ! ma fille est à vous.

SOTANCOUR.
>                    Non, parbleu, par bonheur.

Je lui baise les mains, & la rends de bon cœur.

GERONTE.

Vous me faites plaisir, Monsieur, de me la rendre.

SOTANCOUR.

Oh ! vous ne manquerez sur ma foy pas de gendre,
Ny vos petits enfans de pere. Allons, Mathieu,
Retournons à Falaise.

MATHIEU CROCHET.
>                    Adieu, Messieurs, adieu.

MERLIN.

Place à Mathieu Crochet.

LEONORE.
>                    A vos genoux, mon pere.

GERONTE.

Oublions le passé, ma fille, en cette affaire ;
Je n'ay point prétendu forcer tes volontez.

LEONORE.

Que ne vous dois-je point, pour de telles bontez ?

>                                     D iij

### GERONTE.

Pour vous, dont je connois le bien & la famille,
Valere, je veux bien que vous ayez ma fille.

### VALERE.

Monſieur...

### GERONTE.

Nous vous devons aſſez en ce moment,
De nous avoir défait de ce couple Normant.

### MERLIN.

L'honneſte homme, morbleu ! vive Monſieur Ge-
ronte !
Ma foy, ſans moy la Belle en avoit pour ſon compte.
Puiſque tout eſt d'accord maintenant entre vous,
Rions, chantons, danſons, & divertiſſons-nous.

*Tous les Maſques qui ſont ſur le Theatre, font
une eſpece de Bal, & aprés qu'on a danſé un
paſſe-pied, Fijac chante l'air Gaſcon ſuivant.*

### AIR.

*Cadedis, vive la Garonne !*
*En valeur on n'y craint perſonne ;*
*Les faquins y ſont des Heros :*
*Je vous le dis en quatre mots,*
*En amour comme au jeu je vrille,*
*Et comme un dé, j'eſcamote une fille.*

On reprend la danſe, aprés laquelle Merlin chante
un paſſe-pied Breton.

### MERLIN.

*Un jour de Printemps,*
*Tout le long d'un verger,*
*Colin va chantant,*
*Pour ſes maux ſoulager,*
*Ma Bergere, laiſſe-moy, la la la la la, rela, rela,*
*Ma Bergere, laiſſe-moy*
*Prendre un tendre baiſer.*

Les Maſques ſe prennent par la main, & dan-
ſent en chantant,
*Ma Bergere, laiſſe-moy, la la la la la, &c.*

MERLIN.

*La belle à l'instant*
*Répond à son Berger :*
*Tu veux en chantant*
*Un baiser dérober ?*

Une Bergere.

*Non, Colin, ne le prens pas,*
*La la la la , rela rela.*
*Non, Colin, ne le prens pas,*
*Je vais te le donner,*

Le Chœur.

*Non, Colin, ne le prens pas,*
*La la la la , rela rela.*
*Non, Colin, ne le prens pas,*
*Je vais te le donner.*

Tous les Masques ayant formé une danse en
  rond, se retirent, & Merlin chante au Par-
  terre le couplet suivant.

*Si mon air Breton*
*A sçu vous divertir,*
*Messieurs, d'un haut ton*
*Daignez nous applaudir.*
*Mais s'il ne vous plaisoit pas,*
*La la la.*
*Mais s'il ne vous plaisoit pas,*
*Dites-le-nous tout-bas.*


F I N.


D iiij

# LE JOUEUR,

## COMEDIE,

### REPRESENTE'E EN 1695.

# ACTEURS.

GERONTE, Pere de Valere.

VALERE, Amant d'Angelique.

ANGELIQUE, Amante de Valere.

LA COMTESSE, Sœur d'Angelique.

LE MARQUIS.

DORANTE, Amant d'Angelique.

NERINE, Servante d'Angelique.

HECTOR, Valet de Valere.

Mr. TOUTABAS, Maître de Trictrac.

Mr. GALONIER, Tailleur.

Madame ADAM, Selliere.

*La Scene est à Paris, dans un Hôtel garni.*

_Le Joueur_.

# LE JOUEUR,
## *COMEDIE.*

# ACTE I.

## SCENE PREMIERE.

HECTOR *seul dans un fauteüil,*
*prés d'une toillette.*

L est parbleu grand jour. Déja de
  leur ramage
Les Cocqs ont éveillé tout notre voisi-
  nage.
Que servir un Joüeur est un maudit
  métier !
Ne seray-je jamais Laquais d'un Sous-fermier ?
Je ronflerois mon saoul la grosse matinée,
Et je m'enyvrerois le long de la journée,
Je ferois mon chemin, j'aurois un bon employ,
Je serois dans la suite un Conseiller du Roy,
Rat de Cave, ou Commis; & que sçait-on ? peut-être
D vj

Je deviendrois un jour auſſi gras que mon Maître,
J'aurois un bon caroſſe à reſſort bien lians,
De ma rotondité j'emplirois le dedans ;
Il n'eſt que ce métier pour bruſquer la fortune ;
Et tel change de meuble & d'habit chaque Lune,
Qui Jaſmin autrefois , d'un drap du Seau couvert,
Bornoit ſa garde-robe à ſon juſt'au-corps vert.
Quelqu'un vient. Si matin , Nerine , qui t'envoye?

## SCENE II.

### NERINE , HECTOR.

#### NERINE.

Que fait Valere ?

#### HECTOR.
Il dort.

#### NERINE.
Il faut que je le voye.

#### HECTOR.
Va , mon Maître ne voit perſonne quand il dort.

#### NERINE.
Je veux luy parler.

#### HECTOR.
Paix , ne parle pas ſi fort.

#### NERINE.
Ah ! j'entreray , te dis-je.

#### HECTOR.
Ici je ſuis de garde,
Et je ne puis t'ouvrir que la porte bâtarde.

#### NERINE.
Tes ſots raiſonnemens ſont pour moi ſuperflus.

#### HECTOR.
Voudrois-tu voir mon Maître *in naturalibus ?*

NERINE.

Quand se levera-t-il ?

HECTOR.

Mais avant qu'il se leve,
Il faudra qu'il se couche ; & franchement...

NERINE.

Acheve.

HECTOR.

Je ne dis mot.

NERINE.

Oh parle, ou de force, ou de gré.

HECTOR.

Mon Maître en ce moment n'est pas encor rentré.

NERINE.

Il n'est pas rentré ?

HECTOR.

Non, il ne tardera guere.
Nous n'ouvrons pas matin. Il a plus d'une affaire,
Ce garçon-là.

NERINE.

J'entens. Autour d'un tapis vert,
Dans un maudit brelan ton Maître joué & pert :
Ou bien reduit à sec, d'une ame familiere,
Peut-être il parle au Ciel d'une étrange maniere.
Par ordre tres exprés d'Angelique, aujourd'huy
Je viens pour rompre icy tout commerce avec luy.
Des sermens les plus forts appuyant sa tendresse,
Tu sçais qu'il a cent fois promis à ma Maîtresse
De ne toucher jamais cornet, carte, ny dé,
Par quelqu'espoir de gain dont son cœur fût guidé ;
Cependant....

HECTOR.

Je voy bien qu'un Rival domestique
Consigne entre tes mains pour avoir Angelique.

NERINE.

Et quand cela seroit, n'aurois-je pas raison ?
Mon cœur ne peut souffrir de lâche trahison ;
Angelique entre nous seroit extravagante

De rejetter l'amour qu'a pour elle Dòrante ;
Luy, c'eſt vn homme d'ordre , & qui vit congru-
ment.

### HECTOR.

L'Amour ſe plaît un peu dans le déreglement.

### NERINE.

Un Amant fait & meur.

### HECTOR.

                Les filles d'ordinaire
Aiment mieux le fruit vert.

### NERINE.

                D'un fort bon caractere,
Qui ne ſçut de ſes jours ce que c'eſt que le jeu.

### HECTOR.

Mais mon Maître eſt aimé.

### NERINE.

                Dont j'enrage , morbleu:
Ne verrai-je jamais les femmes détrompées
De ces colifichets , de ces fades poupées,
Qui n'ont pour impoſer qu'un grand air débraillé,
Un nez de tous côtez de tabac barboüillé ,
Une lévre qu'on mord pour rendre plus vermeille,
Un chapeau chifonné qui tombe ſur l'oreille,
Une longue Stinkerque à replis tortueux ,
Un haut de chauſſes bas prêt à tomber ſous eux ;
Qui faiſans le gros dos , la main dans la ceinture,
Viennent pour tout merite étaler leur figure ?

### HECTOR.

C'eſt le goût d'apreſent , tes cris ſont ſuperflus,
Mon enfant.

### NERINE.

           Je veux , moy , reformer cet abus.
Je ne ſouffriray pas qu'on trompe ma Maîtreſſe,
Et qu'on profite ainſi d'une tendre foibleſſe ;
Qu'elle épouſe un Joüeur , un petit brelandier,
Un franc diſſipateur , & dont tout le métier
Eſt d'aller de cent lieux faire la découverte,
Où de jeux & d'amour on tient boutique ouverte ,

Et qui le conduiront tout droit à l'Hôpital.
### HECTOR.
Ton sermon me paroît un tant soit peu brutal.
Mais tant que tu voudras, parle, prêche, tempête,
Ta Maîtresse est coëffée.
### NERINE.
Et crois-tu dans ta tête,
Que l'amour sur son cœur ait un si grand pouvoir ?
Elle est fille d'esprit, peut-être dés ce soir
Dorante par mes soins l'épousera.
### HECTOR.
Tarare !
Elle est dans mes filets.
### NERINE.
Et moy je te declare
Que je l'en tireray dés aujourd'huy.
### HECTOR.
Bon, bon !
### NERINE.
Que Dorante a pour luy Nerine & la raison.
### HECTOR.
Et nous avons l'Amour. Tu sçais que d'ordinaire,
Quand l'Amour veut parler, la raison doit se taire,
Dans les femmes s'entend.
### NERINE.
Tu verras que chez nous
Quand la raison agit, l'Amour a le dessous.
Ton Maître est un Amant d'une espece plaisante,
Son amour peut passer pour fiévre intermittente ;
Son feu pour Angelique est un flus & reflus.
### HECTOR.
Elle est, aprés le jeu, ce qu'il aime le plus.
### NERINE.
Oui. C'est la passion qui seule le devore.
Dés qu'il a de l'argent son amour s'évapore.
### HECTOR.
Mais en revanche aussi, quand il n'a pas un sou,
Tu m'avoüras qu'il est amoureux comme un fou.

NERINE.

Oh, j'empêcherai bien...

HECTOR.

Nous ne te craignons guere,
Et ta Maîtresse encor hier promit à Valere
De luy donner dans peu pour prix de son amour,
Son portrait enrichi de brillans tout autour.
Nous l'attendons, ma chere, avec impatience,
Nous aimons les bijoux avec concupiscence.

NERINE.

Ce portrait est tout prêt, mais ce n'est pas pour
　　luy,
Et Dorante en sera possesseur aujourd'huy.

HECTOR.

A d'autres!

NERINE.

N'est-ce pas une honte à Valere,
Etant Fils de famille, ayant encor son pere,
Qu'il vive comme il fait, & que comme un banni,
Depuis un an il loge en cet hôtel garni?

HECTOR.

Et vous y logez bien, & vous & votre clique.

NERINE.

Est ce de même, dis? Ma Maîtresse Angelique,
Et la veuve sa sœur ne sont dans ce pays
Que pour un temps, & n'ont point de pere à Paris;

HECTOR.

Valere a deserté la maison paternelle:
Mais ce n'est point à luy qu'il faut faire querelle:
Et si Monsieur son pere avoit voulu sortir,
Nous y serions encore, à ne t'en point mentir.
Ces peres bien souvent sont obstinez en diable.

NERINE.

Il a tort en effet d'être si peu traitable!
Quoi qu'il en soit enfin, je ne t'abuse pas,
Je fais la guerre ouverte, & je vais de ce pas
Dire ce que je vois, avertir ma Maîtresse
Que Valere toujours est faux dans sa promesse,

Qu'il ne fera jamais digne de fes amours,
Qu'il a joüé, qu'il joüe, & qu'il joüera toûjours.
Adieu.

# SCENE III.

### HECTOR *feul.*

BOnjour. Autant que je m'y peux connoître,
Cette Nerine-cy n'eft pas trop pour mon Maître.
A-t-elle grand tort ? Non. C'eft un panier percé
Qui... Mais je l'apperçois. Qu'il a l'air haraffé !
On foupçonne aifément, à fa trifte figure,
Qu'il cherche en vain quelqu'un qui prête à triple
   ufure.

# SCENE IV.

## VALERE, HECTOR.

*Valere paroit en defordre, comme un homme qui a joüé*
*toute la nuit.*

### VALERE.

QUelle heure eft-il ?
### HECTOR.
           Il eft... Je ne m'en fouviens pas.
### VALERE.
Tu ne t'en fouviens pas ?
### HECTOR.
             Non, Monf. ur.
### VALERE.
                        Je fuis las

De tes mauvais discours ; & tes impertinences...

HECTOR *à part.*

Ma foy , la verité répond aux apparences.

VALERE.

Ma robe de chambre. Euh ?

HECTOR.

Il jure entre ses dents.

VALERE.

He bien ? me faudra-t-il attendre encor long-temps ?

HECTOR.

Hé la voila , Monsieur.

VALERE *se promene, & Hector le suit tenant sa robe de chambre toute deployée.*

       Une école maudite
Ne coûte en un moment douze trous tout de suite.
Que je suis un grand chien ! Parbleu, je te sçauray,
Maudit jeu de Trictrac , ou bien je ne pourray.
Tu peux me faire perdre , ô fortune ennemie !
Mais me faire payer , parbleu je t'en défie ,
Car je n'ay pas un sou.

HECTOR *tenant toujours la robe.*

     Vous plairoit-il , Monsieur?...

VALERE.

Je me ris de tes coups , j'incague ta fureur.

HECTOR.

Votre robe de chambre , est , Monsieur , toute prête.

VALERE.

Va te coucher , maraut , ne me romps point la tête.
Va t-en.

HECTOR.

Tant mieux.

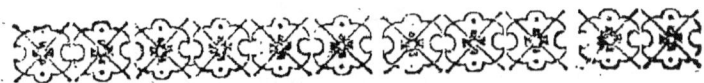

# SCENE V.

VALERE *se mettant dans le fauteuil.*

JE veux dormir dans ce fauteuil.
Que je suis malheureux ! je ne puis fermer l'œil.
Je dois de tous côtez , sans espoir , sans ressource ,
Et n'ay pas , grace au Ciel , un écu dans ma bourse.
Hector... Que ce coquin est heureux de dormir !
Hector ?

HECTOR *derriere le Theatre.*
Monsieur.

VALERE.
Hé bien , bourreau ! veux-tu venir ?
N'es tu pas las encor de dormir , miserable ?

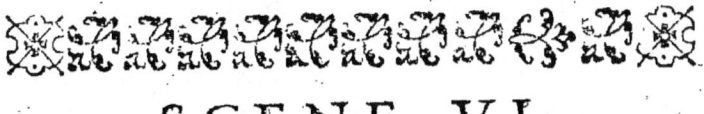

# SCENE VI.

## VALERE , HECTOR.

HECTOR *à moitié deshabillé.*

LAs de dormir , Monsieur ? hé , je me donne au
diable ,
Je n'ai pas eu le temps d'ôter mon just'au-corps.
VALERE.
Tu dormiras demain.
HECTOR.
Il a le diable au corps.
VALERE.
Est-il venu quelqu'un ?

HECTOR.

Il est, selon l'usage,
Venu maint Creancier; de plus un gros visage,
Un Maître de Trictrac qui ne m'est pas connu.
Le Maître de Musique est encore venu.
Ils reviendront bien-tôt.

VALERE.

Bon. Pour cette autre affaire
M'as-tu deterré?...

HECTOR.

Qui? cette honnête usuriere,
Qui nous prête par heure à vingt sous par écu?

VALERE.

Justement, elle-même.

HECTOR.

Oui, Monsieur, j'ay tout veu.
Qu'on vend cher maintenant l'argent à la jeunesse!
Mais enfin j'ay tant fait avec un peu d'adresse,
Qu'elle m'a reconduit d'un air fort obligeant,
Et vous aurez, je croy, au plûtôt votre argent.

VALERE.

J'aurois les mille écus? ô Ciel! quel coup de grace!
Hector, mon cher Hector, vien-çà que je t'em-
brasse.

HECTOR.

Comme l'argent rend tendre!

VALERE.

Et tu crois qu'en effet,
Je n'ay pour en avoir qu'à donner mon billet?

HECTOR.

Qui le refuseroit seroit bien difficile.
Vous êtes aussi bon que Banquier de la Ville.
Pour la reduire au point où vous la souhaitez,
Il a fallu lever bien des difficultez.
Elle est d'accord de tout, du temps, des arrerages,
Il ne faut maintenant que luy donner des gages.

VALERE.

Des gages?

HECTOR.

Oui, Monſieur.

VALERE.

Mais y penſes-tu bien ?
Où les prendray-je, dis ?

HECTOR.

Ma foi, je n'en ſçai rien.
Pour nippes nous n'avons qu'un grand fond d'eſpe-
    rance
Sur les produits trompeurs d'une réjoüiſſance ;
Et dans ce ſiecle-cy, Meſſieurs les uſuriers
Sur de pareils effets prêtent peu volontiers.

VALERE.

Mais quel gage, dis-moy, veux-tu que je luy donne ?

HECTOR.

Elle viendra tantôt elle-même en perſonne,
Vous vous ajuſterez enſemble en quatre mots :
Mais, Monſieur, s'il vous plaît ; pour changer de
    propos,
Aimeriez-vous toujours la charmante Angelique ?

VALERE.

Si je l'aime ? Ah ! ce doute & m'outrage & me
    pique.
Je l'adore.

HECTOR.

Tant pis. C'eſt un ſigne fâcheux.
Quand vous êtes ſans fond, vous êtes amoureux,
Et quand l'argent renaît, votre tendreſſe expire.
Votre bourſe eſt, Monſieur, puis qu'il faut vous le
    dire,
Un Thermometre ſeur, tantôt bas, tantôt haut,
Marquant de votre cœur ou le froid ou le chaud.

VALERE.

Ne crois pas que le jeu, quelque ſort qu'il me
    donne,
Me faſſe abandonner cette aimable perſonne.

HECTOR.

Oui, mais j'ay bien peur, moy, qu'on ne vous plan-
    te-là.

### VALERE.

Et fur quel fondement peux-tu juger cela ?

### HECTOR.

Nerine fort d'ici, qui m'a dit qu'Angelique
Pour Dorante votre Oncle en ce moment s'explique,
Que vous joüez toujours malgré tous vos fermens,
Et qu'elle abjure enfin ses tendres fentimens.

### VALERE.

Dieux ! que me dis-tu là ?

### HECTOR.

Ce que je viens d'entendre.

### VALERE.

Bon, cela ne fe peut, on t'a voulu furprendre.

### HECTOR.

Vous êtes affez riche en bonne opinion,
A ce qu'il me paroit.

### VALERE.

Point, fans préfomption
On fçait ce que l'on vaut.

### HECTOR.

Mais fi fans vouloir rire,
Tout alloit comme j'ay l'honneur de vous le dire,
Et qu'Angelique enfin pût changer...

### VALERE.

En ce cas,
Je prens le parti... mais, cela ne fe peut pas.

### HECTOR.

Si cela fe pouvoit, qu'un paffion neuve....

### VALERE.

En ce cas, je pourrois rabattre fur la veuve,
La Comteffe fa fœur.

### HECTOR.

Ce deffein me plaît fort,
J'aime un amour fondé fur un bon coffre-fort.
Si vous vouliez un peu vous aider avec elle,
Cette veuve, je croi, ne feroit point cruelle,
Ce feroit un éponge à preffer au befoin.

### VALERE.

Cette éponge entre nous ne vaudroit pas ce soin.

### HECTOR.

C'est dans son caractere une espece parfaite,
Un ambigu nouveau de prude & de coquette,
Qui croit mettre les cœurs à contribution,
Et qui veut épouser, c'est-là sa passion.

### VALERE.

Epouser ?

### HECTOR.

Un marquis de même caractere,
Grand épouseur aussi, la galope & la flaire.

### VALERE.

Et quel est ce Marquis ?

### HECTOR.

C'est, à vous parler net,
Un Marquis de hasard fait par le lansquenet :
Fort brave, à ce qu'il dit ; intriguant, plein d'affaires,
Qui croit de ses appas les femmes tributaires,
Qui gagne au jeu beaucoup, & qui, dit-on, jadis
Etoit valet de Chambre avant d'être Marquis.
Mais sauvons-nous, Monsieur, j'apperçois votre
pere.

---

# SCENE VII.

## GERONTE, VALERE, HECTOR.

### GERONTE.

Doucement, j'ay deux mots à vous dire, Valere.
Pour toi, j'ay quelques coups de canne à te prêter.

### HECTOR.

Excusez-moy, Monsieur, je ne puis m'arrêter.

GÉRONTE.

Demeure là , maraut.

HECTOR.

Il n'eſt pas temps de rire.

GÉRONTE.

Pour la derniere fois , mon fils , je viens vous dire
Que votre train de vie eſt ſi fort ſcandaleux ,
Que vous m'obligerez à quelque éclat fâcheux ;
Je ne puis retenir ma bile davantage ,
Et ne ſçaurois ſouffrir votre libertinage.
Vous êtes pilier né de tous les lanſquenets ,
Qui ſont pour la jeuneſſe autant de trébuchets ;
Un bois plein de voleurs eſt un plus ſeur paſſage :
Dans ces lieux jour & nuit ce n'eſt que brigandage.
Il faut opter des deux , être dupe , ou fripon.

HECTOR.

Tous ces jeux de haſard n'attirent rien de bon.
J'aime les jeux galans où l'eſprit ſe deploye.
C'eſt , Monſieur , par exemple , un joli jeu que l'Oye.

GÉRONTE.

Tai-toi. Non , à preſent le jeu n'eſt que fureur :
On joüe argent , bijoux , maiſon , contracts , honneur ,
Et c'eſt ce qu'une femme en cette humeur à craindre ,
Riſque plus volontiers , & perd plus ſans ſe plaindre.

HECTOR.

Oh , nous ne riſquons pas , Monſieur , de tels bijoux.

GÉRONTE.

Votre conduite enfin m'enflâme de courroux ,
Je ne puis vous ſouffrir vivre de cette ſorte :
Vous m'avez obligé de vous fermer ma porte ,
J'étois las , attendant chez moy votre retour ,
Qu'on fiſt du jour la nuit , & de la nuit au jour.

HECTOR.

C'eſt bien fait. Ces Joüeurs qui courent la fortune ,

Dans

Dans leurs déréglemens reſſemblent à la Lune,
Se couchant le matin & ſe levant le ſoir.

### GERONTE.

Vous me pouſſez à bout, mais je vous feray voir,
Que ſi vous ne changez de vie & de maniere,
Je ſçauraime ſervir de mon pouvoir de Pere,
Et que de mon courroux vous ſentirez l'effet.

### HECTOR.

Votre Pere a raiſon.

### GERONTE.

Comme le voila fait !
Débraillé, mal peigné, l'œil hagard ! A ſa mine
On croiroit qu'il viendroit dans la foreſt voiſine
De faire un mauvais coup.

### HECTOR.

On croiroit vray de luy,
Il a fait trente fois coupegorge aujourd'huy.

### GERONTE.

Serez-vous bien-tôt las d'une telle conduite ?
Parlez, que dois-je enfin eſperer dans la ſuite ?

### VALERE.

Je reviens aujourd'huy de mon égarement,
Et ne veux plus joüer, mon Pere, abſolument.

### HECTOR.

Voila du fruit nouveau dont ſon fils le regale.

### GERONTE.

Quand ils n'ont pas un ſou, voila de leur morale.

### VALERE.

J'ay de l'argent encore ; & pour vous contenter,
De mes dettes je veux aujourd'huy m'acquitter.

### GERONTE.

S'il eſt ainſi, vrayment j'en ay bien de la joye.

### HECTOR bas.

Vous acquitter, Monſieur ? avec quelle monnoye ?

### VALERE.

Te tairas-tu ? Mon Oncle aſpire dans ce jour
A m'ôter d'Angelique & la main & l'amour ;
Vous ſçavez que pour elle il a l'ame bleſſée,

E

Et qu'il veut m'enlever...

GERONTE.

Ouy , je sçay sa pensée,
Et je seray ravy de le voir confondu.

HECTOR.

Vous n'avez qu'à parler, c'est un homme tondu.

GERONTE.

Je voudrois bien déja que l'affaire fût faite.
Angelique est fort riche , & point du tout coquette,
Maîtresse de son choix : avec ce bon dessein ,
Va te mettre en état de meriter sa main ,
Payer tes Creanciers...

VALERE.

J'y vais, j'y cours.....Mon Pere.....

GERONTE.

Hé ? plaît-il ?

VALERE.

Pour sortir entierement d'affaire ,
Il me manque environ quatre ou cinq mille francs.
Si vous vouliez , Monsieur...

GERONTE.

Ah , ah ! je vous entens.
Vous m'avez mille fois bercé de ces sornettes.
Non , comme vous pourrez , allez payer vos dettes.

VALERE.

Mais , mon Pere , croyez...

GERONTE.

A d'autres , s'il vous plaît.

VALERE.

Prêtez-moy mille écus.

HECTOR.

Nous payerons l'interêt
Au denier un.

VALERE.

Monsieur ...

GERONTE.

Je ne puis vous entendre.

### VALERE.

Je ne veux point , mon Pere, aujourd'huy vous sur-
    prendre ;
Et pour vous faire voir quels sont mes bons desseins,
Retenez cet argent , & payez par vos mains.

### HECTOR.

Ah parbleu, pour le coup, c'est être raisonnable.

### GERONTE.

Et de combien encore êtes-vous redevable ?

### VALERE.

La somme n'y fait rien.

### GERONTE.

La somme n'y fait rien ?

### HECTOR.

Non ; quand vous le verrez vivre en homme de bien ,
Vous ne regretterez nullement la dépense ,
Et nous ferons , Monsieur , la chose en conscience.

### GERONTE.

Ecoutez , je veux bien faire un dernier effort :
Mais après cela , si...

### VALERE.

Moderez ce transport.
Que sur mes sentimens votre ame se repose.
Je vais voir Angelique , & mon cœur se propose
D'arrêter son couroux déja prêt d'éclater.

                                    *Il sort.*

### HECTOR.

Je m'en vais travailler , moy , pour vous contenter,
A vous faire, en raisons claires & positives ,
Le memoire succint de nos dettes passives ,
Et que j'auray l'honneur de vous montrer dans
    peu.                               *Il sort.*

### GERONTE *seul.*

Mon frere en son amour n'aura pas trop beau jeu.
Non , quand ce ne seroit que pour le contredire ,
Je veux rompre l'hymen où son amour aspire ,
Et j'auray deux plaisirs à la fois , si je puis,
De chagriner mon frere , & marier mon fils.

## SCENE VIII.

### Mr TOUT A BAS, GERONTE.

#### TOUT A BAS.

Avec tous les refpects d'un cœur vrayment fin-
      cere,
Je viens pour vous offrir mon petit miniftere.
Je fuis, pour vous fervir, Gentilhomme Auvergnac;
Docteur dans tous les Jeux, & Maître de Trictrac :
Mon nom eft Tout à bas, Vicomte de la Cafe,
Et votre ferviteur, pour terminer ma phrafe.

#### GERONTE.

Un Maître de Trictrac ? il me prend pour mon Fils.
Quoy vous montrez, Monfieur, un tel art dans
      Paris ?
Et l'on ne vous a pas fait prefent en galere
D'un brevet d'Efpalier ?

#### TOUT A BAS.

                    A quel homme ay-je affaire ?
Comment ? Je vous foutiens que dans tous les états
On ne peut de mon art affez faire de cas ;
Qu'un enfant de famille, & qu'on veut bien inftrui-
      re,
Devroit fçavoir joüer avant que fçavoir lire.

#### GERONTE.

Monfieur le Profeffeur, avecque vos raifons
Il faudroit vous loger aux petites Maifons.

#### TOUT A BAS.

De quoy fert, je vous prie, une foule inutile
De Chanteurs, de Danfeurs qui montrent par la
      ville ?

Un jeune homme en est-il plus riche, quand il
    sçait
Chanter re mi fa fol, ou danser un menuet ?
Payra-t-on de Marchands la cohorte pressante,
Avec un Vaudeville, ou bien une Courante ?
Ne vaut-il pas bien mieux qu'un jeune Cavalier
Dans mon art au plûtôt se fasse initier ?
Qui sçache, quand il perd, d'une ame non com-
    mune,
A force de sçavoir, rappeller la fortune ;
Qu'il apprenne un métier qui par de surs secrets,
En le divertissant l'enrichisse à jamais?

### GERONTE.

Vous êtes riche, à voir ?

### TOUT A BAS.

             Le jeu fait vivre à l'aise
Nombre d'honnêtes gens, Fiacres, Porteurs de
    Chaises ;
Mille usuriers fournis de ces obscurs brillans,
Qui vont de doigts en doigts tous les jours circu-
    lans ;
Des Gascons à soûper dans les brelans fideles,
Des Chevaliers sans ordre, & tant de Demoisel-
    les ;
Qui sans le Lansquenet, & son produit caché,
De leur foible vertu feroient fort bon marché,
Et dont tous les hyvers la cuisine se fonde,
Sur l'impost étably d'une infaillible ronde.

### GERONTE.

S'il est quelque Joüeur qui vive de son gain,
On en voit tous les jours mille mourir de faim,
Qui forcez à garder une longue abstinence,
Pleurent d'avoir trop mis à la réjoüissance.

### TOUT A BAS.

Et c'est de là que vient la beauté de mon Art.
En suivant mes leçons on court peu de hazard.
Je sçay quand il le faut, par un peu d'artifice,
D'un sort injurieux corriger la malice,

               E iij

Je fçay dans un Trictrac quand il faut un fonnez ,
Glifler des dez heureux , ou chargez , ou pipez ;
Et quand mon plein eft fait , gardant mes avanta-
    ges ,
J'en fubftituë aufli d'autres prudens & fages ,
Qui n'offrant à mon gré que des as à tous coups ,
Me font en un inftant enfiler douze trous.

### GERONTE.

Et Monfieur Tout à bas , vous avez l'infolence
De venir dans ces lieux montrer votre fcience ?

### TOUT A BAS.

Ouy , Monfieur , s'il vous plaît.

### GERONTE.

                Et vous ne craignez pas
Que j'arme contre vous quatre paires de bras,
Qui le long de vos reins...

### TOUT A BAS.

              Monfieur , point de colere,
Je ne fuis point ici venu pour vous déplaire.

### GERONTE, *le pouffe.*

Maître juré filou , fortez de la maifon.

### TOUT A BAS.

Non , je n'en fors qu'après vous avoir fait leçon.

### GERONTE.

A moy leçon ?

### TOUT A BAS.

         Je veux , par mon fçavoir extrême,
Que vous écarmotiez un dé comme moy-même.

### GERONTE.

Je ne fçay qui me tient , tant je fuis animé ,
Que quelques bons foufflets donnez à poing fermé...
Va-t'en.

    ( *Il le prend par les épaules.* )

### TOUT A BAS.

    Puifqu'aujourd'huy votre humeur petulante
Vous rend l'ame aux leçons un peu recalcitrante ,
Je reviendray demain pour la feconde fois.

### GERONTE.

Revien !

#### TOUT A BAS.

Vous plairoit-il de m'avancer le mois ?

**GERONTE** *le pouſſant tout-à-fait dehors.*

Sortiras-tu d'icy, vray gibier de potence ?
Je ne puis reſpirer, & j'en mourray, je penſe.
Heureuſement mon fils n'a point vû ce fripon,
Il me prenoit pour luy dans cette occaſion.
Sçachons ce qu'il a fait, & ſans plus de myſtere.
Concluons ſon hymen, & finiſſons l'affaire.

*Fin du premier Acte.*

# ACTE II.

## SCENE PREMIERE.

### ANGELIQUE, NERINE.

#### ANGELIQUE.

O N cœur feroit bien lâche aprés tant
     de fermens ,
D'avoir encor   pour luy de tendres
     mouvemens ;
Nerine , c'en eft fait , pour jamais je
     l'oublie ,
Je ne veux ny l'aimer , ny le voir de ma vie ,
Je fens la liberté de retour dans mon cœur.
Ne me viens pas au moins parler en fa faveur.

#### NERINE.

Moy parler pour Valere ? il faudroit être fole.
Que plûtôt à jamais je perde la parole.

#### ANGELIQUE.

Ne viens point deformais , pour calmer mon dépit ,
Rappeller à mes fens fon air & fon efprit ,
Car tu fais qu'il en a.

#### NERINE.

       De l'efprit , luy , Madame ?
Il eft plus journalier mille fois qu'une femme.
Il rêve à tout moment , & fa vivacité
Dépend prefque toujours d'une carte , ou d'un dé.

ANGELIQUE.

Mon cœur est maintenant certain de sa victoire.

NERINE.

Madame, croyez-moy ; je connois le grimoire,
Souvent tous ces dépits sont des hoquets d'amour.

ANGELIQUE.

Non ; l'amour de mon cœur est banni sans retour.

NERINE.

Cet hôte dans un cœur a bien-tôt fait son gîte ;
Mais il se garde bien d'en déloger si vîte.

ANGELIQUE.

Ne crains rien de mon cœur.

NERINE.

S'il venoit à l'instant
Avec cet air flateur, soûmis, insinuant,
Que vous lui connoissez ; que d'un ton pathetique,

( Elle se met à ses pieds. )

Il vous dît à vos pieds : Non, charmante Angelique,
Je ne veux opposer à tout votre courroux,
Qu'un seul mot : je vous aime , & je n'aime que
    vous.
Votre ame en ma faveur n'est-el e point émûë ?
Vous ne me dites rien , vous détournez la vûë.

( Elle se releve. )

Vous voulez donc ma mort, il faut vous contenter.
    Peut-être en ce moment, pour vous épouvanter,
Il se soufletera d'une main mutinée ,
Se donnera du front contre une cheminée ,
S'arrachera de rage un toupet de cheveux ,
Qui ne sont pas à luy ; mais de ces airs fougueux
Ne vous étonnez pas ; contez qu'en sa colere
Il ne se fera pas grand mal.

ANGELIQUE.

Laisse-moy faire.

NERINE.

Vous voila, grace au Ciel, bien instruite sur tout ,
Ne vous dementez point, tenez bon jusqu'au bout.

E v

✳✳✳✳✳✳✳✳✳✳✳ ✳✳✳✳✳✳✳✳✳✳✳

# SCENE II.

## LA COMTESSE, ANGELIQUE, NERINE.

#### LA COMTESSE.

ON dit par-tout, ma Sœur, qu'un peu moins
      prévenüë,
Vous épousez Dorante.
#### ANGELIQUE.
            Oüy, j'y suis resoluë.
#### LA COMTESSE.
Mon cœur en est ravy, Valere est un vray fou,
Qui joüroit votre bien jusques au dernier sou.
#### ANGELIQUE.
D'accord.
#### LA COMTESSE.
      J'aime à vous voir vaincre votre tendresse,
Cet amour, entre nous, étoit une foiblesse,
Il faut se dégager de ces attachemens
Que la raison condamne, & qui flattent nos sens.
#### ANGELIQUE.
I est vray.
#### LA COMTESSE.
      Rien n'est plus à craindre dans la vie,
Qu'un époux qui du jeu ressent la tyrannie.
J'aimerois mieux qu'il fût gueux, avaricieux,
Coquet, fâcheux, mal-fait, brutal, capricieux,
Yvrogne, sans esprit, débauché, sot, colere,
Que d'être un emporté joüeur comme est Valere.
#### ANGELIQUE.
Je sçay que ce deffaut est le plus grand de tous.

LA COMTESSE.

Vous ne voulez donc plus en faire votre époux ?

ANGELIQUE.

Moy, Non. Dans ce dessein nos humeurs sont con-
formes.

NERINE.

Il a ma foy reçû son congé dans les formes.

LA COMTESSE.

C'est bien fait. Puisqu'enfin vous renoncez à luy,
Je vais l'épouser, moy.

ANGELIQUE.

L'épouser !

LA COMTESSE.

Aujourd'huy.

ANGELIQUE.

Ce Joüeur qu'à l'instant...

LA COMTESSE.

Je sçauray le reduire.
On sçait sur les Maris ce que l'on a d'empire.

ANGELIQUE.

Quoy, vous voulez, ma sœur, avec cet air si doux,
Ce maintien reservé, prendre un nouvel époux ?

LA COMTESSE.

Et pourquoy non, ma sœur ? fais-je donc un grand
crime,
De rallumer les feux d'un amour legitime ?
J'avois fait vœu de fuir tout autre engagement.
Pour garder du défunt le souvenir charmant,
Je portois son portrait, & cette vive image
Me soulageoit un peu des chagrins du veuvage ;
Mais qu'est-ce qu'un portrait, quand on aime bien
fort ?
C'est un époux vivant qui console d'un mort.

NERINE.

Madame n'aime pas les maris en peinture.

LA COMTESSE.

Cela raquite t-il d'une perte aussi dure ?

E vj

NERINE.

C'eſt iriter le mal au lieu de l'adoucir.

ANGELIQUE.

Connoiſſeuſe en maris, vous deviez mieux choiſir.
Vous unir à Valere !

LA COMTESSE.

Ouy, ma ſœur, à luy-même.

ANGELIQUE.

Mais vous n'y penſez pas ; croyez-vous qu'il vous
aime ?

LA COMTESSE.

S'il m'aime ! luy, s'il m'aime ! ah ! quel aveugle-
ment !
On a certains attraits, un certain enjoûment,
Que perſonne ne peut me diſputer, je penſe.

ANGELIQUE.

Aprés un ſi long-tems de pleine joüiſſance,
Vos attraits ſont à vous ſans conteſtation.

LA COMTESSE.

Et je puis en uſer à ma diſcretion.

ANGELIQUE.

Sans doute, & je voi bien qu'il n'eſt pas impoſſible,
Que Valere pour vous ait eu le cœur ſenſible,
L'Or eſt d'un grand ſecours pour acheter un cœur,
Ce métal en amour eſt un grand ſeducteur.

LA COMTESSE.

En vain vous m'inſultez avec un tel langage,
La moderation fut toujours mon partage ;
Mais ce n'eſt point par l'or que brillent mes at-
traits,
Et jamais en aimant je ne fis de faux frais.
Mes ſentimens, ma ſœur, ſont differens des vôtres.
Si je connois l'amour, ce n'eſt que dans les autres.
J'ay beau m'armer de fier, je vois de toutes parts
Mille cœurs amoureux ſuivre mes étendards :
Un Conſeiller de robe, un Seigneur de finance,
Dorante, le Marquis, briguent mon alliance :
Mais ſi d'un nouveau nœud je veux bien me lier,

Je prétens à Valere offrir un cœur entier ,
Je fais profession d'une vertu severe.

#### ANGELIQUE.

Qui peut vous asseurer de l'amour de Valere ?

#### LA COMTESSE.

Qui peut m'en assurer ? Mon merite , je crois.

#### ANGELIQUE.

D'autres sur luy , ma sœur , auroient les mêmes
    droits.

#### LA COMTESSE.

Il n'eut jamais pour vous qu'une estime sterile ,
Un petit feu leger , vagabond , volatile.
Quand on veut inspirer une solide amour ,
Il faut avoir vécu , ma sœur , bien plus d'un jour ;
Avoir un certain poids , une beauté formée
Par l'usage du monde , & des ans confirmée :
Vous n'en êtes pas là.

#### ANGELIQUE.

        J'attendray bien du temps.

#### NERINE.

Madame est prévoyante , elle a pris les devants ?
Mais on vient.

#### UN LAQUAIS.

    Le Marquis , Madame , est là qui monte.

#### LA COMTESSE.

Le Marquis ; hé non , non ! il n'est pas sur mon
    compte ;

# SCENE III.

## LE MARQUIS, LA COMTESSE, ANGELIQUE, NERINE.

### LE MARQUIS *se rajustant.*

JE suis tout en defordre, un maudit embarras
M'a fait quitter ma chaife à deux ou trois cens pas;
Et j'y ferois encor dans des peines mortelles,
Si l'amour pour vous voir ne m'eût prêté fes aifles.

### LA COMTESSE.

Que Monfieur le Marquis eft galand fans fadeur!

### LE MARQUIS.

Oh! point du tout, je fuis votre humble fervi-
     teur;
Mais à vous parler net, fans que l'efprit fatigue,
Prés du fexe je fçais me demêler d'intrigue:
Ah! jufte Ciel! quel eft cet admirable objet?

### LA COMTESSE.

C'eft ma fœur.

### LE MARQUIS.

       Votre fœur! vrayment c'eft fort bien fait.
Je vous fçais gré d'avoir une fœur auffi belle,
On la prendroit parbleu, pour votre fœur jumelle.

### LA COMTESSE.

Comme à tout ce qu'il dit il donne un joly tour!
Qu'il eft fincere! on voit qu'il eft homme de Cour.

### LE MARQUIS.

Homme de Cour, moy? Non. Ma foy, la Cour
     m'ennuye,
L'efprit de ce pays n'eft qu'en fuperficie;

# COMEDIE.

Si tôt que vous voulez un peu l'approfondir,
Vous rencontrez le tuf. J'y pourrois m'agrandir,
J'ay de l'esprit, du cœur, plus que Seigneur de
   France,
Je joue, & j'y ferois fort bonne contenance;
Mais je n'y vais jamais que par necessité,
Et pour y rendre au Roy quelque civilité.

### NERINE.
Il vous est obligé, Monsieur, de tant de peine.

### LE MARQUIS.
Je n'y suis pas plûtôt, soudain je perds haleine,
Ces fades complimens sur de grands mots montez,
Ces protestations qui sont futilitez,
Ces serremens de main dont on vous estropie,
Ces grands embrassemens dont un flatteur vous lie,
M'ôtent à tout moment la respiration,
On ne s'y dit bon jour que par convulsion.

### ANGELIQUE.
Les Dames de la Cour sont bien mieux vostre affaire.

### LE MARQUIS.
Point. Il faut être au moins gros Fermier pour
   leur plaire.
Leur sotte vanité croit ne pouvoir trop haut
A des faveurs de Cour mettre un injuste tau.
Moy, j'aime à pourchasser des beautez mitoyennes,
L'Hyver dans un fauteüil avec des citoyennes,
Les pieds sur les chenets étendus sans façons,
Je pousse la fleurette, & conte mes raisons.
Là toute la maison s'offre à me faire fête,
Valets, fille de chambre, enfans, tout est honnête;
L'époux même discret, quand il entend minuit,
Me laisse avec Madame, & va coucher sans bruit.
Voila comme je vis quand par fois dans la Ville
Je veux bien déroger...

### NERINE.
            La maniere est facile,
Et ce commerce-là me paroit assez doux.

# LE JOUEUR,
## LE MARQUIS.

C'eſt ainſi que je veux en uſer avec vous :
Je ſuis tout naturel , & j'aime la franchiſe ,
Ma bouche ne dit rien que mon cœur n'authoriſe,
Et quand de mon amour je vous fais un aveu ,
Madame , il eſt trop vray que je ſuis tout en feu.

## LA COMTESSE.

Fy donc , petit badin , un peu de retenuë ,
Vous me parlez , Marquis , une langue inconnuë,
Le mot d'amour me bleſſe , & me fait trouver mal.

## LE MARQUIS.

L'effet n'en ſeroit pas peut-être ſi fatal.

## NERINE.

Elle veut qu'en détours la choſe s'envelope ,
Et ce mot dit à crû luy cauſe une ſincope.

## ANGELIQUE.

Dans la bouche d'une autre il déviendroit plus
doux.

## LA COMTESSE.

Comment ? qu'eſt-ce ? plaît il ? parlez, expliquez-
vous ,
Parlez donc , parlez donc ; apprenez , je vous prie,
Que mortel tel qu'il ſoit ne me dit de ma vie
Un mot douteux qui puiſſe effleurer mon honneur.

## LE MARQUIS.

Croiroit-on qu'une veuve auroit tant de pudeur ?

## ANGELIQUE.

Mais Valere vous aime , & ſouvent...

## LE MARQUIS.

Qu'eſt-ce à dire,
Valere ? Un autre icy conjointement ſoûpire ?
Ah ! ſi je le ſçavois , je luy ferois morbleu...
Où loge-t-il ?

## NERINE.

Icy.

## LE MARQUIS. *Il fait ſemblant de s'en*
*aller , & revient.*

Nous nous verrons dans peu.

LA COMTESSE.

Mais quel droit avez-vous fur moy ?

LE MARQUIS.

Quel droit, ma Reine ?
Le droit de bien-feance, avec celuy d'aubaine.
Vous me convenez fort, & je vous conviens mieux.
Sur vous l'on fçait affez que je jette les yeux.

LA COMTESSE.

Vous êtes fou, Marquis, de parler de la forte.

LE MARQUIS.

Je fçais ce que je dis, ou le diable m'emporte.

LA COMTESSE.

Sommes-nous donc liez par quelque engagement ?

LE MARQUIS.

Non pas autrement... Mais...

LA COMTESSE.

Qu'eft-ce à dire ? comment...
Parlez.

LE MARQUIS.

Je ne fçay point prendre en main des trompettes
Pour publier par-tout les faveurs qu'on m'a faites.

ANGELIQUE.

Eh ma Sœur !

NERINE.

Des faveurs !

LE MARQUIS.

Suffit, je fuis difcret,
Et fçais quand il le faut oublier un fecret.

LA COMTESSE.

On ne connoît que trop ma retenuë auftere,
Il veut rire.

LE MARQUIS.

Ah ! parbleu, je fçauray de Valere
Quel eft en vous aimant le but de fes defirs,
Et de quel droit il vient chaffer fur mes plaifirs.

## SCENE IV.

### LE MARQUIS, LA COMTESSE, LES LAQUAIS.

**1. LAQUAIS**, *rendant un billet au Marquis.*

Monfieur, c'eſt de la part de la groſſe Comteſſe.

**LE MARQUIS** *le mettant dans ſa poche.*
Je le liray tantôt.

**2. LAQUAIS.**
Cette jeune Ducheſſe
Vous attend à vingt pas pour vous mener au jeu.

**LE MARQUIS.**
Qu'elle attende.

**3. LAQUAIS.**
Monſieur.

**LE MARQUIS.**
Encore ? ha palſambleu !
Il faut que de la Ville enfin je me dérobe.

**3. LAQUAIS.**

Je viens de voir, Monſieur, cette femme de robe,
Qui dit que cette nuit ſon mary couche aux champs,
Et que ce ſoir ſans bruit...

**LE MARQUIS.**
Il ſuffit, je t'entens.
Tu prendras ce manteau fait pour bonne fortune,
De couleur de muraille ; & tantôt ſur la brune,
Va m'attendre en ſecret où tu fus avant-hier,
Là...

3. LAQUAIS.

Je sçais.

LE MARQUIS.
Il faudroit avoir un corps de fer
Pour resister à tout. J'ay de l'ouvrage à faire,
Comme vous le voyez, mais je m'en veux distraire,
Vous ferez desormais tous mes soins les plus doux.

LA COMTESSE.
Si mon cœur étoit libre, il pourroit être à vous.

LE MARQUIS.
Adieu, charmant objet, à regret je vous quitte,
C'est un pesant fardeau d'avoir un gros merite.

## SCENE V.

### LA COMTESSE, ANGELIQUE, NERINE.

NERINE.

CEt homme-là vous aime épouventablement.

ANGELIQUE.
Je ne vous croyois pas un tel engagement.

LA COMTESSE.
Il est vif.

ANGELIQUE.
Il vous aime, & son ardeur est belle.

LA COMTESSE.
L'amour qu'il a pour moy luy tourne la cervelle,
Il ne m'a pourtant veüe encore que deux fois.

NERINE.
Il en a donc bien fait la premiere... Je crois
Voir Valere.

✳✳✳✳✳✳✳✳✳✳✳✳✳✳✳✳✳✳✳✳✳✳✳

# SCENE VI.

## VALERE, LA COMTESSE, ANGELIQUE, NERINE.

### LA COMTESSE.

L'Amour auprés de moy le guide.

#### NERINE.

Il tremble en approchant.

#### LA COMTESSE.

J'aime un Amant timide,
Cela marque un bon fond. Approchez, approchez,
Ouvrez de votre cœur les sentimens cachez.
Vous allez voir ma sœur?

#### VALERE à la Comtesse.

Ah! quel bonheur, Madame,
Que vous me permettiez d'ouvrir toute mon ame!

*à Angelique.*

Et quel plaisir de dire, en des transports si doux,
Que mon cœur vous adore, & n'adore que vous!

#### LA COMTESSE.

L'Amour le trouble. Hé quoy! que faites vous Valere?

#### VALERE.

Ce que vous-même icy m'avez permis de faire.

#### NERINE.

Voicy du qui pro quo.

#### VALERE.

Que je serois heureux,
S'il vous plaisoit encor de recevoir mes vœux!

#### LA COMTESSE.

Vous vous méprenez.

VALERE.

Non. Enfin, belle Angelique,
Entre mon oncle & moy que votre cœur s'explique,
Le mien est tout à vous, & jamais dans un cœur...

LA COMTESSE.

Angelique !

VALERE.

On ne vit une plus noble ardeur.

LA COMTESSE.

Ce n'est donc pas pour moy que votre cœur soupire ?

VALERE.

Madame, en ce moment je n'ay rien à vous dire ;
Regardez votre sœur, & jugez si ses yeux
Ont laissé dans mon cœur de place à d'autres feux.

LA COMTESSE.

Quoy ! d'aucun feu pour moy votre ame n'est éprise ?

VALERE.

Quelques civilitez que l'usage autorise...

LA COMTESSE.

Comment ?

ANGELIQUE.

Il ne faut pas avec severité
Exiger des Amans trop de sincerité.
Ma sœur, tout doucement avalez la pilule.

LA COMTESSE.

Taisez-vous, s'il vous plaît, petite ridicule.

VALERE.

Vous avez cent vertus, de l'esprit, de l'éclat,
Vous estes belle, riche, &...

LA COMTESSE.

Vous estes un fat.

ANGELIQUE.

La moderation qui fut votre partage,
Vous ne la mettez pas, ma sœur, trop en usage.

LA COMTESSE.

Monsieur vaut-il le soin qu'on se mette en courroux ?
C'est un extravagant, il est tout fait pour vous,

## SCENE VII.

### VALERE, ANGELIQUE, NERINE.

#### NERINE.

ELle connoit ſes gens.

#### VALERE.

Ouy pour vous je ſoupire,
Et je voudrois avoir cent bouches pour le dire.

#### NERINE.

Allons, Madame, allons, ferme, voicy le choc,
Point de foibleſſe au moins, ayez un cœur de roc.

#### ANGELIQUE.

Ne m'abandonne point.

#### NERINE.

Non, non, laiſſez-moy faire.

#### VALERE.

Mais que me ſert, helas ! que mon cœur vous pre-
fere ?
Que ſert à mon amour un ſi ſincere aveu ?
Vous ne m'écoutez point, vous dédaignez mon feu,
De vos beaux yeux pourtant, cruelle, il eſt l'ou-
vrage ;
Je ſçay qu'à vos beautez c'eſt faire un dur outrage
De nourrir dans mon cœur des deſirs partagez ;
Que la fureur du jeu ſe mêle où vous regnez :
Mais...

#### ANGELIQUE.

Cette paſſion eſt trop forte en votre ame,
Pour croire que l'amour d'aucun feu vous enflâme :
Suivez, ſuivez l'ardeur de vos emportemens ;

Mon cœur n'en aura point de jaloux fentimens.

### NERINE.

*Optimè.*

### VALERE.

Deformais plein de vôtre tendreffe,
Nulle autre paffion n'a rien qui m'intereffe,
Tout ce qui n'eft point vous, me paroit odieux.

### ANGELIQUE *d'un ton plus tendre.*

Non ; ne vous prefentez jamais devant mes yeux.

### NERINE.

Vous molliffez.

### VALERE.

Jamais ! Quelle rigueur extrême,
Jamais ! Ah ! que ce mot eft cruel quand on aime !
Hé quoi ! rien ne pourra fléchir votre courroux ?
Vous voulez donc me voir mourir à vos genoux ?

### ANGELIQUE.

Je prens peu d'interêt, Monfieur, à votre vie.

### NERINE.

Nous allons bien-tôt voir joüer la Comedie.

### VALERE.

Ma mort fera l'effet de mon cruel dépit.

### NERINE.

Qu'un Amant mort pour nous nous mettroit en
credit !

### VALERE.

Vous le voulez : hé bien, il faut vous fatisfaire,
Cruelle, il faut mourir
( *Il veut tirer fon épée.* )

### ANGELIQUE *l'arrêtant.*

Que faites-vous, Valere ?

### NERINE.

Hé bien, ne voila pas votre tendre maudit
Qui vous prend à la gorge ? Euh !

### ANGELIQUE.

Tu ne m'as pas dit,
Nerine, qu'il viendroit fe percer à ma veuë,
Et je tremble de peur quand une épée eft nuë.

NERINE.

Que les Amans font fots !

VALERE.

Puifqu'un foin genereux
Vous intereffe encore aux jours d'un malheureux,
Non, ce n'eft point affez de me rendre la vie,
Il faut que par l'amour defarmée, attendrie,
Vous me rendiez encor ce cœur fi precieux,
Ce cœur fans qui le jour me devient odieux.

ANGELIQUE.

Nerine, qu'en dis-tu ?

NERINE.

Je dis qu'en la mêlée
Vous avez moins de cœur qu'une poule moüillée.

VALERE.

Madame, au nom des Dieux, au nom de vos attraits. . .

ANGELIQUE.

Si vous me promettiez. . .

VALERE.

Oüy, je vous le promets,
Que la fureur du jeu fortira de mon ame,
Et que j'auray pour vous la plus ardente flâme. . .

NERINE.

Pour faire des fermens il eft toujours tout prêt.

ANGELIQUE.

Il faut encor, ingrat, vouloir ce qu'il vous plaît ?
Ouy, je vous rends mon cœur.

VALERE *luy baifant la main.*

Ah, quelle joye extrême!

ANGELIQUE.

Et pour vous faire voir à quel point je vous aime,
Je joins à ce prefent celuy de mon Portrait.

( *Elle luy donne fon Portrait enrichi de diamans.* )

NERINE.

Helas ! de mes fermons voila quel eft l'effet.

VALERE.

Quel excés de faveurs !

ANGELIQUE.

ANGELIQUE.

Gardez-le, je vous prie.

VALERE *le baisant.*

Que je le garde, ô Ciel ! Le reste de ma vie.
Que dis-je ? je pretens que ce Portrait si beau
Soit mis avecque moy dans le même tombeau ;
Et que même la mort jamais ne nous separe.

NERINE.

Que l'esprit d'une fille est changeant & bizarre !

ANGELIQUE.

Ne me trompez donc plus, Valere, & que mon cœur
Ne se repente point de sa facile ardeur.
*Elle sort.*

VALERE.

Fiez-vous aux sermens de mon ame amoureuse.

NERINE.

Ah ! que voila pour l'Oncle une époque fâcheuse !
*Elle sort.*

VALERE.

Est-il dans l'Univers de Mortel plus heureux ?
Elle me rend son cœur, elle comble mes vœux,
M'accable de faveurs . . . .

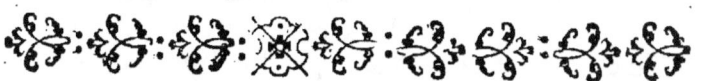

# SCENE VIII.

## VALERE, HECTOR.

### HECTOR.

Monsieur, je viens vous dire . . .

VALERE.

Je suis tout transporté : voy, considere, admire,
Angelique m'a fait ce genereux present.

HECTOR.

Que les brillants sont gros ! pour être plus content,

F

Je vous amene encore un lenitif de bourse,
Une usuriere.

VALERE.

Et qui ?

HECTOR.

Madame la Ressource.

# SCENE IX.

## Mad. LA RESSOURCE, VALERE, HECTOR.

VALERE *l'embrassant.*

HE', bon jour, mon enfant, tu ne peux concevoir
Jusqu'où va dans mon cœur le plaisir de te voir,

Mad. LA RESSOURCE.

Je vous suis obligée, on ne peut davantage.

HECTOR.

Elle est jolie encor. Mais quel sombre équipage ?
Vous voila sans mentir aussi noire qu'un four.

VALERE.

Ne vois-tu pas, Hector, que c'est un deüil de Cour?

Mad. LA RESSOURCE.

Oh, Monsieur, point du tout, je suis une bourgeoise,
Qui sçais me mesurer justement à ma toise.
J'en connois bien pourtant qui ne me valent pas,
Qui se font teindre en noir du haut jusques en bas ;
Mais pour moy je n'ay point cette sotte manie,
Et si mon pauvre époux étoit encor en vie…

*Elle pleure.*

VALERE.

Quoy ! Monsieur la Ressource est mort ?

Mad. LA RESSOURCE.
Subitement.

HECTOR *pleurant.*
Subitement helas ! j'en suis fâché vraiment.
Au fait.      VALERE.
     J'aurois besoin, Madame la Ressource,
De mille écus.
    Mad. LA RESSOURCE.
      Monsieur, disposez de ma bourse.
       VALERE.
Je fais, bien entendu, mon billet au porteur.
      HECTOR.
Et je veux l'endosser.
    Mad. LA RESSOURCE.
       Avec les gens d'honneur
On ne perd jamais rien.
      VALERE.
        Je veux que tu le prennes ;
Nous faisons icy-bas des routes incertaines,
Je pourrois bien mourir ; ce maraut m'avoit dit
Que sur des gages seurs tu prêtois à credit.
    Mad. LA RESSOURCE.
Sur des gages, Monsieur ? c'est une medisance,
Je sçay que ce seroit blesser ma conscience.
Pour des nantissemens qui valent bien leur prix,
De la vieille vaisselle au poinçon de Paris,
Des diamans usez, & qu'on ne sçauroit vendre,
Sans risquer mon honneur je croy que j'en puis
    prendre.
      VALERE.
Je n'ay pour te donner, vaisselle ny bijoux.
      HECTOR.
Oh parbleu, nous marchons sans crainte des filoux.
    Mad. LA RESSOURCE.
Hé bien, nous attendrons, Monsieur, qu'il vous en
    vienne.
      VALERE.
Compte, ma pauvre enfant, que ma mort est certaine,
F ij

Si je n'ay dans ce jour mille écus.

Mad. LA RESSOURCE.

Ah, Monfieur :
Je voudrois les avoir, ce feroit de grand cœur.

VALERE.

Ma charmante, mon cœur, ma Reine, mon aimable,
Ma belle, ma mignone, & ma toute adorable.

HECTOR à genoux.

Par pitié.

Mad. LA RESSOURCE.

Je ne puis.

HECTOR.

Ah ! que nous fommes foux !
Tous ces gens là, Monfieur, ont des cœurs de cail-
loux ;
Sans des nantiffemens il ne faut rien prétendre.

VALERE.

Dis-moy-donc, fi tu veux, où je les pourrai prendre ?

HECTOR.

Attendez... Mais comment, avec un cœur d'airain,
Refufer un billet endoffé de ma main ?

VALERE.

Mais voy donc.

HECTOR.

Laiffez-moy, je cherche en ma boutique.

VALERE.

Ecoute... nous avons le Portrait d'Angelique,
Dans le temps difficile il faut un peu s'aider.

HECTOR.

Ah ! que dites-vous-là ! vous devez le garder.

VALERE.

D'accord, honneftement je ne puis m'en défaire.

Mad. LA RESSOURCE.

Adieu, quelqu'autre fois nous finirons l'affaire.

VALERE.

Attendez donc. Tu fçais jufqu'où vont mes befoins,
N'ayant pas fon portrait l'en aimeray-je moins ?

### HECTOR
Fort bien , mais voulez-vous que cette perfidie ?...

### VALERE.
Il est vray. J'ay tantôt cette grosse partie
De ces Joüeurs en fond qui doivent s'assembler.

### Mad. LA RESSOURCE.
Adieu.

### VALERE.
Demeurez donc , où voulez-vous aller ?
Je feray de l'argent , ou celuy de mon pere ,
Quoy qu'il puisse arriver nous tirera d'affaire.

### HECTOR.
Que peut dire Angelique alors qu'elle apprendra
Que de son cher Portrait...

### VALERE.
Et qui le luy dira ?
Dans une heure au plus tard nous irons le reprendre.

### HECTOR.
Dans une heure ?

### VALERE.
Ouy vrayment.

### HECTOR.
Je commence à me rendre.

### VALERE.
Je me mettrois en gage en mon besoin urgent.

### HECTOR le considerant.
Sur cette nipe-là vous auriez peu d'argent.

### VALERE.
On ne perd pas toûjours , je gagneray sans doute.

### HECTOR.
Votre raisonnement met le mien en déroute.
Je sçay que ce micmac ne vaut rien dans le fond.

### VALERE.
Je m'en tireray bien , Hector, je t'en répond.
Peut-on sur ce bijou sans trop de complaisance...

### Mad LA RESSOURCE.
Ouy , je puis maintenant prêter en conscience,
Je voy des diamans qui répondent du prér,

Et qui peuvent porter un modefte interêt,
Voila les mille écus comptez dans cette bourfe.

### VALERE.

Je vous fuis obligé, Madame la Reffource,
Au moins ne manquez pas de revenir tantôt,
Je prétens retirer mon portrait au plûtôt.

### Mad. LA RESSOURCE.

Volontiers : nous aimons à changer de la forte,
Plus notre argent fatigue, & plus il nous rapporte :
Adieu, Meffieurs, je fuis toute à vous à ce prix.
*Elle fort.*

### HECTOR.

Adieu, Juif, le plus Juif qui foit dans tout Paris.
Vous faites-là, Monfieur, une action inique.

### VALERE.

Aux maux defefperez il faut de l'hemetique,
Et cet argent offert par les mains de l'amour,
Me dit que la fortune eft pour moy dans ce jour.

*Fin du Second Acte.*

# ACTE III.

## SCENE PREMIERE.

### DORANTE, NERINE.

#### DORANTE.

UEL est donc le sujet pourquoy ton
cœur soûpire ?

#### NERINE.

Nous n'avons pas , Monsieur , tous
deux sujet de rire.

#### DORANTE.

Dis-moy donc , si tu veux , le sujet de tes pleurs ?

#### NERINE.

Il faut aller , Monsieur , chercher fortune ailleurs.

#### DORANTE.

Chercher fortune ailleurs ? As-tu fait quelque piece
Qui t'auroit fait si-tôt chasser de ta Maîtresse ?

#### NERINE *pleurant plus fort.*

Non, c'est de votre sort dont j'ay compassion,
Et c'est à vous d'aller chercher condition.

#### DORANTE.

Que dis-tu ?

#### NERINE.

Qu'Angelique est une ame legere,

Et s'est mieux que jamais rengagée à Valere.

**DORANTE.**

Quoy que pour mon amour ce coup soit assommant,
Je ne suis point surpris d'un pareil changement.
Je sçay que cet Amant toute entiere l'occupe,
De ses ardeurs pour moy je ne suis point la dupe ;
Et lorsque de ses feux je sens quelque retour,
Je dois tout au dépit, & rien à son amour.
Je ne veux point, Nerine, éclater en injures,
Ny rappeller icy ses sermens, ses parjures,
Ainsi que mon amour, je calme mon courroux.

**NERINE.**

Si vous sçaviez, Monsieur, ce que j'ay fait pour
vous !

**DORANTE.**

Tien, reçoy cette bague, & dis à ta Maitresse,
Que malgré ses dédains elle aura ma tendresse,
Et que la voir heureuse est mon plus grand bonheur.

**NERINE** *prenant la bague en pleurant.*

Ah ! ah ! je n'en puis plus, vous me fendez le cœur.

# SCENE II.

## GERONTE, HECTOR, DORANTE, NERINE.

### HECTOR.

Ouy, Monsieur, Angelique épousera Valere,
Ils ont signé la paix.

**GERONTE.**
                Tant mieux. Bon jour, mon frere,

Qu'eſt-ce ? hé bien ? qu'avez-vous ? vous êtes tout
    changé ?
Allons gay ; vous a-t-on donné votre congé ?

### DORANTE.

Vous êtes bien inſtruit des chagrins qu'on me donne.
On ne me verra point violenter perſonne ;
Et quand je perds un cœur qui cherche à s'éloigner,
Mon Frere, je pretends moins perdre que gagner.

### GERONTE.

Voila les ſentimens d'un Heros de Caſſandre.
Entre-nous, vous aviez fort grand tort de pretendre
Que ſur votre neveu vous puſſiez l'emporter.

### DORANTE.

Non, je ne ſçus jamais juſques-là me flater :
La jeuneſſe toujours eut des droits ſur les belles,
L'amour eſt un enfant qui badine avec elles ;
Et quand à certain âge on veut ſe faire aimer,
C'eſt un ſoin indiſcret qu'on devroit reprimer.

### GERONTE.

Je ſuis en verité ravi de vous entendre,
Et vous prenez la choſe ainſi qu'il la faut prendre.

### NERINE.

Si l'on m'en avoit cru, tout n'en iroit que mieux.

### DORANTE.

Ma preſence eſt aſſez inutile en ces lieux,
Je vais de mon amour tâcher à me défaire.       *Il ſort.*

### GERONTE.

Allez, conſolez-vous, c'eſt fort bien fait, mon
    Frere,
Adieu. Le pauvre enfant ! ſon ſort me fait pitié.

### NERINE *s'en-allant.*

J'en ay le cœur ſaiſi.

### HECTOR.

      Moy, j'en pleure à moitié.
Le pauvre homme !

                Evv

# SCENE III.

## GERONTE, HECTOR.

HECTOR *tirant un papier roulé avec*
*plusieurs autres papiers.*

Voila, Monsieur, un petit rôle
Des dettes de mon Maistre. Il vous tient sa parole,
Comme vous le voyez, & croit qu'en tout cecy,
Vous voudrez bien, Monsieur, tenir la vôtre aussi.

### GERONTE.

Ça voyons, expedie au plutôt ton affaire.

### HECTOR.

J'auray fait en deux mots. L'honnête homme de
Pere !
Ah ! qu'à notre secours à propos vous venez !
Encore un jour plus tard, nous étions ruinez.

### GERONTE.

Je le crois.

### HECTOR.

N'allez pas sur les points vous debattre,
Foy d'honnête garçon je n'en puis rien rabatre :
Les choses sont, Monsieur, tout au plus juste prix,
De plus je vous promets que je n'ay rien obmis.

### GERONTE.

Finy donc.

### HECTOR.

Il faut bien se mettre sur ses gardes.
*Memoire juste & bref de nos dettes criardes,*
*Que Mathurin Geronte auroit tantost promis,*
*Et promet maintenant de payer pour son fils.*

### GERONTE.

Que je les paye ou non, ce n'est pas ton affaire,
Lis toujours.

#### HECTOR.

C'eft, Monfieur, ce que je m'en vais faire.
*Item, doit à Richard cinq cens livres dix fous,*
*Pour gagès de cinq ans, frais, mifes, loyaux coûts.*

#### GERONTE.

Quel eft ce Richard?

#### HECTOR.

Moy, fort à votre fervice.
Ce nom n'étant point fait du tout à la propice
D'un valet de joüeur; mon Maître de nouveau,
M'a mis celuy d'Hector, du valet de carreau.

#### GERONTE.

Le beau nom! Il devoit appeller Angélique
Pallas, du nom connu de la Dame de pique.

#### HECTOR.

*Secondement il doit à Jeremie Aaron,*
*Ufurier de métier, Juif de religion ...*

#### GERONTE.

Tout beau, n'embroüillons point, s'il vous plaift,
les affaires,
Je ne veux point payer les dettes ufuraires.

#### HECTOR.

Hé bien foit. *Plus il doit à maints particuliers*
*Ou quidans, dont les noms, qualitez & métiers*
*Sont déduits plus au long avecque les parties,*
*Et affignations dont je tiens les copies;*
*Dont tous lefdits quidans, ou du moins peu s'en faut,*
*Ont obtenu déja Sentence par défaut;*
*La fomme de dix mil. une livre une obole,*
*Pour l'avoir fans relâche un an fur fa parole,*
*Habillé, voituré, coeffé, chauffé, ganté,*
*Alimenté, rafé, defalteré, porté.*

#### GERONTE.

Defalteré, porté! que le diable t'emporte,
Et ton maudit memoire écrit de telle forte.

#### HECTOR.

Si vous ne m'en croyez „ demain pour vous trouver
J'envoyeray les Quidans tous à votre lever.

#### GERONTE.

La belle cour !

#### HECTOR.

*De plus à Margot de la Plante,*
*Personne de ses droits usante & jouissante,*
*Est dû loyalement deux cent cinquante écus,*
*Pour ses appointemens de deux quartiers échus.*

#### GERONTE.

Quelle est cette Margot ?

#### HECTOR.

Monsieur ... C'est une fille...
Chez laquelle mon Maistre ..... Elle est vrayment
gentille.

#### GERONTE.

Deux cens cinquante écus ?

#### HECTOR:

Ce n'est ma foy pas cher,
Demandez ; c'est, Monsieur , un prix fait en hyver.

#### GERONTE.

Et tu prétens , bourreau .....

#### HECTOR *tournant le rôle.*

Monsieur , point d'invectives:
Voicy le contenu de nos dettes actives :
Et vous allez bien voir que le compte suivant,
Payé fidellement , se monte à presque autant.

#### GERONTE.

Voyons.

#### HECTOR:

*Premierement Isaac de la Serre.*
Il est connu de vous.

#### GERONTE

Et de toute la terre ;
C'est ce Negociant , ce Banquier si fameux.

#### HECTOR.

Nous ne vous donnons pas de ces effets verreux:
Cela sent comme beaume : Or donc ce de la Serre,
Si bien connu de vous & de toute la Terre,
Ne nous doit rien.

GERONTE.

Comment ?

HECTOR.

      Mais un de ſes parens,
Mort aux champs de Fleurus nous doit dix mille
 francs.

GERONTE.

Voila certainement un effet fort bizare.

HECTOR.

Oh, s'il n'étoit pas mort, c'étoit de l'or en barre.
*Plus à mon Maître eſt dû du Chevalier Fijac*
*Les droits hypotequez ſur un tour de Trictrac.*

GERONTE.

Que dis-tu ?

HECTOR.

    La partie eſt de deux cens piſtoles,
C'eſt une dupe, il fait en un tour vingt écoles.
Il ne faut plus qu'un coup.

  GERONTE *luy donnant un soufflet.*

      Tien maraut, le voila,
Pour m'offrir un memoire égal à celuy-là.
Va porter cet argent à celuy qui t'envoye.

HECTOR.

Il ne voudra jamais prendre cette monnoye.

GERONTE

Impertinent maraut, va je t'aprendray bien,
Avecque ton Trictrac...

HECTOR.

     Il a dix trous à rien.

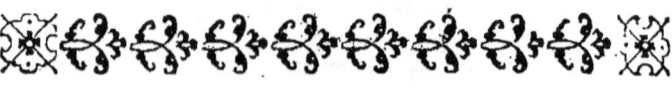

## SCENE IV.

### HECTOR *seul.*

SA main est à fraper , non à donner legere ,
Et mon Maître á bien fait de faire ailleurs affaire ;
Mais le voici qui vient poussé d'un heureux vent ,
Il a les yeux sereins & l'accueil avenant.

## SCENE V.

### VALERE , HECTOR.

*Valere entre en comptant beaucoup d'argent dans*
*son chapeau.*

### HECTOR.

PAr votre ordre , Monsieur , j'ay vû Monsieur
Geronte :
Qui de nôtre Memoire a fait fort peu de compte ,
Sa monnoye est frapée avec un vilain coin ,
Et de pareil argent nous n'avons pas besoin.
J'ay vû chemin faisant aussi Monsieur Dorante ,
Morbleu qu'il est fâché !
      VALERE *comptant toûjours.*
         Mille deux cens cinquante.
      HECTOR.
La Flote est arrivée avec les Galions ,
Cela va diablement hausser nos actions :
J'ay veu pareillement par votre ordre Angelique ;
Elle m'a dit …

### VALERE *frapant du pied.*

Morbleu ce dernier coup me pique ,
Sans les cruels revers de deux coups inoüis ,
J'aurois encor gagné plus de deux cens Louis.

### HECTOR.

Cette fille , Monsieur , de votre amour est folle.

### VALERE *à part.*

Damon m'en doit encor deux cens sur sa parole.

### HECTOR *le tirant par la manche.*

Monsieur , écoutez-moy , calmez un peu vos sens ,
Je parle d'Angelique , & depuis fort long-temps.

### VALERE.

Ah ! d'Angelique ! hé bien, comment suis-je avec elle ?

### HECTOR.

On n'y peut être mieux ; ah , Monsieur , qu'elle est
belle ,
Et que j'ay de plaisir à vous voir racroché !

### VALERE.

A te dire le vray , je n'en suis pas fâché.

### HECTOR.

Comment ? quelle froideur s'empare de votre ame ?
Quelle glace ; tantôt vous étiez tout de flame.
Ay-je tort , quand je dis que l'argent de retour
Vous fait faire toujours banqueroute à l'amour ?
Vous vous sentez en fond , *Ergo* plus de maîtresse.

### VALERE.

Ah ! juge mieux, Hector, de l'amour qui me presse.
J'aime autant que jamais : mais sur ma passion
J'ay fait en te quittant quelque reflexion.
Je ne suis point du tout né pour le mariage :
Des parens , des enfans , une femme , un ménage ,
Tout cela me fait peur , j'aime la liberté.

### HECTOR.

Et le libertinage.

### VALERE.

Hector , en verité ,
Il n'est point dans le monde un état plus aimable ,
Que celuy d'un Joüeur ; sa vie est agreable ,

Ses jours font enchaînez par des plaisirs nouveaux,
Comedie, Opera, bonne chere, cadeaux,
Il traîne en tous les lieux la joye & l'abondance ;
On voit regner fur luy l'air de magnificence,
Tabatieres, bijoux, fa poche eft un trefor,
Sous fes heureufes mains le cuivre devient or.

#### HECTOR.

Et l'or devient à rien.

#### VALERE.

Chaque jour mille belles
Luy font la cour par lettre, & l'invitent chez elles,
La porte à fon afpect s'ouvre à deux grands battans,
Là vous trouvez toujours des gens divertiffans,
Des femmes qui jamais n'ont pû fermer la bouche,
Et qui fur le prochain vous tirent à cartouche ;
Des oififs de métier, & qui toujours fur eux
Portent de tout Paris le lardon fcandaleux,
Des Lucreces du temps, là, de ces filles veuves,
Qui veulent impofer & fe donner pour neuves,
De vieux Seigneurs toujours prêt à vous cajoler,
Des plaifans qui font rire avant que de parler.
Plus agreablement peut-on paffer la vie ?

#### HECTOR.

D'accord, mais quand on perd, tout cela vous en-
nuye.

#### VALERE.

Le jeu raffemble tout, il unit à la fois
Le turbulent Marquis, le pafible Bourgeois.
La femme du Banquier dorée & triomphante,
Coupe orgueilleufement la Ducheffe indigente.
Là, fans diftinction on voit aller de pair
Le Laquais d'un Commis avec un Duc & Pair ;
Et quoy qu'un fort jaloux nous ait fait d'injuftices,
De fa naiffance ainfi l'on vange les caprices.

#### HECTOR.

A ce qu'on peut juger de ce difcours charmant,
Vous voila donc en grace avec l'argent comptant.
Tant mieux, pour fe conduire en bonne politique ;

Il faudroit retirer le portrait d'Angelique.

**VALERE.**

Nous verrons.

**HECTOR.**

Vous sçavez...

**VALERE.**

Je dois joüer tantôt.

**HECTOR.**

Tirez-en mille écus.

**VALERE.**

Oh, non, c'est un depost.

**HECTOR.**

Pour mettre quelque chose à l'abry des orages,
S'il vous plaisoit du moins de me payer mes gages.

**VALERE.**

Quoy, je te dois...

**HECTOR.**

Depuis que je suis avec vous,
Je n'ay pas en cinq ans encor receu cinq sous.

**VALERE.**

Mon Pere te payera, l'article est au memoire.

**HECTOR.**

Votre Pere ? Ah ! Monsieur, c'est une mer à boire,
Son argent n'a point cours, quoy qu'il soit bien de
poids.

**VALERE.**

Va, j'examineray ton compte une autre fois.
J'entens venir quelqu'un.

**HECTOR.**

Je vois votre Selliere,
Elle a flairé l'argent.

**VALERE** *mettant promptement son argent dans sa*
*poche.*

Il faut nous en défaire.

**HECTOR.**

Et Monsieur Galonier votre honnête Tailleur.

✳✱✳✱✳✱✳✱✳✱✳✱✳✱ ✳✱✳✱✳✱✳✱✳✱✳

## SCENE VI.

### Mad. ADAM, Mr. GALONIER, VALERE, HECTOR.

#### VALERE.

Quel contre-temps : Je suis votre humble servi-
     teur :
Bonjour, Madame Adam, quelle joye est la mienne!
Vous voir ; c'est du plus loin parbleu qu'il me sou-
     vienne.

#### Mad. ADAM.

Je viens pourtant icy souvent faire ma cour,
Mais vous joüez la nuit, & vous dormez le jour.

#### VALERE.

C'est pour cette caleche à velours à ramage ?

#### Mad. ADAM.

Ouy, s'il vous plaît.

#### VALERE.

           Je suis fort content de l'ouvrage,
Il faut vous la payer... Songe par quel moyen
Tu pourras me tirer de ce triste entretien,
Vous Monsieur Galonier, quel sujet vous ameine?

#### GALONIER.

Je viens vous demander. ..

#### HECTOR.

           Vous prenez trop de peine.

#### GALONIER.

Vous. ..

#### HECTOR.

Vous faites toujours mes habits trop étroits.

#### GALONIER.

Si. ..

HECTOR.

Ma culotte s'ufe en deux ou trois endroits.

GALONIER.

Je...

HECTOR.

Vous coufez fi mal...

Mad. ADAM.

Nous marions ma fille.

VALERE.

Quoy ! vous la mariez ? Elle eft vivè & gentille ,
Et fon époux futur doit en être content.

Mad. ADAM.

Nous aurions grand befoin d'un peu d'argent comptant.

VALERE.

Je veux , Madame Adam , mourir à votre veuë ,
Si j'ay...

Mad. ADAM.

Depuis long-temps cette fomme m'eft deuë.

VALERE.

Que je fois en maraut deshonoré cent fois ,
Si l'on m'a veu toucher un fou depuis fix mois.

HECTOR.

Ouy , nous avons tous deux par pieté profonde
Fait vœu de pauvreté , nous renonçons au monde.

GALONIER.

Que votre cœur pour moy fe laiffe un peu toucher ,
Notre femme eft , Monfieur , fur le point d'ac-
coucher :
Donnez-moy cent écus fur & tant moins des dettes.

HECTOR.

Et de quoy Diable auffi, du métier dont vous êtes,
Vous avifez-vous-là de faire des enfans ?
Faites-moy des habits.

GALONIER.

Seulement deux cens francs.

VALERE.

Et mais... fi j'en avois... comptez que dans la vie

Perſonne de payer n'eut pas jamais tant d'envie.
Demandez . .

### HECTOR.

S'il avoit quelque deniers comptans,
Ne me payeroit-il pas mes gages de cinq ans ?
Votre dette n'eſt pas meilleure que la mienne.

### Mad. ADAM.

Mais quand faudra-t-il donc , Monſieur , que je
revienne ?

### VALERE.

Mais, quand il vous plaira. Dés demain, que ſçait-on?

### HECTOR.

Je vous avertiray quand il y fera bon.

### GALONIER.

Pour moy , je ne ſors point d'icy qu'on ne m'en
chaſſe.

### HECTOR.

Non, je ne vis jamais d'animal ſi tenace.

### VALERE.

Ecoutez, je vous dis un ſecret qui , je croy,
Vous plaira dans la ſuite autant & plus qu'à moy ;
Je vais me marier tout-à fait , & mon pere
Avec mes Creanciers doit me tirer d'affaire.

### HECTOR.

Pour le coup. . . .

### Mad. ADAM.

Il me faut de l'argent cependant.

### HECTOR.

Cette raiſon vaut mieux que de l'argent comptant;
Montrez nous les talons.

### GALONIER.

Monſieur , ce mariage
Se fera-t-il bien-tôt ?

### HECTOR.

Tout au plûtôt. J'enrage.

### Mad. ADAM.

Sera ce dans ce jour ?

HECTOR.

Nous l'efperons , adieu ;
Sortez , nous attendons la future en ce lieu ,
Si l'on vous trouve icy vous gâterez l'affaire.

Mad. ADAM.

Vous me promettez donc...

HECTOR.

Allez , laiffez-moy faire.

Mad. ADAM & GALONIER enfemble.

Mais Monfieur...

HECTOR les mettant dehors.

Que de bruit ! oh parbleu , détalez.

SCENE VII.

VALERE , HECTOR.

HECTOR riant.

Voila des Creanciers affez bien regalez.
Vous devriez pourtant , en fond comme vous êtes...

VALERE.

Rien ne porte malheur comme payer fes dettes.

HECTOR.

Ah ! je ne dois donc plus m'étonner deformais ,
Si tant d'honnêtes gens ne les payent jamais.
Mais voici le Marquis ; ce Heros de tendreffe.

VALERE.

C'eft-là le foupirant ?...

HECTOR.

Ouy , de notre Comteffe.

## SCENE VIII.

### LE MARQUIS, VALERE, HECTOR.

#### LE MARQUIS.

Que ma chaise se tienne à deux cens pas d'ici ;
Et vous, mes trois Laquais, éloignez-vous aussi,
Je suis *incognito*.

#### HECTOR.
Que pretend-il donc faire ?

#### LE MARQUIS.
N'est-ce pas vous, Monsieur, qui vous nommez
Valere ?

#### VALERE.
Ouy, Monsieur, c'est ainsi qu'on m'a toujours
nommé.

#### LE MARQUIS.
Jusques au fond du cœur, j'en suis parbleu charmé.
Faites que ce valet à l'écart se retire.

#### VALERE.
Va-t-en.

#### HECTOR.
Monsieur.

#### VALERE.
Va-t-en, faut il te le redire ?

# SCENE IX.

## LE MARQUIS, VALERE.

### LE MARQUIS.

Sçavez-vous qui je suis ?
### VALERE.
Je n'ay pas cet honneur.
### LE MARQUIS.
Courage, allons Marquis, montre de la vigueur,
Il craint. Je suis pourtant fort connu dans la Ville ;
Et si vous l'ignorez, sçachez que je faufile
Avec Ducs, Archiducs, Princes, Seigneurs, Mar-
    quis,
Et tout ce que la Cour offre de plus exquis :
Petits Maistres de robe à courte & longue queuë,
J'évente les beautez, & leur plais d'une lieuë ;
Je m'érige aux repas en Maistre Architiclin,
Je suis le Chansonnier & l'ame du festin :
Je suis parfait en tout, ma valeur est connuë,
Je ne me bats jamais qu'aussi-tôt je ne tuë,
De cent jolis combats je me suis démêlé ;
J'ay la botte trompeuse, & le jeu tres broüillé ;
Mes ayeux sont connus, ma race est ancienne:
Mon trisayeul étoit Vice-Baillif du Maine ;
J'ay le vol du chapon : ainsi dés le berceau
Vous voyez que je suis Gentilhomme Manceau.
### VALERE.
On le voit à votre air.
### LE MARQUIS.
J'ay sur certaine femme
Jetté sans y songer quelque amoureuse flâme,
J'ay trouvé la matiere assez seche de soy :

Mais la belle est tombée amoureuse de moi.
Vous le croyez sans peine , on est fait d'un modéle
A prétendre hypoteque à fort bon droit sur elle ;
Et vouloir faire obstacle à de telles amours ,
C'est pretendre arrêter un torrent dans son cours.

### VALERE.

Je ne crois pas , Monsieur , qu'on fût si temeraire.

### LE MARQUIS.

On m'assure pourtant que vous le voulez faire.

### VALERE.

Moy ?

### LE MARQUIS.

Que sans respecter ny rang , ny qualité,
Vous nourrissez dans l'ame une velleité
De me barrer son cœur.

### VALERE.

C'est pure médisance,
Je sçay ce qu'entre nous le sort mit de distance.

### LE MARQUIS.

Il tremble. Sçavez-vous , Monsieur du Lansquenet,
Que j'ay de quoy rabattre icy votre caquet ?

### VALERE.

Je le sçay.

### LE MARQUIS.

Vous croyez en votre humeur caustique,
En agir avec moy comme avec l'as de pique.

### VALERE.

Moy , Monsieur ?

### LE MARQUIS.

Il me craint. Vous faites le plongeon,
Petit Noble à nasarde , enté sur sauvageon.

( *Valere enfonce son chapeau.* )

Je croy qu'il a du cœur, je retiens ma colere:
Mais. . .

### VALERE *mettant sa main sur son épée.*

Vous le voulez donc , il faut vous satisfaire.

### LE MARQUIS.

Bon , bon ! je ris.

### VALERE.

VALERE.

Vos ris ne font point de mon goût,
Et vos airs infolens ne plaifent point du tout.
Vous eftes un faquin.

LE MARQUIS.

Cela vous plaît à dire.

VALERE.

Un fat, un malheureux.

LE MARQUIS.

Monfieur, vous voulez rire.

VALERE *mettant l'épée à la main.*

Il faut voir fur le champ fi les Vice-baillifs
Sont fi francs du collier, que vous l'avez promis.

LE MARQUIS.

Mais faut-il nous broüiller pour un fot point de
gloire ?

VALERE.

Oh ! le vin eft tiré, Monfieur, il le faut boire.

LE MARQUIS *criant.*

Ah, ah ! je fuis bleffé.

# SCENE X.

## HECTOR, VALERE,
## LE MARQUIS.

### HECTOR.

Quels deffeins emportez...

LE MARQUIS *mettant l'épée à la main.*
Ah, c'eft trop endurer.

HECTOR.

Ah, Monfieur ! arrêtez.

G

LE MARQUIS.

Laiſſez-moy donc.

HECTOR.

Tout beau.

VALERE.

Ceſſe de le contraindre,
Va , c'eſt un malheureux qui n'eſt pas bien à craindre.

HECTOR.

Quel ſujet...

LE MARQUIS *fierement.*

Votre Maître a certains petits airs ,

*Doucement.*

Et prend mal à propos les choſes de travers.
On vient civilement , pour s'éclaircir d'un doute ,
Et Monſieur prend la chévre , il met tout en dé-
route ,
Fait le petit mutin : oh ! cela n'eſt pas bien.

HECTOR.

Mais encor quel ſujet ?

LE MARQUIS.

Quel ſujet ! moins que rien :
L'amour de la Comteſſe auprés de luy m'appelle.

HECTOR.

Ah , diable ! c'eſt avoir une vieille querelle.
Quoy ! vous oſez , Monſieur , d'un cœur ambitieux,
Sur notre patrimoine ainſi jetter les yeux ?
Attaquer la Comteſſe , & nous le dire encore ?

LE MARQUIS.

Bon , je ne l'aime pas , c'eſt-elle qui m'adore.

VALERE.

Oh , vous pouvez l'aimer autant qu'il vous plaira,
C'eſt un bien que jamais on ne vous enviera ;
Vous êtes en effet un Amant digne d'elle,
Je vous cede les droits que j'ay ſur cette belle.

HECTOR.

Ouy , les droits ſur le cœur , mais ſur la bourſe, non.

LE MARQUIS.

Je le sçavois bien, moy, que j'en aurois raison :
Et voila comme il faut se tirer d'une affaire.

HECTOR.

N'auriez-vous point besoin d'un peu d'eau vulne-
raire?

LE MARQUIS.

Je suis ravy de voir que vous ayez du cœur,
Et que le tout se soit passé dans la douceur.
Serviteur, vous & moy nous en valons deux autres ;
Je suis de vos amis.

VALERE.

Je ne suis pas des vôtres.

* * * * * * * * * * * * : * * * * * * * * * * * *

# SCENE XI.

## VALERE, HECTOR.

### VALERE.

Voila donc ce Marquis, cet homme dangereux ?

HECTOR.

Ouy, Monsieur, le voila.

VALERE.

C'est un grand malheureux.
Je crains que mes Joüeurs ne soient sortis du gîte,
Ils ont trop attendu, j'y retourne au plus vîte.
J'ay dans le cœur, Hector, un bon pressentiment,
Et je dois aujourd'huy gagner assurément.

HECTOR.

Votre cœur est, Monsieur, toujours insatiable,
Ces inspirations viennent souvent du diable ;
Je vous en avertis, c'est un futé matois.

G ij

VALERE.

Elle m'ont reüssi déja plus d'une fois.

HECTOR.

Tant va la cruche à l'eau...

VALERE.

Paix: tu veux contredire.

A mon âge crois-tu m'apprendre à me conduire ?

HECTOR.

Vous ne me parlez point, Monsieur, de votre amour,

VALERE.

Non.

HECTOR.

Il m'en parlera peut-être à son retour.

*Fin du troisiéme Acte.*

# ACTE IV.

## SCENE PREMIERE.

### ANGELIQUE, NERINE.

#### NERINE.

EN vain vous m'oppofez une indigne
    tendreffe ,
Je n'ay vû de mes jours avoir tant de
    moleffe.
Je ne puis fur ce point m'accorder
    avec vous.
Valere n'eft point fait pour être votre époux,
Il reffent pour le jeu des fureurs nompareilles ,
Et cet homme perdra quelque jour fes oreilles.

#### ANGELIQUE.

Le temps le guerira de cet aveuglement.

#### NERINE.

Le temps augmente encore en un tel attachement.

#### ANGELIQUE.

Ne combats plus , Nerine , une ardeur qui m'en-
    chante,
Tu prendrois pour l'éteindre une peine impuiffante ?
Il eft des nœuds formez fous des aftres malins ,
Qu'on cherit malgré foy : je cede à mes deftins ,
La raifon , les confeils ne peuvent m'en diftraire ,
Je voi le bon parti , mais je prens le contraire.

G iij

### NERINE.

Hé, bien, Madame, foit, contentez votre ardeur,
J'y confens, acceptez pour époux un Joüeur,
Qui pour porter aû jeu fon tribut volontaire,
Vous laiffera manquer même du neceffaire ;
Toujours trifte, ou fougueux, peftant contre le jeu,
Ou d'avoir perdu trop, ou bien gagné trop peu.
Quel charme, qu'un époux qui flattant fa manie,
Fait vingt mauvais marchez tous les jours de fa
    vie ,
Prend pour argent comptant d'un ufurier fripon
Des finges , des pavez , un chantier , du charbon ?
Qu'on voit à chaqueinftant prêt à faire querelle
Aux bijoux de fa femme , ou bien à fa vaiffelle
Qui va , revient, retourne, & s'ufe à voyager
Chez l'ufurier , bien plus qu'à donner à manger ;
Quand aprés quelque temps , d'interêt furchargée ,
Il la laiffe où d'abord elle fut engagée ,
Et prend , pour remplacer fes meubles écartez ,
Des diamans du Temple , & des plats argentez ;
Tant que dans fa fureur n'ayant plus rien à vendre ,
Empruntant tous les jours , & ne pouvant plus rendre,
Sa femme figne enfin , & voit en moins d'un an
Ses terres en decret , & fon lit à l'encan.

### ANGELIQUE.

Je ne veux point icy m'affliger par avance,
L'évenement fouvent confond la prévoyance,
Il quittera le jeu.

### NERINE.

Quiconque aime, aimera,
Et quiconque a joüé, toujours joüe, & joüera.
Quelque Docteur l'a dit , ce n'eft point menterie ;
Et fi vous le voulez, contre vous je parie ,
Tout ce que je poffede , & mes gages d'un an ,
Qu'à l'heure que je parle il eft dans un brelan.
Nous le fçaurons d'Hector , qu'icy je voy paroître.

# SCENE II.

## HECTOR, ANGELIQUE, NERINE.

### ANGELIQUE.

TE voila bien fouflant : en quels lieux eft ton
Maître ?

#### HECTOR *embaraffé.*

En quelque lieu qu'il foit , je rêpons de fon cœur.
Il fent toujours pour vous la plus fincere ardeur.

#### NERINE.

Ce n'eft point-là , maraut, ce que l'on te demande.

#### HECTOR *voulant s'échaper.*

Maraut ! je voy qu'icy je fuis de contrebande.

#### NERINE.

Non, demeure un moment.

#### HECTOR.

Le temps me preffe , adieu.

#### NERINE.

Tout doux : n'eft-il pas vray qu'il eft en quelque
lieu ,
Où courant la hazard...

#### HECTOR.

Parlez mieux , je vous prie.
Mon maître n'a hanté de tels lieux de fa vie.

#### ANGELIQUE.

Tien , voila dix Loüis : Ne me mens pas , dis-moy
S'il n'eft pas vray qu'il joüe à prefent.

#### HECTOR.

Oh, ma foi,
Il eft bien revenu de cette folle rage ,
Et n'aura pas de goût pour le jeu davantage.

G iiij

ANGELIQUE.

Avec tes faux soupçons, Nerine, hé bien tu vois?

HECTOR.

Il s'en donne aujourd'huy pour la derniere fois.

ANGELIQUE.

Il joüeroit donc ?

HECTOR.

Il joüe, à dire vray, Madame;
Mais ce n'est proprement que par noblesse d'ame ;
On voit qu'il se défait de son argent exprés,
Pour n'être plus touché que de vos seuls attraits.

NERINE.

Hé bien, ai-je raison ?

HECTOR.

Son mauvais sort, vous dis-je,
Mieux que tous vos discours aujourd'huy le corrige.

ANGELIQUE.

Quoy...

HECTOR.

N'admirez-vous pas cette fidelité ?
Perdre exprés son argent pour n'être plus tenté !
Il sçait que l'homme est foible ; il se met en défence.
Pour moy je suis charmé de ce trait de prudence.

ANGELIQUE.

Quoy, ton maître joüeroit au mépris d'un ser-
ment...

HECTOR.

C'est la derniere fois, Madame, absolument.
On le peut voir encor sur le champ de bataille ;
Il frape à droit, à gauche, & d'estoc & de taille :
Il se défend, Madame, encor comme un lion.
Je l'ay vû dans l'effort de la convulsion,
Maudissant les hazards d'un combat trop funeste,
De sa bourse expirante il ramassoit le reste,
Et paroissant encor plus grand dans son malheur,
Il vendoit cher son sang & sa vie au vainqueur.

ANGELIQUE.

Pourquoy l'as-tu quitté dans cette décadence ?

HECTOR.

Comme un Ayde de Camp, je viens en diligence
Appeller du secours ; il faut faire approcher
Notre corps de reserve, & je m'en vais chercher
Deux cent Loüis qu'il a laissez dans sa cassette.

NERINE.

Hé bien, Madame, hé bien, êtes-vous satisfaite ?

HECTOR.

Les partis sont aux mains, à deux pas on se bat,
Et les momens sont chers en ce jour de combat.
Nous allons nous servir de nos armes dernieres,
Et des troupes qu'au jeu l'on nomme Auxiliaires.

*Il sort.*

# SCENE III.

## ANGELIQUE, NERINE.

### NERINE.

Vous l'entendez, Madame. Aprés cette action,
Pour Valere armez-vous de belle passion ;
Cedez à votre étoile, épousez-le : j'enrage
Lorsque j'entens tenir ce discours à votre âge ;
Mais Dorante qui vient...

ANGELIQUE.

Ah ! sortons de ces lieux,
Je ne puis me resoudre à paroître à ses yeux.

*Elle s'en va.*

G v

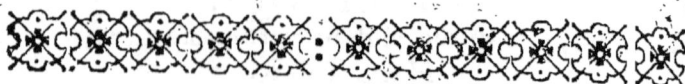

# SCENE VI.

## DORANTE, NERINE.

### DORANTE.

HE quoy, vous me fuyez ? daignez au moins
    m'apprendre...
Et toy, Nerine, auſſi tu ne veux pas m'entendre ?
Veux-tu de ta Maîtreſſe imiter la rigueur ?

### NERINE.

Non, Monſieur, je vous ſers toujours avec vigueur,
Laiſſez-moy faire.            *Elle ſort.*

### DORANTE.

         O Ciel ! ce trait me deſeſpere,
Je veux approfondir un ſi cruel myſtere.

# SCENE V.

## LA COMTESSE, DORANTE.

### LA COMTESSE.

OU courez-vous, Dorante ?

### DORANTE.

         O contre-temps fâcheux !
Cherchons à l'éviter.

### LA COMTESSE.

        Demeurez en ces lieux,

J'ay deux mots à vous dire, & votre ame contente...
Mais non, retirez-vous, un homme m'épouvante,
L'ombre d'un tête à tête, & dedans & dehors,
Me fait même en Eté frissonner tout le corps.

### DORANTE.

J'obéïs...

### LA COMTESSE.

Revenez. Quelque espoir qui vous guide,
Le respect à l'amour sçaura servir de bride,
N'est-il pas vray ?

### DORANTE.

Madame...

### LA COMTESSE.

En ce temps les Amans
Prés du sexe d'abord sont si gesticulans...
Quoyqu'on soit vertueuse il faut telle paroître,
Et cela quelquefois coute bien plus qu'à l'être.

### DORANTE.

Madame.

### LA COMTESSE.

En verité j'ay le cœur douloureux,
Qu'Angelique si mal reconnoisse vos feux :
Et si je n'avois pas une vertu severe,
Qui me fait renfermer dans un veuvage austere,
Je pourrois bien... Mais non, je ne puis vous oüir.
Si vous continuez, je vais m'évanoüir.

### DORANTE.

Madame...

### LA COMTESSE.

Vos discours, votre air soumis & tendre
Ne feront que m'aigrir au lieu de me surprendre ;
Bannissons la tendresse, il faut la suprimer ;
Je ne puis en un mot me resoudre d'aimer.

### DORANTE.

Madame, en verité je n'en ai nulle envie,
Et veux bien avec vous n'en parler de ma vie.

### LA COMTESSE.

Voila, je vous l'avoüe, un fort sot compliment,

Me trouvez-vous , Monsieur , femme à manquer
    d'amant ?
J'ay mille adorateurs qui briguent ma conquête ,
Et leur encens trop fort me fait mal à la tête.
Ah ! vous le prenez-là sur un fort joly ton ,
En verité.

#### DORANTE.
Madame...

#### LA COMTESSE.
       Et je vous trouve bon.

#### DORANTE.
Le respect...

#### LA COMTESSE.
      Le respect est là mal en sa place ,
Et l'on ne me dit point pareille chose en face.
Si tous mes soupirans pouvoient me negliger ,
Je ne vous prendrois pas pour m'en dédommager.
Du respect ! du respect ! ah le plaisant visage !

#### DORANTE.
J'ay crû que vous pouviez l'inspirer à votre âge ;
Mais Monsieur le Marquis qui paroît en ces lieux
Ne sera pas peut-être aussi respectueux.

#### LA COMTESSE.
Je suis au desespoir , je n'ay vû de ma vie
Tant de relâchement dans la galanterie.
Le Marquis vient , il faut m'assurer un parti ,
Et je n'en pretens pas avoir le démenti.

# SCENE VI.

## LE MARQUIS , LA COMTESSE.

### LE MARQUIS.

A Mon bonheur enfin, Madame , tout conspire,
Vous êtes toute à moy.

### LA COMTESSE.

Que voulez-vous donc dire,
Marquis ?

### LE MARQUIS.

Que mon amour n'a plus de concurrent.
Que je suis & seray votre seul conquerant;
Que si vous ne battez au plûtôt la chamade ,
Il faudra vous resoudre à souffrir l'escalade.

### LA COMTESSE.

Moy , que l'on m'escalade ?

### LE MARQUIS.

Entre nous , sans façon,
A Valere de prés j'ay serré le bouton,
Il m'a cedé les droits qu'il avoit sur votre ame.

### LA COMTESSE.

Hé , le petit poltron !

### LE MARQUIS.

Oh palsambleu , Madame,
Il seroit un Achille, un Pompée , un Cesar,
Je vous le conduirois poings liez à mon char.
Il ne faut point avoir de molesse en sa vie,
Je suis vert.

### LA COMTESSE.

Dans le fond, j'en ay l'ame ravie.
Vous ne connoissez pas , Marquis , tout votre mal,

Vous avez à combattre encor plus d'un rival.

LE MARQUIS.

Le don de votre cœur couvre un peu trop de gloire,
Pour n'être que le prix d'une seule victoire,
Vous n'avez qu'à nommer...

LA COMTESSE.

Non, non, je ne veux pas
Vous exposer sans cesse à de nouveaux combats.

LE MARQUIS.

Est-ce ce Financier de noblesse mineure,
Qui s'est fait depuis peu Gentilhomme en une
    heure ?
Qui bâtit un Palais sur lequel on a mis,
Dans un grand marbre noir, en or, l'Hôtel Damis,
Luy qui voyoit jadis imprimé sur sa porte
Bureau du pied-fourché, chair salée & chair mor-
    te ;
Qui dans mille portraits expose ses ayeux,
Son pere, son grand-pere, & les place en tous lieux,
En sa maison de Ville, en celle de Campagne,
Les fait venir tout droit des Comtes de Champa-
    gne,
Et de ceux de Poitou, d'autant que pour certain,
L'un s'appelloit Champagne, & l'autre Poitevin ?

LA COMTESSE.

A vos transports jaloux un autre se dérobe.

LE MARQUIS.

C'est donc ce Senateur, cet Adonis de Robe,
Ce docteur en soupez, qui se taît au palais,
Et sçait sur des ragoûts prononcer des arrêts :
Qui juge sans appel sur un vin de Champagne,
S'il est de Reims, du Clos, ou bien de la Monta-
    gne ;
Qui de livres de Droit toujours debarassé,
Porte cuisine en poche, & poivre concassé ?

LA COMTESSE.

Non, Marquis, c'est Dorante, & j'ay sçeu m'en dé-
    faire.

LE MARQUIS.

Quoy Dorante ! cet homme à maintien debonnai-
re ,
Ce croquant qu'à l'inftant je viens de voir fortir ?

LA COMTESSE.

C'eft luy-même.

LE MARQUIS.

Et parbleu, vous deviez m'avertir ,
Nous nous ferions parlez fans fortir de la fale ;
Je ne fuis pas méchant : mais, fans bruit , fans fcan-
dale ,
Sans luy donner le temps feulement de crier ,
Pour luy votre fenêtre eût fervi d'efcalier.

LA COMTESSE.

Vous êtes turbulent. Si vous étiez plus fage ,
On pourroit...

LE MARQUIS.

La fageffe eft tout mon apanage.

LA COMTESSE.

Quoy qu'un engagement m'ait toujours fait horreur ,
On auroit avec vous quelque affaire de cœur.

LE MARQUIS.

Ah ! parbleu volontiers. Vous me chatoüillez l'a-
me.
Par affaire de cœur, qu'entendez-vous , Madame ?

LA COMTESSE.

Ce que vous entendez vous-même affurément.

LE MARQUIS.

Eft-ce pour mariage , ou bien pour autrement ?

LA COMTESSE.

Quoy, vous prétendriez, fi j'avois la foibleffe...

LE MARQUIS.

Ah ! ma foy, l'on n'a plus tant delicateffe,
On s'aime pour s'aimer tout autant que l'on peut ,
Le mariage fuit , & vient aprés s'il veut.

LA COMTESSE.

Je pretens que l'hymen foit le but de l'affaire ,

Et ne donne mon cœur que pardevant Notaire.
Je veux un bon contrat fur de bon parchemin,
Et non pas un hymen qu'on rompt le lendemain.

### LE MARQUIS.

Vous aimez chaftement, je vous en felicite,
Et je me donne à vous avec tout mon merite,
Quoy que cent fois le jour on me mette à la main
Des partis à fixer un Empereur Romain.

### LA COMTESSE.

Je croy que nos deux cœurs feront toujours fidel-
les.
### LE MARQUIS.
Oh! parbleu, nous vivrons comme deux Tourterel-
ler.
Pour vous porter, Madame, un cœur tout dé-
gagé,
Je vais dans ce moment fignifier congé
A des beautez fans nombre à qui mon cœur renon-
ce,
Et vous aurez dans peu ma derniere réponfe.
### LA COMTESSE.
Adieu, faffe le Ciel, Marquis, que dans ce jour
Un hymen foit le fceau d'un fi parfait amour.

# SCENE VII.

## LE MARQUIS feul.

HE bien, Marquis, tu vois, tout rit à ton me-
rite,
Le rang, le cœur, le bien, tout pour toy follicite,
Tu dois être content de toy par tout pays.

On le feroit à moins : allons , faute Marquis.
Quel bonheur eft le tien ! Le Ciel à ta naiffance
Répandit fur tes jours fa plus douce influence ;
Tu fus , je croy , paîtri par les mains de l'amour,
N'eft-tu pas fait à peindre ? Eft-il homme à la Cour
Qui de la tête aux pieds porte meilleure mine ,
Une jambe mieux faite , une taille plus fine ;
Et pour l'efprit, parbleu , tu l'as des plus exquis :
Que te manque-t il donc ? Allons , faute Marquis.
La Nature , le Ciel , l'amour , & la fortune
De tes profperitez font leur caufe commune ;
Tu foûtiens ta valeur avec mille hauts faits ,
Tu chantes , danfes , ris , mieux qu'on ne fit ja-
        mais.
Les yeux à fleur de tête , & les dents affez belles ,
Jamais en ton chemin trouvas-tu de cruelles ?
Prés du fexe tu vins , tu vis , & tu vainquis ,
Que ton fort eft heureux ! allons , faute Marquis.

✼✼✼✼✼✼✼✼✼✼✼✼✼✼✼✼✼

# SCENE VIII.

## HECTOR , LE MARQUIS.

### HECTOR.

Attendez un moment.  Quelle ardeur vous
        tranfporte ?
Hé quoy ! Monfieur , tout feul vous fautez de la
    forte ?
### LE MARQUIS.
C'eft un pas de balet que je veux repaffer.
### HECTOR.
Mon Maître qui me fuit, vous le fera danfer,
Monfieur , fi vous voulez.

LE MARQUIS.

Que dis-tu là , ton Maître!

HECTOR.

Ouy , Monfieur , à l'inftant vous l'allez voir paroître.

LE MARQUIS.

En ces lieux je ne puis plus long-temps m'arrêter ,
Pour caufe nous devons tous deux nous éviter ;
Quand ma verve me prend je ne fuis plus traitable ,
Il eft brutal , je fuis emporté comme un diable ,
Il manque de refpect pour les Vice-baillifs ,
Et nous aurions du bruit. Allons , faute le Marquis.

# SCENE IX.

### HECTOR feul.

ALlons , faute Marquis. Un tour de cette forte ,
Eft volé d'un Gafcon , ou le diable m'emporte.
Il vient de la Garonne. Oh parbleu, dans ce temps
Je n'aurois jamais cru les Marquis fi prudens.
Je ris : & cependant mon Maître à l'agonie,
Cede en un lanfquenet à fon mauvais genie.
Le voicy, fes malheurs fur fon front font écrits ,
Il a tout le vifage & l'air d'un premier-pris.

# SCENE X.

## VALERE, HECTOR.

### VALERE.

NOn, l'Enfer en courroux, & toutes ses furies
N'ont jamais exercé de telles barbaries.
Je te loüe, ô destin, de tes coups redoublez,
Je n'ay plus rien à perdre, & tes vœux sont com-
    blez ;
Pour assouvir encor la fureur qui t'anime,
Tu ne peux rien sur moy, cherche une autre victi-
    me.

### HECTOR.

Il est sec.

### VALERE.

De serpens mon cœur est devoré,
Tout semble en un moment contre moy conjuré.
( Il prend Hector à la cravatte. )
Parle, as-tu jamais veu le sort & son caprice
Accabler un mortel avec plus d'injustice,
Le mieux assassiner ? Perdre tous les partis,
Vingt-fois le coupe-gorge, & toujours premier
    pris !
Répond-moy donc, bourreau ?

### HECTOR.

           Mais ce n'est pas ma faute.

### VALERE.

As-tu vû de tes jours trahison aussi haute ?
Sort cruel ! ta malice a bien sçû triompher,
Et tu ne me flattois que pour mieux m'étouffer.
Dans l'état où je suis, je puis tout entreprendre,
Confus, desesperé, je suis prêt à me pendre.

HECTOR.

Heureusement pour vous, vous n'avez pas un sou,
Dont vous puissiez, Monsieur, acheter un licou.
Voudriez-vous souper?

VALERE.

Que la foudre t'écrase.
Ah; charmante Angelique! en l'ardeur qui m'em-
brase,
A vos seules bontez je veux avoir recours,
Je n'aimeray que vous, m'aimeriez-vous toujours?
Mon cœur dans les transports de sa fureur extrême,
N'est point si malheureux, puis qu'enfin il vous
aime.

HECTOR.

Notre bourse est à fond, & par un sort nouveau,
Notre amour recommence à revenir sur l'eau.

VALERE.

Calmons le desespoir où la fureur me livre,
Approche ce fauteüil, va me chercher un Livre.

HECTOR.

Quel Livre voulez-vous lire en votre chagrin?

VALERE.

Celuy qui te viendra le premier sous la main,
Il m'importe peu, prens dans ma Bibliotheque.

HECTOR.

Voila Seneque.

VALERE.

Lis.

HECTOR.

Que je lise Seneque?

VALERE.

Ouy, ne sçais-tu pas lire?

HECTOR.

Hé! vous n'y pensez pas,
Je n'ay lû de mes jours que dans des Almanachs.

VALERE.

Ouvre, & lis au hazard.

### HECTOR.

Je vais le mettre en pieces.

### VALERE.

Lis donc.

### HECTOR *lit.*

CHAPITRE VI. Du mépris des richesses.

*La fortune offre aux yeux des brillants mensongers,*
*Tous les biens d'icy-bas sont faux & passagers,*
*Leur possession trouble, & leur perte est legere,*
*Le Sage gagne assez quand il peut s'en défaire.*
Lorsque Seneque fit ce Chapitre éloquent,
Il avoit, comme vous, perdu tout son argent.

### VALERE *se levant.*

Vingt fois le premier pris ! Dans mon cœur il s'é-
leve
Des mouvemens de rage. ( *Il s'assied.* ) Allons,
poursuis, acheve.

### HECTOR.

*L'or est comme une femme, on n'y sçauroit toucher,*
*Que le cœur par amour ne s'y laisse attacher.*
*L'un & l'autre en ce temps, si-tôt qu'on les manie,*
*Sont deux grands remoras pour la Philosophie.*
N'ayant plus de Maîtresse, & n'ayant pas un sou,
Nous philosopherons maintenant tout le sou.

### VALERE.

De mon sort desormais vous serez seule arbitre,
Adorable Angelique. Acheve ton Chapitre.

### HECTOR.

Que faut-il ?...

### VALERE.

Je benis le sort & ses revers,
Puisqu'un heureux malheur me rengage en vos
fers.
Finy donc.

### HECTOR.

*Que faut-il à la nature humaine ?*
*Moins on a de richesse, & moins on a de peine.*
*C'est posseder les biens que sçavoir s'en passer.*

Que ce mot eft bien dit , & que c'eft bien penfer !
Ce Seneque , Monfieur ; eft un excellent homme,
Etoit-il de Paris ?

### VALERE.

Nón , il étoit de Rome.
Dix fois à carte triple eftre pris le premier !

### HECTOR.

Ah ! Monfieur ! nous mourrons un jour fur un
fumier.

### VALERE.

Il faut que de mes maux enfin je me délivre,
J'ay cent moyens tout prêts pour m'empêcher de
vivre ,
La riviere , le feu , le poifon & le fer.

### HECTOR.

Si vous vouliez , Monfieur , chanter un petit air,
Votre Maître à chanter eft icy ; la Mufique
Peut-être calmeroit cette humeur frenetique.

### VALERE.

Que je chante ?

### HECTOR.

Monfieur.

### VALERE,

Que je chante , Bourreau !
Je veux me poignarder ; la vie eft un fardeau
Qui pour moy deformais devient infupportable.

### HECTOR.

Vous la trouviez pourtant tantôt bien agreable.
Qu'un Joüeur eft heureux ! fa poche eft un tréfor,
Sous fes heureufes mains le cuivre devient or ,
Difiez-vous.

### VALERE,

Ah ! je fens redoubler ma colere.

### HECTOR.

Monfieur , contraignez-vous , j'apperçois votre
pere.

# SCENE XI.

## GERONTE, VALERE, HECTOR.

### GERONTE.

POur quel sujet , mon fils , criez vous donc si
    fort ?
Est-ce toy , malheureux , qui causes son transport ?
### VALERE.
Non pas , Monsieur.
### HECTOR.
                Ce sont des vapeurs de Morale,
Qui nous vont à la tête, & que Seneque exhale.
### GERONTE.
Qu'est-ce à dire, Seneque ?
### HECTOR.
                Ouy , Monsieur , maintenant
Que nous ne joüions plus , notre unique ascendant
C'est la Philosophie , & voila notre Livre,
C'est Seneque .
### GERONTE.
            Tant mieux , il apprend à bien vivre.
Son Livre est admirable , & plein d'instructions,
Et rend l'homme brutal maître des passions.
### HECTOR.
Ah ! si vous aviez lû son traité des Richesses,
Et le mépris qu'on doit faire de ses Maîtresses ;
Comme la femme icy n'est qu'un vray Remora ,
Et que lorsqu'on y touche... on en demeure-là...
Qu'on gagne quand on perd... que l'amour dans nos
    ames...

Ah ! que ce Livre-là connoiſſoit bien les femmes ;

### GERONTE.

Hector en peu de temps eſt devenu Docteur.

### HECTOR.

Ouy , Monſieur , je ſçauray tout Seneque par
    cœur.

### GERONTE.

Je vous cherche en ces lieux avec impatience ,
Pour vous dire , mon fils , que votre hymen s'a-
    vance :
Je quitte le Notaire , & j'ay vû les parens ,
Qui d'une & d'autre part me paroiſſent contens ;
Vous avez vû, je croy , Angelique , & j'eſpere
Que ſon conſentement...

### VALERE.

           Non pas encor , mon pere,
Certaine affaire m'a...

### GERONTE.

              Vrayment, pour un Amant
Vous faites voir , mon fils , bien peu d'empreſſe-
    ment
Courez-y , dites-luy que ma joye eſt extrême ;
Que charmé de ce nœud , dans peu j'iray moy-mê.
    me
Luy faire compliment , & l'embraſſer...

### HECTOR.

                   Tout doux,
Monſieur fera cela tout auſſi bien que vous.

### VALERE.

Penetré des bontez de celuy qui m'envoye,
Je vais de cet employ m'acquitter avec joye.

### HECTOR.

Il vous plaira toûjours d'être memoratif
D'un papier que tantôt d'un air rebarbatif,
Et même avec ſcandale...

### GERONTE.

            Ouy da , laiſſe-moy faire,
Le mariage fait , nous verrons cette affaire.

### HECTOR.

J'iray donc fur ce pied vous vifiter demain?
*Il fort.*

### GERONTE.

Graces au Ciel, mon fils eft dans le bon chemin.
Par mes foins paternels il furmonte la pente
Où l'entrainoit du jeu la paffion ardente.
Ah! qu'un Pere eft heureux qui voit en un mo-
   ment
Un cher fils revenir de fon égarement!

*Fin du quatriéme Acte.*

# ACTE V.

## SCENE PREMIERE.

### DORANTE, ANGELIQUE, NERINE.

#### DORANTE.

EH, Madame, cessez d'éviter ma pre-
sence,
Je ne viens point, armé contre votre in-
constance,
Faire éclater icy mes sentimens jaloux,
Ny par des mots piquants exhaler mon courroux.
Plus que vous ne pensez mon cœur vous justifie.
Votre legereté veut que je vous oublie :
Mais loin de condamner votre cœur inconstant,
Je suis assez vangé si j'en puis faire autant.

#### ANGELIQUE.

Que votre emportement en reproches éclate,
Je merite les noms de volage, d'ingrate :
Mais enfin de l'amour l'imperieuse loy,
A l'hymen que je crains m'entraine malgré
moy.
J'en prévoy les dangers ; mais un sort tyrannique...

#### DORANTE.

Votre cœur est hardy, genereux, heroïque ;

Vous voyez devant vous une abîme s'ouvrir,
Et vous ne laiffez pas, Madame, d'y courir.

### NERINE.

Quand j'en devrois mourir, je ne puis plus me taire,
Je vous empêcheray de terminer l'affaire ;
Ou fi dans cet amour votre cœur engagé
Perfiste en ses desseins, donnez-moy mon congé :
Je suis fille d'honneur, je ne veux pas qu'on dise
Que vous ayez sous moy fait pareille sottise ;
Valere eft un indigne, & malgré son ferment,
Vous voyez tous les jours qu'il joüe impunément.

### ANGELIQUE.

En faveur de mon foible il faut luy faire grace ;
De la fureur du jeu veux-tu qu'il se défaffe,
Helas ! quand je ne puis me défaire aujourd'huy
Du lâche attachement que mon cœur a pour luy ?

### DORANTE.

Ces feux font trop charmans pour vouloir les é-
　　teindre,
Je ne suis point, Madame, icy pour vous contrain-
　　dre,
Mon Neveu vous époufe, & je viens feulement
Donner à votre hymen un plein confentement.

# SCENE II.

## Me. LA RESSOURCE, ANGELIQUE, DORANTE, NERINE.

### NERINE.

Madame la Reffource icy ! qu'y viens-tu faire ?

### Mad. LA RESSOURCE.

Je cherche un Cavalier pour finir une affaire...
On tâche autant qu'on peut dans fon petit traffic

**LE JOUEUR,**

A gagner ses dépens en servant le public.

### ANGELIQUE.

Cette Nerine-là connoît toute la France.

### NERINE.

Pour vivre il faut avoir plus d'une connoissance.
C'est une illustre au moins , & qui sçait en secret
Couler adroitement un amoureux poulet.
Habile en tous métiers , intriguante parfaite ,
Qui prête , vend , revend , brocante , troque , achete ,
Met à perfection un hymen ébauché ,
Vend son argent bien cher , marie à bon marché.

### Mad. LA RESSOURCE.

Votre bonté pour moy toujours se renouvelle ,
Vous avez si bon cœur...

### NERINE.

Il fait bon avec elle ,
Je vous en avertis. En bijoux & brillans ,
En poche elle a toujours plus de vingt mille francs.

### DORANTE.

Mais ne craignez-vous point qu'un soir dans le si-
lence... NERINE.
Bon , bon ! tous les filoux sont de sa connoissance.

### Mad. LA RESSOURCE.

Nerine rit toujours.

### NERINE.

Montrez-nous votre écrain.

### Mad. LA RESSOURCE.

Volontiers. J'ay toujours quelques bijoux en main.
Regardez ce rubis ; je vais en faire affaire
Avec & pardevant un Conseiller Notaire ,
Pour certaine Chanteuse , on dit qu'il en tient-là.

### NERINE.

Le drôle veut passer quelque acte à l'Opera.
Mais voicy la Comtesse.

### Mad. LA RESSOURCE.

On m'attend , je vous quitte.

### NERINE.

Non , non , sur vos bijoux j'ay des droits de visite ;

# SCENE III.

## LA COMTESSE, ANGELIQUE, DORANTE , NERINE, Mad. LA RESSOURCE.

### LA COMTESSE.

Votre choix est-il fait ? peut-on enfin sçavoir
A qui vous pretendez vous marier ce soir ?

### ANGELIQUE.

Ouy , ma sœur , il est fait , & ce choix doit vous plaire ,
Puis qu'avant moy pour vous vous avez sçû le faire.

### LA COMTESSE.

Apparemment, Monsieur est ce Mortel heureux ,
Ce fidelle aspirant dont vous comblez les vœux.

### DORANTE.

A ce bonheur charmant je n'ose pas pretendre.
Si Madame eût gardé son cœur pour le plus ten-
dre ,
Plus que tout autre Amant j'aurois pû l'esperer.

### LA COMTESSE.

La perte n'est pas grande , & se peut reparer.

# SCENE IV.

### LE MARQUIS, LA COMTESSE, ANGELIQUE , DORANTE, Me LA RESSOURCE, NERINE.

#### LE MARQUIS.

Charmé de vos beautez , je viens enfin , Madame,
Icy mettre à vos pieds & mon corps & mon ame,
Vous ferez par ma foy Marquife cette fois ,
Et j'ay fur vous enfin laiffé tomber mon choix.

#### Mad. LA RESSOURCE.

Cet homme m'eft connu.

#### LA COMTESSE.

Monfieur , je fuis ravie
De m'unir avec vous le refte de ma vie.
Vous êtes Gentilhomme , & cela me fuffit.

#### LE MARQUIS.

Je le fuis , du Deluge.

#### Mad. LA RESSOURCE.

Ouy , c'eft luy qui le dit.

#### LE MARQUIS.

Et faifant avec moy cette heureufe alliance,
Vous pourrez vous vanter que Gentilhomme en
    France
Ne tirera de vous , fi vous me l'ordonnez ,
Des enfans de tout point mieux conditionnez.
Vous verrez fi je ments. *à Mad. la Reffource.* Ah! vous
    voila , Madame !
Et que faites-vous donc icy de cette femme ?

#### NERINE.

Vous la connoiffez ?

LE MARQUIS.
Moy ? je ne fçay que c'eft.

Mad. LA RESSOURCE.

Ah, je vous connois trop, moy, pour mon interêt.
Quand vous refoudrez-vous, Monfieur le Gentil-
        homme
Fait du temps du deluge, à me payer ma fomme,
Mes quatre cens écus prêtez depuis cinq ans ?

LE MARQUIS.
Pour me les demander vous prenez bien le temps !

Mad. LA RESSOURCE.

Je veux aux yeux de tous vous en faire avanie,
A toute heure, en tous lieux.

LE MARQUIS.
                    Eh, vous rêvez, ma mie.

Mad. LA RESSOURCE.
Voicy le grand-mercy, d'obliger des ingrats ;
Aprés l'avoir tiré d'un auffi vilain pas...
Bafte...

LA COMTESSE.
    Parlez, parlez.

Mad. LA RESSOURCE.
                    Non, non, il eft trop rude
D'aller de fes parens montrer la turpitude.

LA COMTESSE.
Comment donc ?

LE MARQUIS.
        Ah, je grille.

Mad. LA RESSOURCE.
                Au Châtelet, fans moy,
On le verroit encor, vivre aux dépens du Roy.

NERINE.
Quoy, Monfieur le Marquis ?

Mad. LA RESSOURCE.
                Luy Marquis ! c'eft l'Epine,
Je fuis Marquife donc, moy qui fuis fa Coufine.
Son Pere étoit Huiffier à Verge dans le Mans.

H iiij

### LE MARQUIS.

Vous en avez menty. Maugrebleu des parens.

### Mad. LA RESSOURCE.

Mon Oncle n'étoit pas Huiſſier , qu'il t'en ſouvien-
ne ?

### LE MARQUIS.

Son nom étoit connu dans le haut & bas Maine.

### NERINE.

Votre Pere étoit donc un Marquis exploitant ?

### ANGELIQUE.

Vous aviez là , ma Sœur , un fort illuſtre Amant.

### Mad. LA RESSOURCE.

C'eſt moy qui l'ay nourri quatre mois ſans reproche ,
Quand il vint à Paris en gueſtres par le Coche.

### LE MARQUIS.

D'accord , puiſqu'on le ſçait , mon Pere étoit
Huiſſier ,
Mais Huiſſier à Cheval , c'eſt comme Chevalier.
Cela n'empêche pas que dans ce jour , Madame ,
Nous ne mettions à fin une ſi belle flâme ;
Jamais ce feu pour vous ne fut ſi violent ,
Et jamais tant d'appas. . .

### LA COMTESSE.

Taiſez-vous , inſolent.

### LE MARQUIS.

Inſolent ! Moy qui dois honorer votre couche ,
Et par qui vous devez quelque jour faire ſouche.

### LA COMTESSE.

Sors d'icy , malheureux , porte ailleurs tes amours.

### LE MARQUIS.

Ouy ! l'on agit de même avec les gens de Cour !
On reconnoît ſi mal le rang & le merite !
J'en ſuis parbleu ravy ; pour le coup je vous quitte ,
J'ay pour briller ailleurs mille talens acquis ,
Le Ciel vous tienne en joye ; allons , ſaute Marquis.
*Il ſort.*

## LA COMTESSE.

Je n'y puis plus tenir, ma Sœur, & je vous laisse,
Avec qui vous voudrez finissez de tendresse ;
Coupez, taillez, rognez, je m'en lave les mains,
Desormais pour toujours je renonce aux humains.

*Elle s'en va.*

# SCENE V.

## DORANTE, ANGELIQUE, NERINE, M. LA RESSOURCE.

### DORANTE.

ILs prennent leur party.

### Mad. LA RESSOURCE.

La rencontre est plaisante,
Je l'ay démarquisé bien loin de son attente,
J'en voudrois faire autant à tous les faux Marquis.

### NERINE.

Vous auriez par ma foy bien à faire à Paris.
Il est tant de Traitans, qu'on voit depuis la guerre,
En modernes Seigneurs, sortir de dessous terre,
Qu'on ne s'étonne plus qu'un laquais, un pied-plat,
De sa vieille mandille achette un Marquisat.

### ANGELIQUE.

Vous avez découvert icy bien du mystere.

### Mad. LA RESSOURCE.

De quoy s'avise-t-il de me rompre en visiere ?
Mais aux grands mouvemens qu'en ce lieu je puis
voir,
Madame se marie ?

### NERINE.

Ouy, vrayment, dés ce soir.

H v

M. LA RESSOURCE *foüillant dans sa poche.*
J'en ay bien de la joye. Il faut que je luy montre
Deux pendans de brillans que j'ay là de rencontre;
J'en feray bon marché. Je croy que les voila,
Ils sont des plus parfaits. Non, ce n'est pas cela,
C'est un portrait de prix, mais il n'est pas à vendre.

NERINE.

Faites-le voir.

Mad. LA RESSOURCE.

Non, non, on doit me le reprendre.

NERINE *luy arrachant.*

Oh, je suis curieuse, il faut me montrer tout.
Que les brillans sont gros ! ils sont fort de mon goût.
Mais que vois-je, grands Dieux ! quelle surprise
extrême !
Aurois-je la berluë ? hé ma foy, c'est luy-même.
Ah ! . . . .                         *Elle fait un grand cry.*

ANGELIQUE.

Qu'as-tu donc, Nerine ? & te trouves-tu mal ?

NERINE.

Votre Portrait, Madame, en propre original.

ANGELIQUE.

Mon Portrait ? es-tu folle ?

NERINE *pleurant.*

Ah, ma pauvre Maîtresse,
Faut-il vous voir ainsi durement mise en presse ?

Mad. LA RESSOURCE.

Que veut dire cecy ?

ANGELIQUE.

Tu te trompes; voy mieux.

NERINE.

Regardez-donc vous même, & voyez par vos yeux.

ANGELIQUE.

Tu ne te trompes point, Nerine, c'est luy-même,
C'est mon portrait, helas ! qu'en mon ardeur ex-
trême,
Je viens de luy donner pour prix de ses amours,

Et qu'il m'avoit juré de conserver toujours.

### Mad. LA RESSOURCE.

Votre Portrait ! il est à moy , sans vous déplaire,
Et j'ay presté dessus mille écus à Valere.

### ANGELIQUE.

Juste Ciel !

### NERINE.

Le fripon !

### DORANTE *prenant le Portrait.*

Je veux aussi le voir.

### Mad. LA RESSOURCE.

Ce Portrait m'appartient , & je prétens l'avoir.

### DORANTE *prenant le Portrait.*

Laissez-moy le garder un moment , je vous prie ,
C'est la seule faveur qu'on m'a faite en ma vie.

### ANGELIQUE.

C'en est fait , pour jamais je le veux oublier.

### NERINE.

S'il met votre Portrait ainsi chez l'usurier ,
Estant encore Amant ; il vous vendra , Madame ,
A beaux deniers comptans quand vous serez sa
femme.

*à Madame la Ressource.*

Mais le voici qui vient. A trois ou quatre pas,
De grace éloignez-vous , & ne vous montrez pas.

### M. LA RESSOURCE.

Mais pourquoy . . . .

### DORANTE.

Du Portrait ne soyez plus en peine.

### Mad. LA RESSOURCE *se mettant derriere.*

Lorsque je le verray j'en seray plus certaine.

# SCENE VI.

## VALERE, ANGELIQUE, DORANTE, NERINE, Mad. LA RESSOURCE, HECTOR.

### VALERE.

Quel bonheur eſt le mien ! enfin voicy le jour,
Madame, où je dois voir triompher mon amour.
Mon cœur tout penetré… Mais Ciel, quelle triſteſſe,
Nerine, a pû ſaiſir ta charmante Maîtreſſe?
Eſt-ce ainſi que tantoſt …

### NERINE.
              Bon ! ne ſçavez-vous pas,
Les filles ſont, Monſieur, tantôt haut, tantôt bas.

### VALERE.
Hé quoy, changer ſi tôt.

### ANGELIQUE.
           Ne craignez point, Valere,
Les funeſtes retours de mon humeur legere ;
Le portrait dont ma main vous a fait poſſeſſeur,
Vous eſt un ſûr garant que vous avez mon cœur.

### VALERE.
Que ce tendre diſcours me charme, & me raſſure !

### NERINE.
Tu ne ſeras heureux par ma foy qu'en peinture.

### ANGELIQUE.
Quiconque a mon Portrait, ſans crainte de Rival,
Doit avoir la copie avec l'original.

### VALERE.
Madame, en ce moment que mon ame eſt contente !

ANGELIQUE.

Ne confentez-vous pas à ce party, Dorante?

DORANTE.

Je veux ce qui vous plaift, vos ordres font pour
  moy
Les Décrets refpectez d'une fuprême loy.
Votre bouche, Madame, a prononcé fans feindre;
Et mon cœur fubira votre arrêt fans fe plaindre.

HECTOR.

De l'Arreft tout du long il va payer les frais.

ANGELIQUE.

Valere, vous voyez pour vous ce que je fais.

VALERE.

Jamais tant de bontez...

ANGELIQUE.

Montrez donc fans attendre
Le Portrait que de moy vous avez voulu prendre,
Et que votre rival fçache à quoy s'en tenir.

VALERE *foüillant dans fa poche.*

Soit... Mais permettez-moy de vous defobéïr.
C'eft mon Oncle : en voyant de mon amour ce gage,
Il joüeroit à vos yeux un mauvais perfonnage.
Vous fçavez bien qui l'a.

ANGELIQUE.

Vous pouvez le montrer,
Il verra mon Portrait fans fe defefperer.

DORANTE.

Le triomphe eft trop beau, pour n'en pas faire gloire.

VALERE *foüillant toujours dans fa poche.*

Puifque vous le voulez, il faut vous le chercher;
Mais je n'auray du moins rien à me reprocher.
Vous voulez un témoin, il faut vous fatisfaire.

HECTOR *appercevant Mad. la Reffource.*

Ah, nous fommes perdus, j'apperçois l'ufuriere.

VALERE.

C'eft votre faute, fi.... (*à Hector*) Qu'as-tu fait
  du Portrait?

HECTOR.

Du Portrait ?

VALERE.

Ouy maraut, parle, qu'en as-tu fait ?

HECTOR *tournant la main par derriere*
*à Mad. la Reffource.*

Madame la Reffource, un moment fans paroître,
Prêtez-nous notre gage.

VALERE.

Ah chien ! ah double traître !

Tu l'as perdu.

HECTOR.

Monfieur.

VALERE.

Il faut que ton trépas…

HECTOR *à genoux.*

Ah ! Monfieur, arrêtez, & ne me tüez pas.
Voyant dans ce Portrait Madame fi jolie,
Je l'ay mis chez un Peintre, il m'en fait la copie.

VALERE.

Tu l'as mis chez un Peintre ?

HECTOR.

Ouy, Monfieur.

VALERE.

Ah ! maraut,
Va, cours me le chercher, & reviens au plutôt.

DORANTE *montrant le Portrait.*

Epargnez-luy ces pas. Il n'eft plus temps de feindre,
Le voicy.

HECTOR.

Nous voila bien achevez de peindre.
Ah carogne !

VALERE.

Le Peintre….

ANGELIQUE.

Avec de vains détours,
Ingrat, ne croyez pas qu'on m'abufe toujours.

VALERE.

Madame, en verité, de telles épithetes
Ne me vont point du tout.

ANGELIQUE.

Perfide que vous êtes,
Ce Portrait que tantôt je vous avois donné,
Pour le gage d'un cœur le plus paſſionné;
Malgré tous vos ſermens, parjure, à la même heure,
Vous l'avez mis en gage.

VALERE.

Ah, qu'à vos yeux je meure...

ANGELIQUE.

Ah, ceſſez de vouloir plus long-temps m'outrager,
Cœur lâche !

HECTOR.

Nous devions tantôt le dégager,
Et contre mon avis vous avez fait la choſe.

Mad. LA RESSOURCE.

De tous vos debats, moy, je ne ſuis point la cauſe,
Et je prétens avoir mon Portrait, s'il vous plaiſt.

DORANTE.

Laiſſez-le-moy garder, j'en payerai l'interêt
Si fort qu'il vous plaira.

✱✱✱✱✱✱✱✱✱✱✱✱✱✱·✱✱✱✱✱✱✱✱✱✱✱

# SCENE DERNIERE.

## GERONTE, ANGELIQUE, VALERE, DORANTE, NERINE, Me. LA RESSOURCE, HECTOR.

### GERONTE.

Que mon ame eſt ravie,
De voir qu'avec mon Fils un tendre hymen vous lie !

J'attens depuis long-temps ce fortuné moment.
### NERINE.
Son cœur ressent, je croy, le même empressement.
### GERONTE.
De vous trouver icy je suis ravy, mon Frere,
Vous prenez, croyez-moy, comme il faut cette af-
    faire,
Et l'hymen de Madame, à vous en parler net,
N'etoit en verité point du tout votre fait.
### DORANTE.
Il est vray.

### GERONTE.
Le Notaire en ce lieu va se rendre,
Avec luy nous prendrons le party qu'il faut pren-
    dre.
### NERINE.
Oh par ma foy, Monsieur, vous ne prendrez qu'un
    rat,
Et le Notaire peut remporter son contrat.
### GERONTE.
Comment donc ?
### ANGELIQUE.
Autrefois mon cœur eut la foiblesse
De rendre à votre Fils tendresse pour tendresse ;
Mais la fureur du jeu dont il est possedé,
Pour mon Portrait enfin son lâche procedé,
Me font ouvrir les yeux ; & contre mon attente,
En ce moment, Monsieur, je me donne à Dorante.
Acceptez-vous ma main ?
### DORANTE.
Ah je suis trop heureux
Que vous vouliez encor . . . . .

### GERONTE à *Hector.*

Parle, toy, si tu veux,
Explique ce mistere.
### HECTOR.
Oh, par ma foy, je n'ose,

Ce recit eft trop trifte en vers ainfi qu'en profe.

### GERONTE.

Parle donc.

### HECTOR.

Pour avoir mis fans reflexion
Le Portrait de Madame une heure en penfion
Chez cette chienne-là , que Lucifer confonde ,
On nous donne un congé le plus cruel du monde.

### GERONTE.

Sans vouloir davantage icy l'interroger ,
Sa folle paffion m'en fait affez juger.
J'ay peine à retenir le courroux qui m'agite.
Fils indigne de moy , va je te desherite ,
Je ne veux plus te voir aprés cette action ,
Et te donne cent fois ma malediction.

### HECTOR.

Le beau prefent de Nôce !

### ANGELIQUE *donnant la main à Dorante.*

A jamais je vous laiffe.
Si vous êtes heureux au jeu comme en Maî-
treffe ,
Et fi vous confervez auffi mal fes prefens ,
Vous ne ferez , je croy , fortune de long-temps.

### Mad. LA RESSOURCE.

Et mon Portrait, Monfieur , vous plaift-il me le
rendre ?

### DORANTE.

Vous n'aurez rien perdu dans ces lieux pour attendre ,
Ny toy, Nerine, auffi. Suivez-moy toutes deux.
*à Valere,*
Quelqu'autre fois, Monfieur , vous ferez plus heureux.

### Mad. LA RESSOURCE *faifant la reverence à Valere.*

En toute occafion foyez feur de mon zele.
*Elle fort.*

### HECTOR.

Adieu, tifon d'enfer, feffe-mathieu femelle.

*NERINE s'en allant fait la reverence.*

Grace au Ciel, ma maîtreffe a tiré fon enjeu.
Vous époufer, Monfieur, c'étoit joüer gros jeu.

*VALERE à Hector qui s'en va auffi.*

Où vas-tu donc ?

### HECTOR.

Je vais à la Bibliotheque
Prendre un Livre, & vous lire un traité de Seneque.

### VALERE.

Va, va, confolons-nous, Hector, & quelque jour,
Le jeu m'acquittera des pertes de l'amour.


**FIN.**

# LE

# DISTRAIT,

## *COMEDIE.*

### Represente'e en 1698.

# ACTEURS.

LEANDRE, Distrait.

CLARICE, Amante de Leandre.

Madame GROGNAC.

ISABELLE, Fille de Mad. Grognac.

LE CHEVALIER, Frere de Clarice & Amant d'Isabelle.

VALERE, Oncle de Clarice & du Chevalier.

LISETTE, Servante d'Isabelle.

CARLIN, Valet de Leandre.

POITEVIN.


*La Scene est à Paris, dans une Maison commune.*

*Le Distrait.*

# LE
# DISTRAIT,
## *COMEDIE.*

---

# ACTE I.
# SCENE PREMIERE.

## VALERE, Mad. GROGNAC.

### VALERE.

U o y  toujours oppofée à  toute úne
famille ?

#### Mad. GROGNAC.
Ouy.

### VALERE.
Vous ne voulez point marier votre Fille?

#### Mad. GROGNAC.
Non.

VALERE.

Quand on vous en parle, on vous met en courroux.

Mad. GROGNAC.

Ouy.

VALERE.

Vous ne prendrez point des sentimens plus doux?

Mad. GROGNAC.

Non.

VALERE.

Fort bien, non, ouy, non : Beau discours!
Vos repliques
Me paroissent, pour moy, tout à-fait laconiques.
Mais pour mieux raisonner avec vous là-dessus,
Et pour rendre un moment le discours plus diffus,
Dites-moy, s'il vous plaist, la veritable cause
Qui vous fait rejetter les Partis qu'on propose.
Ce fameux Partisan, par exemple, pourquoy,...

Mad. GROGNAC

Eh fy, Monsieur, fy donc, vous radotez, je croy.
Il est trop riche.

VALERE.

Ah, ah! nouvelle est la maxime.

Mad. GROGNAC.

Gagne-t'on en cinq ans un million sans crime ?
Je hais ces Fort-vêtus, qui malgré tout leur bien,
Sont un jour quelque chose, & le lendemain rien.

VALERE.

Et ce jeune Marquis, cette homme d'importance ?
Vous ne luy pouvez pas reprocher sa naissance.
Il a les airs de Cour, parle haut, chante, rit;
Il est bien fait, il a du cœur & de l'esprit.

Mad. GROGNAC.

Il est trop gueux.

VALERE.

Fort bien, la réponse est honnête,
Et vous avez toujours quelque défaite prête.
Il s'offre deux Partis, vous les chassez tous deux :
Le premier est trop riche, & le second trop gueux.

Dans vos brufques humeurs je ne puis vous com-
prendre ;
Comment prétendez-vous que foit fait votre Gendre ?
### Mad. GROGNAC.
Je prétens qu'il foit fait comme on n'en trouve point ;
Qu'il foit pofé, difcret, accomply de tout point ;
Qu'il ait avec du bien, une honnefte naiffance ;
Qu'il ne faffe point voir ces traits de pétulance,
Ces actions de fou, ces airs évaporez,
Dignes productions des cerveaux mal timbrez ;
Qu'il ait auprés du Sexe un peu de politeffe ;
Qu'il mêle à fes difcours certain air de fageffe ;
Qu'il ne foit point enfin, pour tout dire de luy,
Comme les jeunes gens que je vois aujourd'huy.
### VALERE.
Cet homme, à rencontrer fera tres difficile,
Et fi vous le trouvez, je vous tiens fort habile.
Vous nous en faites voir un rare & beau portrait,
Et fi vous ne voulez de Gendre qu'ainfi fait,
Quoy qu'Ifabelle foit & riche, & de famille,
Elle court grand hazard de vivre & mourir fille.
### Mad. GROGNAC.
Non ; Leandre eft l'Epoux que je veux luy donner.
### VALERE.
Leandre !
### Mad. GROGNAC.
Ce Party femble vous étonner ;
Mais c'eft un fait, Monfieur, dont peu je me foucie,
Et je le trouve, moy, felon ma fantaifie.
Je fçay bien, qu'à parler de luy fans paffion,
Il eft particulier en fa diftraction ;
Il répond rarement à ce qu'on luy propofe,
On ne le voit jamais à luy dans nulle chofe :
Mais ce n'eft pas un crime enfin d'eftre ainfi fait,
On peut être à mon fens homme fage, & diftrait.
### VALERE.
Je croyois, à parler auffi fans artifice,
Qu'il avoit quelque goût pour ma niéce Clarice.

Mad. GROGNAC.

Oh bien, je vous apprens que vous vous abufiez,
Et pour vous détromper, il faut que vous fçachiez
Que je fuis dés long-temps liée à fa Famille,
Et que pour m'engager à luy donner ma Fille,
L'Oncle dont il attend fa fortune & fon bien,
D'un dédit mutuel cimenta ce lien.
Leandre eft allé voir cet Oncle à l'agonie,
Et j'attens fon retour pour la céremonie.
Si je n'avois en veuë un tel engagement,
Il n'auroit pas chez moy pris un appartement.
Vous qui logez ceans avec votre niéce,
Vous êtes tous les jours témoins de fa tendreffe.

VALERE.

Mais m'affurerez-vous que Leandre en fon cœur,
Malgré votre dédit, n'ait point une autre ardeur,
Et que d'une autre part votre fille Ifabelle
A vos intentions n'ait pas un cœur rebelle ?

Mad. GROGNAC.

Leandre aime ma fille, & ma fille fera,
Lorfque j'auray parlé, tout ce qu'il me plaira.
C'eft une fille fimple, à mes defirs fujette,
Et je voudrois bien voir qu'elle eût quelque amou-
    rette !

VALERE.

Il faut que fur ce point nous la faffions parler,
Son cœur s'expliquera fans rien diffimuler.

Mad. GROGNAC.

D'accord. Lifette, holà, Lifette ? De la vie
On ne vit dans Paris femme fi mal fervie.
Lifette ?

SCENE

## SCENE II.

### LISETTE, Mad. GROGNAC, VALERE.

#### LISETTE.

HE' bien, Lisette ! Est-ce fait ? me voilà.

#### Mad. GROGNAC.

Que fait ma fille ?

#### LISETTE.

Quoy, ce n'est que pour cela ?
Vous avez bonne voix ; quel bruit ! A vous entendre
J'ay crû qu'à la maison le feu venoit de prendre.

#### Mad. GROGNAC.

Vous plairoit-il vous taire , & finir vos discours ?

#### LISETTE.

Oh , vous grondez sans cesse.

#### Mad. GROGNAC.

Et vous parlez toujours.
Répondez seulement à ce que l'on souhaite.
Que fait ma fille ?

#### LISETTE.

Elle est, Madame , à sa toillette.

#### Mad. GROGNAC.

Toujours à sa toillette , & devant un miroir.
Voilà tout son employ , du matin jusqu'au soir.

#### LISETTE.

Vous parlez bien à l'aise avec votre censure,
Il m'a fallu trois fois réformer sa coëffure.
Nous avons toutes deux enragé tout le jour
Contre un maudit crochet qui prenoit mal son tour,

I

Mad. GROGNAC.

Belle occupation, vrayment! Qu'elle defcende.
Dites-luy de ma part qu'icy je la demande.

LISETTE.

Je vais vous l'amener.

# SCENE III.

## VALERE, Mad. GROGNAC.

### VALERE.

N'Allez pas la gronder,
Ny par votre air fevere icy l'intimider.

Mad. GROGNAC.

Mon Dieu, je fçais affez comme il faut fe conduire,
Et je ne diray rien que ce qu'il faudra dire.
La voilà. Vous verrez quels font fentimens.
Venez, Mademoifelle, & faluez les gens.

# SCENE IV.

## ISABELLE, LISETTE,
## Mad. GROGNAC, VALERE.

*Ifabelle fait la révérence.*

### Mad. GROGNAC.

PLus bas. Encor plus bas. O Ciel, quelle igno-
rance !
Ne fçavoir pas encor faire la reverence,
Depuis trois ans & plus qu'elle apprend à danfer!

LISETTE.

Son Maiſtre tous les jours vient pourtant l'exercer;
Mais que peut-on apprendre en trois ans ?

Mad. GROGNAC.

A ſe taire.

LISETTE.

Elle a bien aujourd'huy l'eſprit atrabilaire.
Nous attendons encor un Maître Italien
Qui doit venir tantôt.

Mad. GROGNAC.

Je vous le deffens bien.

Je ne veux point chez moy gens de cette ſequelle.
Ce ſont Courtiers d'amour pour une Demoiſelle.
Levez la tête; encor. Soyez droite, approchez.
Faut-il tendre toujours le dos quand vous marchez ?
Preſentez mieux la gorge, & baiſſez cette épaule.

LISETTE.

C'eſt du ſoir au matin un éternel contrôle.

Mad. GROGNAC.

Avancez, s'il vous plaiſt, & répondez à tout :
Parlez, le mariage eſt-il de votre goût ?

*Iſabelle rit.*

VALERE.

Elle rit. Bon, tant mieux, j'en tire un bon augure.

LISETTE.

Voilà ce qui s'appelle un ris d'aprés nature.

Mad GROGNAC.

Quoy, vous avez le front de rire, & devant nous !
Vous ne rougiſſez pas quand on parle d'époux ?

ISABELLE.

J'ignorois qu'une fille, au mot de mariage,
D'une prompte rougeur dût couvrir ſon viſage.
Je dois vous obéïr, & quand je l'entendray,
Puiſque vous le voulez, d'abord je rougiray.

LISETTE.

Quel heureux naturel !

Mad. GROGNAC.

Les Epoux ſont bizarres,

I ij

Brutaux, capricieux, imperieux, avares,
On devroit s'en paſſer, ſi l'on avoit bon ſens.

### ISABELLE.

N'étoient-ils pas ainſi tous faits de votre temps ?
Vous n'avez pas laiſſé d'en prendre un, étant fille.

### Mad. GROGNAC.

Vous êtes dans l'erreur. Rodillard de Choupille,
Noble au bec de corbin, grand Gruyer de Bery,
Et qui fut votre Pere, étant bien mon Mary,
M'enleva malgré moy : Sans cela, de ma vie
De me donner un maître il ne m'eût pris envie.

### LISETTE.

La même choſe un jour pourra nous arriver.

### ISABELLE.

On ne fait donc point mal à ſe faire enlever ?

### Mad. GROGNAC.

Hé bien ! vit-on jamais un eſprit plus reptile ?
Puis-je avoir jamais fait une telle imbecille ?
C'eſt une groſſe bête, & qui n'eſt propre à rien.

### LISETTE.

Elle eſt bien votre fille, & vous reſſemble bien.

### Mad. GROGNAC.

Euh ? plaiſt-il ?

### LISETTE.

Vous m'avez ordonné le ſilence.

### Mad. GROGNAC.

Vous pourriez à la fin laſſer ma patience.

### VALERE.

Je veux plus douçement la ſonder ſur ce point.
Voulez-vous un Mary ?

### ISABELLE.

Je n'en demande point ;
Mais s'il s'en rencontroit quelqu'un qui pût me plaire,
Je pourrois l'accepter ainſi qu'a fait ma mere.

### Mad. GROGNAC.

Comment donc ?

### VALERE.

Avec elle agiſſons ſans aigreur.

C'a, dites-moy, quelqu'un vous tiendroit-il au cœur?

ISABELLE.

Ah !

LISETTE.

Bon, courage.

VALERE.

Allons, parlez-nous sans rien craindre.

ISABELLE.

Je sens, lorsque je vois un petit homme à peindre...

VALERE.

Hé bien donc ?

ISABELLE.

Je sens-là, je ne sçay quoy qui plaist ;
Mais je ne sçaurois bien vous dire ce que c'est.

LISETTE.

Oh, je le sçay bien moy. C'est l'amour qui murmure.

Mad. GROGNAC.

J'apprend avec plaisir une telle avanture !
Et quel est, s'il vous plaît, ce jeune adolescent
Qui vous fait ressentir ce mouvement naissant ?

ISABELLE.

Ah ! si vous le voyiez, vous l'aimeriez vous-même.
Il me dit tous les jours qu'il m'estime, qu'il m'aime :
Il pleure quand il veut. Tu sçais comme il est fait ,
Lisette, & tu nous peux en faire le portrait.

LISETTE.

C'est un petit jeune homme à quatre pieds de terre,
Homme de qualité, qui revient de la guerre ;
Qu'on voit toujours sautant, dançant, gesticulant ;
Qui vous parle en siflant, & qui sifle en parlant ;
Se peigne, chante, rit, se promene, s'agite ;
Qui décide toujours pour son propre merite ;
Qui prés du sexe encor vit assez sans façon.

VALERE.

Mais c'est le Chevalier.

LISETTE.

Vous avez dit son nom.

I iij

Mad. GROGNAC.

Qui ce fou?

VALERE.

S'il n'a pas le bonheur de vous plaire,
Songez qu'il m'appartient; c'eft un jeune homme
　à faire:
Il a de la valeur, il eft bien à la Cour.

Mad. GROGNAC.

Qu'il s'y tienne.

VALERE.

Il fera tres riche quelque jour:
Il peut luy convenir de bien, d'efprit, & d'âge.

ISABELLE.

Il eft tout fait pour moy, l'on ne peut davantage.

Mad. GROGNAC.

De quel front, s'il vous plaift, fans mon confente-
　ment,
Ofez-vous bien penfer à quelqu'attachement?
Vous eftes bien hardie, & bien impertinente.

VALERE.

L'amour du Chevalier pourroit être innocente!

Mad. GROGNAC.

L'amour du Chevalier n'eft point du tout mon fait,
J'ay fait pour fon mary choix d'un autre fujet.
Le dédit pour Leandre en eft une affurance.
Que vôtre Chevalier cherche une autre alliance.
Je ne l'ay jamais vû, mais on m'en a parlé
Comme d'un petit fat, & d'un écervelé;
Et je vous deffens, moy, de le voir de la vie.

ISABELLE.

Je ne le verray point, vous ferez obéïe.
Mes yeux trop curieux n'iront point le chercher;
Mais luy, s'il veut me voir, puis-je l'en empêcher?

Mad. GROGNAC.

A ces fimplicitez qui fortent de fa bouche,
A cet air fi naïf, croiroit-on qu'elle y touche?
Mais c'eft une eau qui dort, dont il faut fe garder.

### ISABELLE.

Vous estes avec moy toujours preste à gronder.
Je parois toute sotte alors qu'on me querelle,
Et cela me maigrit.

### Mad. GROGNAC.

Taisez-vous, Perronnelle.
Rentrez, & là-dedans allez voir si j'y suis.

### VALERE.

Si vous vouliez pourtant écouter quelqu'avis...

### Mad. GROGNAC.

Je ne prens point d'avis, je suis indépendante.

### VALERE.

Je le sçais, mais ......

### Mad. GROGNAC.

Adieu, je suis votre servante.

### VALERE.

Mais, Madame; entre nous, il est de la raison ...

### Mad. GROGNAC.

Mais, Monsieur, entre nous, quand de votre façon
Vous aurez, s'il se peut, encor garçon ou fille,
Je n'iray point chez vous regler votre famille :
De vos enfans alors vous pourrez disposer
Tout à votre plaisir, sans que j'aille y gloser.
Allons vîte, rentrez. Faites ce qu'on ordonne.

# SCENE V.

## VALERE, LISETTE.

### LISETTE.

LA Madame Grognac a l'humeur herissonne,
Et je ne voy pas, moy, son esprit se porter
A l'hymen que tantost vous vouliez contracter.

#### VALERE.

J'avois deſſein de faire une double alliance ;
Mais ce dédit fâcheux étourdit ma prudence.
Leandre a pour Clarice un penchant dans le cœur ;
Et ſi pour Iſabelle il a feint quelque ardeur ,
C'étoit pour obeïr à la voix importune
D'un Oncle fort âgé , dont dépend ſa fortune.

#### LISETTE.

La mere d'Iſabelle eſt un diable en procés :
Je crains que notre amour n'ait un mauvais ſuccés.

#### VALERE.

Le temps & la raiſon la changeront peut-être,
Et mon neveu pourra... mais je le vois paroître.

# SCENE VI.

## LE CHEVALIER, VALERE, LISETTE.

### LE CHEVALIER *riant.*

BOn jour, mon oncle. Ah, ah, Liſette, te voila.
Je ne veux de ma vie oublier celuy-là, a a a.

#### LISETTE.

Faites-nous, s'il vous plaît, la grace de nous dire
Le ſujet ſi plaiſant qui vous excite à rire.

### LE CHEVALIER.

Oh parbleu, ſi je ris ce n'eſt pas ſans ſujet.
Leandre, ce reſveur, cet homme ſi diſtrait,
Vient d'arriver en poſte icy couvert de crotte :
Le bon eſt qu'en courant il a perdu ſa botte ,
Et que marchant toujours , enfin il s'eſt trouvé
Une botte de moins quand il eſt arrivé.

LISETTE.

De ces diſtractions il eſt aſſez capable.

LE CHEVALIER.

L'avanture eſt comique, ou je me donne au diable ;
Mais ce n'eſt rien encor, & ſon valet m'a dit,
Je le crois aiſément, que le jour qu'il partit
Pour aller voir mourir ſon oncle en Normandie,
Il ſuivit le chemin qui mene en Picardie,
Et ne s'aperçût point de ſa diſtraction,
Que quand il découvrit les clochers de Noyon.

LISETTE.

Il a pris le plus long pour faire ſa viſite.

LE CHEVALIER.

Fuſſiez-vous deſcendu du lugubre Heraclite
De pere en fils, parbleu, vous rirez de ce trait ;
Vous faites le Caton, riez donc tout-à fait,
Mon oncle, allons, gai, gai, vous avez l'air ſauvage.

VALERE.

Vous, n'aurez-vous jamais celuy d'un homme ſage ?
Faudra-t'il qu'en tous lieux vos airs extravagans,
Vos ris immoderez donnent à rire aux gens ?

LE CHEVALIER.

Si quelqu'un rit de moy, moy je ris de bien d'autres.
Vous condamnez mes airs, & je blâme les vôtres ;
Et dans ce beau conflit, ce que je trouve bon,
C'eſt que nous prétendons avoir tous deux raiſon.
Pour moy, je n'ay pas tort : Il faut bien que je rie
De tout ce que je vois tous les jours dans la vie.
Cette vieille qui va marchander des galants
Comme une autre feroit du drap chez les marchands ;
Cydaliſe, qu'on ſçait avoir l'ame ſi bonne,
Qu'elle aime tout le monde, & n'éconduit perſonne ;
Lucinde, qui pour rendre un adieu plus touchant,
Juſques ſur la frontiere accompagne un amant,
Ne ſont pas des ſujets qui doivent faire rire ?
Parbleu, vous vous mocquez.

VALERE.

Hé bien, votre ſatyre

I v

S'exerce-t'elle affez ? D'un trait envenimé
Toujours l'honneur du fexe eft par vous entamé.
Celles dont vous vantez mille faveurs reçuës,
De vos jours, bien fouvent vous ne les avez veuës.
Sur ce cruel deffaut ne changerez-vous point ?

**LE CHEVALIER** *fait deux ou trois pas de balet.*
Il ne prêche pas mal. Paffez au fecond point,
Je fuis déja charmé. Que dis-tu de ma dance,
Lifette ?

### LISETTE.
Vous danfez tout-à-fait en cadence.
### VALERE.
Vous vous faites honneur d'eftre un franc libertin :
Vous mettez votre gloire à tenir bien du vin ;
Et lorfque tout fumant d'une vineufe haleine,
Sur vos pieds chancelans vous vous tenez à peine,
Sur un Theâtre alors vous venez vous montrer.
Là, parmi vos pareils on vous voit folâtrer.
Vous allez vous baifer comme des Demoifelles ;
Et pour vous faire voir jufques fur les chandelles,
Pouffant l'un, heurtant l'autre, & contant vos exploits,
Plus haut que les acteurs vous élevez la voix ;
Et tout Paris témoin de vos traits de folie,
Rit plus cent fois de vous, que de la Comedie.

### LE CHEVALIER.
Votre troifiéme point fera-t'il le plus fort ?
Soyez bref en tout cas, car Lifette s'endort ;
Moy, je baille déja.
### VALERE.
Moy, votre train de vie
Cent fois bien autrement & me laffe & m'ennuie,
Et je feray contraint de faire à votre fœur
Le bien que je voulois faire en votre faveur.
Votre pere en mourant, ainfi que votre mere,
Vous laifferent de bien une fomme legere ;
Et pour vous établir le refte de vos jours,
Vous devez de moy feul attendre du fecours.

### LE CHEVALIER.

Mais que fais-je donc tant, Monfieur, ne vous déplaife,
Pour trouver ma conduite à tel excés mauvaife ?
J'aime, je bois, je joüé, & ne vois en cela
Rien qui puiffe attirer ces réprimandes-là :
Je me léve fort tard ; & je donne audiance
A tous mes creanciers.

### LISETTE.

Ouy, mais en recompenfe,
Vous donnez peu d'argent.

### LE CHEVALIER.

De là , je pars fans bruit,
Quand le jour diminue & fait place à la nuit,
Avec quelques amis, & nombre de bouteilles,
Que nous faifons porter pour adoucir nos veilles,
Chez des femmes de bien , dont l'honneur eft entier,
Et qui de leur vertu parfument le quartier.
Là nous perçons la nuit d'une ardeur fans égale,
Nous fortons au grand jour pour ôter tout fcandale,
Et chacun en bon ordre, auffi fage que moy,
Sans bruit au petit pas fe retire chez foy.
Cette vie innocente eft-elle condamnée ?
Ne faire qu'un repas dans toute une journée !
Un malade entre nous fe conduiroit-il mieux ?

### LISETTE.

Vous êtes trop reglé.

### LE CHEVALIER.

Voyez-le par vos yeux :
Nous fommes cinq amis que la joye accompagne,
Qui travaillons ce foir en bon vin de champagne,
Vous ferez le fixiéme , & vous payerez pour nous,
Car à cinq Chevaliers , en nous cottifant tous,
Et ramaffant écus, livres, deniers, oboles,
Nous n'avons encor pû faire que deux piftoles.

### LISETTE.

Heureux le cabaret, Monfieur, qui vous attend !
Vous voila cinq Seigneurs bien en argent comptant.

VALERE.

Mais n'êtes vous pas fou ...

LE CHEVALIER.

A propos de folie ,
Sçavez-vous que dans peu , Monfieur , je me marie ?
à Lifette.
Comment gouvernes-tu cet objet de mes vœux ?

LISETTE.

Monfieur ...

LE CHEVALIER.

S'apprefte-t'elle à couronner mes feux ?
C'eft un petit bijou que toute fa perfonne ,
Que je veux mettre en œuvre , & que j'affectionne.
Elle eft jeune , elle eft riche; & de la tefte aux pieds
Vous en feriez charmé fi vous la connoiffiez.

VALERE.

Je la connois ; mais vous, connoiffez-vous fa mere?
Elle ne prétend pas fonger à cet affaire.

LE CHEVALIER.

Elle ne prétend pas ! Il faut que nous voyons
Qui des deux doit avoir quelques prétentions.
Elle ne prétend pas ! Parbleu , le mot me touche;
Je veux apprivoifer cet animal farouche.

LISETTE.

L'apprivoifer, Monfieur ? vous perdez votre temps,
Et vous prendrez plutôt la lune avec les dents.

LE CHEVALIER.

Nous allons voir, fuy-moy.

VALERE.

Eh doucement , de grace
Rallantiffez un peu cette amoureufe audace.
A vous voir , on vous croit partir pour un affaut,
Et chez les gens ainfi s'en va-t'on de plein faut ?

LE CHEVALIER.

Elle ne prétend pas ! Ah ! vous pouvez luy dire
Que nous fommes inftruits comme il faut fe conduire ;
Et nous fçavons la regle établie en tel cas.
Je la trouve admirable , elle ne prétend pas !

VALERE.

Je n'épargneray rien pour la rendre capable
De prendre à votre amour un party convenable :
Vous cependant, tâchez avec des airs plus doux,
A meriter le choix qu'on peut faire de vous.

LE CHEVALIER.

J'y penseray, mon oncle.

# SCENE VII.

## LE CHEVALIER, LISETTE.

### LE CHEVALIER.

A Dieu. Toy, fine mouche,
Va conter mon amour à l'objet qui me touche.
Une affaire à present m'empêche de le voir :
Je vais tâter du vin, dont nous ferons ce soir
Une ample effusion ; & cependant, la Belle,
Accepte ce baiser de moy pour Isabelle.

*Il veut la baiser.*

LISETTE.

Moderez les transports de vos convulsions,
Je ne me charge point de vos commissions ;
Donnez-les à quelqu'autre, ou faites-les vous-même.

LE CHEVALIER.

J'adore ta maîtresse, & je sens que je t'aime
Aussi par contre coup.

LISETTE

Monsieur, retirez-vous,
Vous pourriez me blesser, je crains les contre-coups.

# SCENE VIII.

### LISETTE *seule.*

Quel Amant ! Pour raiſon importante, il diffère
D'aller voir ſa maîtreſſe ; & quelle eſt cette af-
faire ?
Il va tâter du vin ! Ma foy les jeunes gens,
A ne rien déguiſer, aiment bien en ce temps !
Heu ! les femmes déja ſi ſouvent attrapées,
Seront-elles encor par les hommes dupées ?
Aimera-t'on toujours ces petits vilains-là ?
Maudit ſoit le premier qui nous enſorcela !
Mais à bon chat bon rat, & ce n'eſt pas merveille
Si les femmes ſouvent-leur rendent la pareille.


*Fin du Premier Acte.*

# ACTE II.

## SCENE PREMIERE.

### LISETTE, CARLIN.

#### LISETTE.

VEC plaisir, Carlin, je te vois dans ces
lieux.

#### CARLIN.

Fraîchement débarqué, je parois à tes
yeux,
Et mes cheveux encor font fous la papillote.

#### LISETTE.

Hé bien, ton maître enfin a-t'il trouvé fa botte ?

#### CARLIN.

Et qui diable déja t'a conté de fes tours ?

#### LISETTE.

Je fçay tout.

#### CARLIN.

Il m'en fait bien d'autres tous les jours.
Hier encor en mangeant un œuf fur fon affiette,
Il prit fans y fonger fon doigt pour fa moüillette,
Et fe mordit, morbleu, jufques au fang.

#### LISETTE.

Je crois
Qu'il n'y retourna pas une feconde fois.

#### CARLIN.

Sortant d'une maifon, l'autre jour par béveuë,

Pour fon caroffe il prit celuy qui dans la ruë
Se trouva le premier. Le cocher touche, & croit
Qu'il mene fon vray maiftre à fon logis tout droit.
Leandre arrive, il monte, il va, rien ne l'arrefte;
Il entre en une chambre où la toilette eft prête;
Où la Dame du lieu, qui ne s'endormoit pas,
Attendoit fon époux couchée entre deux draps;
Il croit être en fa chambre, & d'un air de franchife,
Affez diligemment il fe met en chemife,
Prend la robe de chambre & le bonnet de nuit,
Et bien-toft il alloit fe mettre dans le lit,
Lorfque l'époux arrive. Il tempête, il s'emporte,
Le veut faire fortir, mais non pas par la porte,
Quand mon maiftre étonné fe fauva de ce lieu
Tout en robe de chambre ainfi qu'il plut à Dieu;
Mais un moment plus tard, pour t'achever mon
　　conte,
Le maiftre du logis en avoit pour fon compte.

LISETTE.

Ton récit eft charmant; mais, raillerie à part,
Dis-moy, qu'avez-vous fait depuis votre départ?

CARLIN.

Nous venons, mon enfant, de courre un Benefice.

LISETTE.

Un Benefice, toy?

CARLIN.

　　　　　　Pour te rendre fervice:
Mais nos foins empreffez ne nous ont rien valu,
Et le diable a fur nous jetté fon dévolu.

LISETTE.

Explique-toy donc mieux.

CARLIN

　　　　　　　Ah! Lifette, j'enrage;
Notre efpoir dans le port vient de faire naufrage:
Nous croyions heriter, du côté maternel,
D'un Oncle; Ah, Ciel! quel Oncle! il eft Oncle
　　éternel.
Nous attendions en paix que fon ame à toute heure

Paſſât de cette vie en une autre meilleure ;
Nous le laiſſions mourir à ſa commodité ;
Quand un beau jour enfin le Ciel par charité
A fait tomber ſur luy deux ou trois pleureſies ,
Qu'eſcortoient en chemin nombres d'apopléxies.
Nous partons auſſi-tôt faiſant par tout florés ,
Seurs de trouver déja le bon homme *ad patres* :
Mais fol & vain eſpoir ! vermiſſeaux que nous ſom-
     mes !
Comme le Ciel ſe rit des vains projets des hommes !
Ecoute la noirceur de ce maudit vieillard.

### LISETTE.

Vous êtes arrivez ſans doute un peu trop tard;
Et quelqu'autre avant vous . . . .

### CARLIN.
       Non.

### LISETTE.
           Il auroit peut-être
En faveur de quelqu'un desherité ton maiſtre ?

### CARLIN.
Point.

### LISETTE.
Il a déclaré , ſe voyant ſur ſa fin ,
Quelqu'enfant provenu d'un hymen clandeſtin ?

### CARLIN.
Non : il ne fit jamais d'enfants , par avarice.

### LISETTE.
Parle donc , ſi tu veux.

### CARLIN.
       Le vieillard , par malice,
Malgré nos vœux ardens , n'a pas voulu mourir.

### LISETTE.
Le trait eſt vrayment noir , & ne peut ſe ſouffrir.

### CARLIN.
Par trois fois , de ma main il a pris l'émetique;
Et je n'en donnois pas une doſe modique ,
J'y mettois double charge , afin que par mes ſoins

Le pauvre agonifant en languît un peu moins:
Mais par trois fois, le fort injufte, inexorable,
N'a point donné les mains à ce foin charitable;
Et le bon homme enfin, à quatre-vingt-neuf ans,
Malgré fa fiévre lente, & fes redoublemens,
Sa fluxion, fon rhume, & fes apopléxies,
Son crachement de fang, & fes trois pleuréfies,
Sa goute, fa gravelle, & fon prochain convoy
Déja tout preparé fe porte mieux que moy.

### LISETTE.

Votre courfe n'a pas produit grand avantage.

### CARLIN.

Nous en avons été pour les frais du voyage:
Mais nous avons laiffé Poitevin tout exprés,
Pour prendre fur les lieux nos petits interefts.
Il doit de temps en temps nous donner des nouvelles,
Et nous nous conduirons par fes avis fideles.

### LISETTE.

Sans avoir donc rien fait, vous voilà de retour?
Je vous applaudis fort; mais comment va l'amour?
Ton Maître aime toujours?

### LISETTE.

               Cela n'eft pas croyable.
Je le vois pour Clarice amoureux comme un diable,
C'eft à dire beaucoup; mais comme il eft diftrait,
Son efprit fe promene encor fur quelque objet.
Le dédit que fon oncle a fait pour Ifabelle,
Partage fon amour & le tient en cervelle.
Je fçais que ta Maîtreffe a de naiffans appas,
Et fur-tout de grands biens, que Clarice n'a pas;
Mais mon Maître eft fidelle, & fon ame eft paîtrie
De la plus fine fleur de la galanterie:
Il ne reffemble pas à quantité d'amans;
C'eft un homme, morbleu, tout plein de fentimens.

### LISETTE.

Mais s'il aime Clarice enfemble & ma Maîtreffe,
Que puis-je faire, moy, pour fervir fa tendreffe?

Les époufera-t'il toutes deux ?

### CARLIN.

Pourquoy non ?

Il le fera fort bien dans fa diftraction.
C'eft un homme étonnant, & rare en fon efpece,
Il rêve fort à rien, il s'égare fans ceffe,
Il cherche, il trouve, il broüille, il regarde fans voir,
Quand on luy parle blanc, foudain il répond noir ;
Il vous dit non pour ouy, pour ouy, non ; il appelle
Une femme, Monfieur ; & moy, Mademoifelle ;
Prend fouvent l'un pour l'autre ; il va fans fçavoir où ;
On dit qu'il eft diftrait, mais moy, je le tiens fou.
D'ailleurs fort honnefte homme, à fes devoirs auftere,
Exact, fort bon amy, genereux, doux, fincere,
Aimant, comme j'ay dit, fa maîtreffe en Heros ;
Il eft & fage, & fou ; voilà l'homme en deux mots.

### LISETTE.

Si Leandre reffent une tendreffe extrême
Pour Clarice, Ifabelle eft prife ailleurs de même,
Et pour le Chevalier fon cœur s'eft découvert.

### CARLIN.

Tant mieux. Il nous faudra travailler de concert
Pour détourner le coup de ce dédit funefte,
Et l'amour avec nous achevera le refte.

### LISETTE.

De tes foins empreffez nous attendrons l'effet.

### CARLIN.

Soit. Adieu donc. Mon Maître eft dans fon cabinet,
Il m'attend, j'ay voulu, comme le cas me touche,
Apprendre en arrivant ta fanté par ta bouche.

### LISETTE.

Je me porte là là, mais toy ?

### CARLIN.

Couffi, couffi,
En tres-bonne fanté j'arriverois icy,
Si je n'étois porteur d'une large écorchure.

### LISETTE.

Bon, c'eft des poftillons l'ordinaire avanture.

Jusqu'au revoir, adieu, beau courier offensé.

CARLIN.

Ce n'est pas là, coquine, où le bas m'a blessé,
Mon cœur est plus navré de ton humeur severe.
Cette friponne-là seroit bien mon affaire !
Mais mon Maître paroît, il tourne icy ses pas,
Il rêve, parle seul, & ne m'apperçoit pas.

# SCENE II.

## CARLIN, LEANDRE.

LEANDRE *se promenant sur le Theâtre en rêvant un de ses bas deroulé.*

JE ne sçay si l'absence, aux amans peu propice,
Ne m'a point effacé de l'esprit de Clarice.
On en trouve bien peu de ces cœurs genereux,
Qui dans l'éloignement sçachent garder leurs feux,
Un moment les éteint, ainsi qu'il les fit naître.

CARLIN.

Me mettant face à face, il me verra peut-estre.

LEANDRE *heurte Carlin sans s'en appercevoir.*

Je serois bien à plaindre, aimant comme je fais,
Qu'un autre profitât du fruit de ses attraits.
Plus je ressens d'amour, plus j'ay d'inquietude :
Je ne puis demeurer dans cette incertitude,
Je veux entrer chez elle ; & sans perdre de temps,
Carlin, va me chercher mon épée & mes gans.

CARLIN.

J'y cours, & je reviens, Monsieur, à l'heure même.

# SCENE III.

### LEANDRE *seul.*

JE fuis plus que jamais dans une peine extrême.
Si mon Oncle fût mort, j'aurois à mon retour
Difpofé de mon cœur en faveur de l'amour.
Mais je vois tout d'un coup mon attente trompée.

# SCENE IV.

### CARLIN, LEANDRE.

#### CARLIN.

JE ne trouve, Monfieur, ny les gans ny l'epée.
#### LEANDRE.
Tu ne les trouves point ? Voilà comme tu fais !
Ce qu'on te voit chercher ne fe trouve jamais.
Je te dis qu'à l'inftant ils étoient fur ma table.
#### CARLIN.
Mais j'ay cherché par-tout, ou je me donne au diable.
Il faut donc qu'un lutin foit venu les cacher.
Ah ah ! le tour eft bon, & j'avois beau chercher.
Dormez-vous ? veillez-vous ?
*Il s'apperçoit que Leandre a fon épée & fes gans.*
#### LEANDRE.
Quoy ? que veux-tu donc dire ?
#### CARLIN.
Fy donc, arrêtez-vous, Monfieur, voulez-vous
rire ?

Il en tient un peu là. Sa prefence d'efprit
A chaque inftant du jour me charme & me ravit.

### LEANDRE.

Mais dis-moy donc, maraut . . . . . .

### CARLIN.

Ah ! la belle équipée !
Eh, font-ce-là vos gans ? eft-là votre épée ?

### LEANDRE.

Ah, ah !

### CARLIN.

Ah, ah !

### LEANDRE,

Je rêve, & j'ay certain ennuy . . . .

### CARLIN.

Ce ne fera pas là le dernier d'aujourd'huy.

### LEANDRE.

Tout autre objet, Carlin, met mon cœur au fup-
plice ;
Je veux bien l'avoüer, je n'aime que Clarice.
Ma famille prétend, attendu mes befoins,
Que j'époufe Ifabelle, & je feins quelques foins.
Son bien me remettroit en fort bonne figure,
Mais je brufle, Carlin, d'un flâme trop pure.
Biens, fortune, interefts, gloire, fceptre, grandeur,
Rien ne fçauroit bannir Clarice de mon cœur,
Je reffens de la voir la plus ardente envie . . . . .
Quelle heure eft-il ?

### CARLIN.

Il eft fix heures & demie.

### LEANDRE.

Fort bien : qui te l'a dit ?

### CARLIN.

— Comment ? qui me l'a dit ?
Palfambleu, c'eft l'horloge. Il perd ma foy l'efprit.

### LEANDRE.

Mais connois-tu comment la chofe eft avenuë,
Et par quel accident ma botte s'eft perduë ?
Je l'avois ce matin en montant à cheval.

CARLIN.

Riez, c'eſt fort bien fait, le trait eſt ſans égal.
Mais à propos de botte, un ſort doux & propice
Tout à ſouhait icy vous amene Clarice.
Mettez de grace un frein à votre vertigo,
Et n'allez pas icy faire de qui pro quo.

# SCENE V.

## CLARICE, LEANDRE, CARLIN.

### LEANDRE.

J'Allois m'offrir à vous, flatté de l'eſperance
D'adoucir les tourmens de prés d'un mois d'ab-
ſence.
Vous êtes à mes yeux plus belle que jamais ;
Chaque jour, chaque inſtant augmente vos attraits,
A chaque inſtant auſſi mon amoureuſe flâme
Croît comme vos appas .... Un fauteüil à Madame.
*Carlin apporte un fauteüil.*

### CLARICE.

Chaque amant parle ainſi, mais ſouvent de retour
Il oublie avec luy de ramener l'amour.
Notre ſexe autrefois changeoit, c'étoit la mode,
Le premier en amour il prit cette methode :
Les hommes ont depuis trouvé cela ſi doux,
Qu'ils ſont dans ce grand art bien plus ſçavans que
nous.
CARLIN *voyant que ſon Maître a pris le fau-
teüil, apporte un tabouret à Clarice.*
Madame, vous plaiſt-il de vous mettre à votre aiſe ?
Nous n'avons qu'un fauteüil icy, ne vous déplaiſe,
Et mon Maître s'en ſert, comme vous pouvez voir.

CLARICE.

Je te suis obligée, & ne veux point m'asseoir.
Si je vous aimois moins, je serois plus tranquille;
A m'allarmer toujours l'amour me rend habile.
Je crains autant que j'aime, & mes foibles appas
Sur vos distractions ne me rassurent pas.
J'apprehende en secret que quelqu'amour nouvelle...

LEANDRE.

Non, je n'aime que vous, adorable Isabelle.

CARLIN.

Isabelle ! Clarice.

LEANDRE.

Et mes vœux les plus doux,
Sont de passer mes jours & mourir avec vous.
Isabelle...

CARLIN.

Clarice.

LEANDRE.

A pour moy mille charmes,
L'amour prend dans ses yeux les plus puissantes armes,
Isabelle est...

CARLIN.

Clarice.

LEANDRE.

A mes yeux un tableau
De tout ce que jamais le Ciel fit de plus beau.

CLARICE.

Qu'entens-je, justes Dieux ! Ton maitre est infidelle,
Son erreur me fait voir qu'il adore Isabelle.
Je suis au desespoir, & je sens dans mon cœur,
Mon amour outragé se changer en fureur.

LEANDRE *sortant de sa réverie.*

Quel sujet tout à coup vous a mis en colére,
Madame ? ce maraut a-t'il pû vous déplaire ?

CLARICE.

Si quelqu'un me déplait en ce moment, c'est vous.

LEANDRE.

Moy ?

CLARICE.

### CLARICE.
Vous.

### LEANDRE.
Quoy, je pourois exciter ce courroux ?

### CLARICE.
Vous êtes un ingrat, un lâche, un infidele :
Suivez, servez, aimez, adorez Isabelle.

### LEANDRE.
Ah, maraut ! qu'as-tu dit ?

### CARLIN.
          Hé bien, ne voilà pas !
J'auray fait tout le mal !

### LEANDRE.
          J'adore vos appas,
Et je veux que du Ciel la vengeance & la foudre
Me punisse à vos yeux, & me réduise en poudre,
Si mon cœur tout à vous, adore un autre objet.

### CARLIN.
Ne jurez pas, Monsieur, vous êtes trop distrait.

### CLARICE.
Vous aimez Isabelle ; & de quelle assurance
Prononcez-vous un nom dont mon amour s'offense ?

### LEANDRE.
J'ay parlé d'Isabelle ! Eh, vous voulez, je croy,
Eprouver mon amour, ou vous railler de moy.
Moy, parler devant vous d'autre que de vous même,
Vous qui m'occupez seule, & que seule aussi j'aime !

### CARLIN.
Il faudroit par ma foy qu'il eût perdu l'esprit.

### LEANDRE.
De ce cruel soupçon ma tendresse s'aigrit,
Vos yeux vous sont garands qu'il ne m'est pas possible
Que pour quelqu'autre objet je devienne sensible.
Ah, Madame ! A propos, vous avez quelqu'accés
Auprés du Rapporteur que j'ay dans mon procés ;
Ecrivez-luy de grace un mot pour mon affaire.

### CLARICE.
Volontiers.

K

**CARLIN.**

A propos, eſt là fort neceſſaire !

**CLARICE.**

Quels que ſoient vos diſcours pour me perſuader,
J'aime trop, pour ne pas toujours apprehender ;
Mais ces diſtractions qui vous ſont naturelles,
Me raſſurent un peu de mes frayeurs mortelles.
Je vous juge innocent, & crois que votre erreur
Provient de votre eſprit plus que de votre cœur.

**LEANDRE.**

Avec ces ſentimens vous me rendez juſtice.

**CARLIN.**

Je ſuis ſa caution, il n'a point de malice ;
Mais le dédit pourroit traverſer vos deſſeins.

**CLARICE.**

Mon oncle ſur ce point nous preſtera les mains ;
Il aime fort mon frere, & toute ſon envie
Seroit de voir un jour ſa fortune établie ;
Pour luy-même à la Cour il brigue un Regiment.

**LEANDRE.**

Je m'offre à le ſervir pour avoir l'agrément.

**CARLIN.**

Tout à propos icy le voila qui ſe montre.

# SCENE VI.

**LE CHEVALIER, LEANDRE,
CLARICE, CARLIN.**

**LE CHEVALIER** *va l'embraſſer.*

HE' bon jour, mon amy, quelle heureuſe rencontre !

**LEANDRE.**

Monſieur, avec plaiſir.. *à Carlin* Quel eſt cet homme là?

CARLIN.

C'eſt le Chevalier.

LEANDRE.

Ah !

LE CHEVALIER.

Quoy, ma ſœur, te voilà !
Je t'en ſçais fort bon gré. Viens-tu par inventaire
Du cœur de ton amant te porter heritiere ?

CLARICE.

Mais dis-moy, ſeras-tu toujours fou, Chevalier ?

LE CHEVALIER.

C'eſt un charmant objet qu'un nouvel heritier,
Et le noir eſt pour moy la couleur favorite,
Un amant en grand deüil a toujours ſon mérite ;
Et quand, comme Carlin, on ſeroit mal formé,
Du moment qu'on herite, on eſt ſeur d'eſtre aimé.

CARLIN.

Comment, comme Carlin ? ſçachez que ſans reproche
Votre comparaiſon eſt odieuſe, & cloche.
Chacun vaut bien ſon prix. Carlin, dans certains cas,
Pour certains Chevaliers ne ſe donneroit pas.

LE CHEVALIER.

Tu te fâches, mon cher, il faut que je t'embraſſe.
L'Oncle a donc fait la choſe enfin de bonne grace ?
As-tu trouvé le coffre à ton gré copieux ?
Ces écus, ces loüis étoient-ils neufs ou vieux ?

CARLIN.

Nous n'y prenons pas garde, & toujours avec joye
Nous recevons l'argent, tel que Dieu nous l'envoye.

LE CHEVALIER.    *il chante.*

Le bon homme eſt donc mort ? j'en ay bien du regret.

CLARICE.

Cela ſe voit aſſez.

CARLIN.

L'air vient fort au ſujet.

LE CHEVALIER.

Je te le veux chanter, j'en ay fait la muſique,
Et les vers, dont chacun vaut un poëme épique.

K ij

AIR.

*Je me console, au Cabaret,*
*Des rigueurs d'une Iris qui rit de ma tendreße ;*
*Là mon amour expire, & Bacchus en secret*
*Succede aux droits de ma maistreße.*
*Là mon amour expire..*

CARLIN.

Au cabaret ! c'est là mourir au champ d'honneur.

LE CHEVALIER *chantant.*

*Et Bacchus en secret*

Succéde, succéde.....
Ce bémol est-il fin, & va-t'il droit au cœur ?
Succéde......
Qu'en dis-tu ?

CARLIN.

Mais je dis que dans cet air si doux,
Bacchus est plus habile à succéder que nous.

LE CHEVALIER *repete,*

*Succéde aux droits de ma maîtreße.*

( *à Leandre* ) Que vous semble, Monsieur, & de
l'air, & des vers ?

LEANDRE *sortant de la rêverie où il a esté pendant*
*la Scéne, prend Clarice par le bras, croyant parler au*
*Chevalier, & la tire à un des bouts du theâtre.*

Vos interêts en tout m'ont toujours esté chers,
J'étois fort serviteur de Monsieur votre pere,
Et je vous veux servir de la bonne maniere.

CLARICE.

Je me sens obligée à votre honnesteté.

LEANDRE *craignant d'être entendu la remene à*
*l'autre côté du Theâtre.*

Je crois que nous serions mieux de l'autre côté.

LE CHEVALIER *fait le même jeu de theâtre à*
*Carlin.*

J'ay de ma part aussi quelque chose à te dire.
Il faut nous divertir.

CARLIN.

Quel diantre, est-ce pour rire ?

### LEANDRE.
Je suis comme l'on sçait assez bien prés du Roy,
Je veux vous faire avoir un Régiment.
### CLARICE.
Â moy ?

### LEANDRE.
A vous-même.
### LE CHEVALIER.
Ton maître au moins n'est pas trop sage.
### CARLIN.
D'accord, il vous ressemble en cela davantage.
### LEANDRE *à Clarice.*
Vous avez du service, un nom, de la valeur,
Il faut vous distinguer dans un poste d'honneur.
### CLARICE.
Mais regardez-moy bien.
### LEANDRE.
Ah ; je vous fais excuse,
Madame, & maintenant je vois que je m'abuse,
J'ay crû qu'au Chevalier...
### LE CHEVALIER.
Ma sœur, un Regiment !
### CARLIN.
Ce seroit de Milice un nouveau supplément ;
Et si chaque famille armoit une coquette,
Cette troupe, je crois, seroit bien-tôt complette.
### LE CHEVALIER.
Cet homme-là, ma sœur, t'aime à perdre l'esprit.
### CLARICE.
Je m'en flatte en secret, du moins il me le dit.
### LE CHEVALIER *à Leandre.*
Je crois bien que vos vœux tendent au mariage,
Ma sœur en vaut la peine, elle est belle, elle est sage.
### LEANDRE.
Ah, Monsieur, point du tout.
### LE CHEVALIER.
Comment donc point du tout ?
Cette grace, cet air...

K iij

LEANDRE.

Il n'eft point de mon goût.

LE CHEVALIER.

Cependant vous l'aimez ?

LEANDRE.

Ouy, j'aime la mufique ;
Mais fi vous voulez bien qu'en amy je m'explique,
Votre air n'a point ce tour tendre, agreable, aifé,
Et le chant entre nous m'en paroît trop ufé.

LE CHEVALIER.

Et qui vous parle icy de vers & de mufique ?
Cet amant-là, ma fœur, eft tout-à-fait comique.

LEANDRE.

Vous chantiez à l'inftant, & ne parliez-vous pas
De votre air ?

LE CHEVALIER.

Non vrayment.

LEANDRE.

J'ay donc tort en ce cas.

LE CHEVALIER.

Je vous entretenois icy de votre flâme,
Et voulois pour ma fœur faire expliquer votre ame,
Sçavoir fi vous l'aimez.

LEANDRE.

Si je l'aime, grands Dieux !
Ne m'interrogez point, & regardez fes yeux.

LE CHEVALIER.

Vous avez le gouft bon. Si je n'étois fon frere,
Prés d'elle on me verroit poufler bien loin l'affaire ;
Mais je fuis pris ailleurs ; prés d'vn objet vainqueur,
Je fais à petit bruit mon chemin en douceur.
J'ay jufqu'icy conduit mon affaire en filence,
J'abhorre le fracas, le bruit, la turbulence,
Et je vais pour chercher cet objet de mes feux.

LEANDRE *à Clarice.*

Puifque vous defirez fi tôt quitter ces lieux,
Souffrez donc, s'il vous plaift, que je vous recon-
duife.

*Il met son gand, & presente à Clarice la main qui est nuë.*

### CARLIN.

Vous donnez une main pour l'autre par méprise.

*Il ôte celuy qu'il avoit.*

### LEANDRE.

Il est vray.

### CLARICE.

Demeurez & ne me suivez pas.

*Il luy donne la main jusqu'au milieu du theâtre, & la quitte pour parler à Carlin.*

# SCENE VII.

## LEANDRE, CARLIN, LE CHEVALIER.

### LEANDRE.

JE veux jusques chez vous accompagner vos pas.
J'ay, Carlin, en secret un ordre à te prescrire,
Ecoute.... je ne sçais ce que je voulois dire.
Va chez mon horloger, & reviens au plutôt ;
Prens de ce tabac.... non, tu n'iras que tantôt.

### CARLIN.

Le beau secret, ma foy !

### LEANDRE *au Chevalier.*

Souffrez icy sans peine,
Qu'à votre appartement, Madame, je vous meine.

### LE CHEVALIER.

Vous êtes trop honnête, il n'en est pas besoin.

### LEANDRE *s'appercevant qu'il parle au Chevalier.*

Vous êtes encor là, je vous croyois bien loin.

Je cherchois votre sœur, & ma peine est extrême...

### LE CHEVALIER.

Vous ne vous trompez pas, c'est un autre elle-même,
Mais si jamais, Monsieur, vous estes son époux,
Dans vos distractions, défiez-vous de vous.
Une femme suffit, tenez-vous à la vôtre,
N'allez pas par méprise en conter à quelqu'autre.
Ma sœur n'est pas ingrate, & sans égard aux frais,
Elle vous le rendroit avec les interêts.
Adieu, Monsieur, je suis tout à votre service.

# SCENE VIII.

## LEANDRE, CARLIN.

### LEANDRE.

JE cherche vainement, & ne vois point Clarice.

### CARLIN.

N'étant plus en ce lieu, vous ne sçauriez la voir.

### LEANDRE.

Ah ! mon pauvre Carlin, je suis au desespoir.
Que je suis malheureux ! contre moy tout conspire,
J'avois dans ce moment cent choses à luy dire :
Ne perdons point de temps, sortons, suivons ses pas,
Je ne suis plus à moy quand je ne la vois pas.

*Il sort.*

## CARLIN.

Et quand vous la voyez , c'eſt cent fois pis encore.
Il auroit bien beſoin de deux grains d'ellebore.
Il étoit moins diſtrait hier qu'il n'eſt aujourd'huy :
Cela croît tous les jours, je me gâte avec luy.
On m'a toujours bien dit qu'il faloit dans la vie
Fuir autant qu'on pouvoit mauvaiſe compagnie :
Mais je l'aime , & je ſçay qu'un cœur qui n'eſt point
    faux,
Doit aimer ſes amis avec tous leurs deffauts.

*Fin du ſecond Acte.*

K ?

# ACTE III.

## SCENE PREMIERE.

### ISABELLE, LISETTE.

#### LISETTE.

G RACE au Ciel, à la fin vous quittez
la toillette,
Votre mere aujourd'huy doit être ſa-
tisfaite.
De notre diligence on peut ſe préva-
loir,
Il n'eſt encor au plus que ſept heures du ſoir.

#### ISABELLE.

Il me ſemble pourtant que j'auray peine à plaire,
Et je n'ay pas les yeux ſi vifs qu'à l'ordinaire.
Ma mere en eſt la cauſe, & ce qu'elle me dit
Me broüille tout le teint, me ſeiche & m'enlaidit.

#### LISETTE.

Elle enrage à vous voir ſi grande & ſi bienfaite.
La loy devroit contraindre une mere coquette,
Quand la beauté la quitte ainſi que les amans,
Et qu'elle a fait ſa charge environ cinquante ans,
D'abjurer la tendreſſe, & d'avoir la prudence
De faire recevoir ſa fille en ſurvivance.

### ISABELLE.

Que ce seroit bien fait ! car enfin en amour
Il faut, n'est-il pas vray, que chacun ait son tour.

### LISETTE.

Ouy, la chanson le dit. Dites-moy, je vous prie,
Si pour le Chevalier votre ame est attendrie ?
Est-ce estime ? est-ce amour ?

### ISABELLE.

Oh, je n'en sçay pas tant.

### LISETTE.

Mais encor ?

### ISABELLE.

Je ne sçay si ce que mon cœur sent
Se peut nommer amour ; mais enfin, je t'avouë
Que j'ay quelque plaisir d'entendre qu'on le louë.
Par un destin puissant, & des charmes secrets,
Je me trouve attachée à tous ses interêts ;
Je rougis, je pâlis quand il s'offre à ma veuë ;
S'il me quitte, des yeux je le suis dans la ruë.
Mais que te dis-je, helas ! mon cœur par-tout le suit.
Ses manieres, son air occupent mon esprit ;
Et souvent quand je dors, d'agreables mensonges
M'en presentent l'image au milieu de mes songes.
Est-ce estime ? est-ce amour ?

### LISETTE.

C'est ce que vous voudrez ;
Mais enfin c'est un mal dont vous ne guerirez
Qu'avec un recipé d'un hymen salutaire,
Et je veux m'employer à finir cette affaire.
Le Chevalier tout franc est bien mieux votre fait ;
Leandre a de l'esprit, mais il est trop distrait.
Il vous faut un mary d'une humeur plus fringante :
Leger dans ses propos, qui toujours danse ou chante ;
Qui vole incessamment de plaisirs en plaisirs,
Laissant vivre sa femme au gré de ses desirs ;
S'embarassant fort peu si ce qu'elle dépense
Vient d'un autre ou de luy. C'est cette nonchalance,
Qui nourrit la concorde, & fait que dans Paris

K vj

Les femmes plus qu'ailleurs adorent leurs maris.

### ISABELLE.

Tu ſçais bien que ma mere eſt d'une humeur étrange,
Crois-tu que ſon eſprit à ce party ſe range ?
Elle m'a deffendu de voir le Chevalier.

### LISETTE.

Sans ſe voir, on ne peut pourtant ſe marier.
Ne vous allarmez point, nous trouverons peut-être
Quelque moyen heureux que l'amour fera naître.
Qui pourra tout d'un coup nous tirer d'embarras.
Un ſort heureux déja conduit icy ſes pas.

# SCENE II.

## ISABELLE, LISETTE, LE CHEVALIER.

### LE CHEVALIER *danſant & ſifflant.*

JE vous trouve à la fin. Ah! bon jour, ma Princeſſe,
Vous avez aujourd'huy tout l'air d'une Déeſſe,
Et la Mere d'amour ſortant du ſein des mers,
Ne parut point ſi belle aux yeux de l'Univers.
De votre amour pour moy je veux prendre ce gage.
*Il luy baiſe la main.*

### ISABELLE.

Monſieur le Chevalier . . . . .

### LISETTE.

Allons donc, ſoyez ſage.
Comme vous debutez !

### LE CHEVALIER.

Nous autres gens de Cour,
Nous ſçavons abreger le chemin de l'amour.
Voudrois-tu donc me voir en amoureux novice,

De l'amour à ses pieds apprendre l'exercice ?
Pousser de gros soupirs, serrer le bout des doigts ?
Je ne fais point, morbleu, l'amour comme un Bour-
    geois,
Je vais tout droit au cœur. Le croiriez-vous, la
    Belle ?
Depuis dix ans & plus, je cherche une cruelle,
Et je n'en trouve point, tant je suis malheureux.

                    LISETTE.

Je le crois bien, Monsieur, vous êtes dangereux.

                LE CHEVALIER

J'ay bien bû cette nuit, & sans fanfaronades,
A votre intention j'ay vuidé cent rasades.
Mon feu qui dans le vin s'éteint le plus souvent,
Reprend vigueur pour vous, & s'irrite en beuvant.
Il fait parbleu bien chaud.

        *Il ôte sa perruque, & la peigne.*

                    LISETTE.

                    La maniere est plaisante,
Vous voulez nous montrer votre tête naissante,
Ce regain de cheveux est encore bon à voir.

                ISABELLE.

Vous êtes mal debout, voulez-vous vous asseoir ?
Lisette, des fauteüils.

            LE CHEVALIER.

                Point de fauteüils, de grace.

                ISABELLE.

Oh, Monsieur, je sçay bien . . .

            LE CHEVAEIüR.

                Un fauteüil m'embarasse,
Un homme là-dedans est tout enveloppé,
Je ne me trouve bien que dans un canapé.

            *a Lisette.*

Fais m'en approcher un pour m'étendre à mon aise.

                    LISETTE.

Tenez-vous sur vos pieds, Monsieur, ne vous dé-
    plaise.
J'enrage quand je vois des gens qu'à tout moment

Il faudroit étayer comme un vieux bâtiment ;
Couchez dans des fauteüils , bârer une ruelle.
Et mort-non de ma vie, une bonne escabelle.
Soyez dans le respect ; nos peres autrefois
Ne s'en portoient que mieux sur des meubles de bois.

ISABELLE.

Paix donc, ne luy dis rien , Lisette, qui le blesse.

LISETTE.

Bon , bon ! il faut apprendre à vivre à la jeunesse.

LE CHEVALIER.

Lisette est en courroux. Ça, changeons de discours.
Comment suis-je avec vous ? m'adorez-vous toujours?
Cette maman encor fait-elle la hargneuse ?
C'est un vray porc épic.

ISABELLE.

Elle est toujours grondeuse,
Elle m'a depuis peu deffendu de vous voir.

LE CHEVALIER.

De me voir ! elle a tort , sans me faire valoir,
Je prétens vous combler d'une gloire parfaite,
Car ce n'est qu'en mary que mon cœur vous souhaitte.

ISABELLE.

En mary ! mais, Monsieur, vous êtes Chevalier.
Ces gens-là ne sçauroient , dit-on, se marier.

LE CHEVALIER.

Quel abus ! nous faisons tous les jours alliance
Avec tout ce qu'on voit de femmes dans la France.

LISETTE appercevant Mad. Grognac.

Ah ! Madame Grognac !

ISABELLE.

Ah ! Monsieur, sauvez-vous.
Sortez ; non , revenez.

LISETTE.

Où nous cacherons-nous ?

LE CHEVALIER.

Laissez , laissez-moy seul affronter la tempête.

LISETTE.

Ne vous y jouez pas. Il me vient dans la tête

Un deſſein qui pourra nous tirer d'embarras.
Elle ſçait votre nom, mais ne vous connoît pas ;
Nous attendons un Maître en langue Italienne,
Faites ce maître-là, pour nous tirer de peine.

ISABELLE.

Elle approche, elle vient, ô Ciel !

LE CHEVALIER.

C'eſt fort bien dit.

En cette occaſion j'admire ton eſprit.
J'ay par bon heur eſté deux ans en Italie.

# SCENE III.

## Mad. GROGNAC, ISABELLE, LE CHEVALIER, LISETTE.

### Mad. GROGNAC.

AH, vrayment, je vous trouve en bonne compagnie !
Quel eſt cet homme-là ?

LISETTE.

Ne le voit-on pas bien ?
C'eſt, comme on vous a dit, ce Maître Italien
Qui vient montrer ſa langue.

Mad. GROGNAC.

Il prend bien de la peine ?
Ma fille pour parler n'a que trop de la ſienne,
Qu'elle apprenne à ſe taire elle fera bien mieux.

LE CHEVALIER.

Un grand homme diſoit que s'il parloit aux Dieux,
Ce ſeroit Eſpagnol ; Italien aux femmes,
L'amour par ſon accent ſe gliſſe dans leurs ames :

A des hommes, François, & Suiffe à des chevaux.
*Das dich der donder fchalcq.*

### LISETTE.
Ah jufte Ciel, quels mots!

### Mad. GROGNAC.
Comme je ne veux point qu'elle parle à perfonne,
Sa langue luy fuffit, & je la trouve bonne.

### LE CHEVALIER.
Or je vous difois donc tantôt que l'adjectif
Devoit eftre d'accord avec le fubftantif.
*Ifabella bella*, c'eft vous, belle Ifabelle.
*bas.*
*Amantè fedelè*, c'eft moy, l'amant fidelle,
Qui veut toute fa vie adorer vos appas.
*( Madame Grognac s'approche pour ècouter.)*
*Plus haut.*
Il faut les accorder en genre, en nombre, en cas.

### Mad. GROGNAC.
Tout votre Italien eft plein d'impertinence.

### LE CHEVALIER.
Ayez pour la Grammaire un peu de reverence.
Il faut prefentement paffer au verbe actif,
Car moy dans mes leçons je fuis expeditif.
Nous allons commencer par le verbe *amo*, j'aime.
Ne le voulez-vous pas?

### ISABELLE.
Ma joye en eft extrême.

### LISETTE.
Elle a pour vos leçons l'efprit obeïffant.

### LE CHEVALIER.
Conjuguez avec moy, pour bien prendre l'accent.
*Io amo*, j'aime.

### ISABELLE.
*Io amo*, j'aime.

### LE CHEVALIER.
Vous ne le dites pas du ton que je demande.
( *à Mad. Grognac.* ) Vous me pardonnez bien fi je la
réprimande.

Il faut plus tendrement prononcer ce mot-là :

Io amo, j'aime.

ISABELLE *fort tendrement.*

Io amo, j'aime.

LE CHEVALIER.

Le charmant naturel , Madame , que voila !
Aux difpofitions qu'elle m'a fait paroître,
Elle en fçaura bien-tôt trois fois plus que fon Maître.
Je fuis charmé. Voyons fi d'un ton naturel,
Vous pourrez auffi-bien dire le pluriel.

Mad. GROGNAC.

Elle en dit déja trop, Monfieur, & dans les fuites
Il faudra , s'il vous plaift , fupprimer vos vifites.

LE CHEVALIER.

J'ay trop bien commencé pour ne pas achever.

# SCENE IV.

## VALERE, LE CHEVALIER, Mad. GROGNAC, ISABELLE, LISETTE.

### VALERE.

AH ! je fuis, mon neveu, ravy de vous trouver.
Madame, vous voyez fans trop de complaifance,
Un Gentil-homme icy d'affez belle efperance;
Et s'il pouvoit vous plaire, il feroit trop heureux.

LISETTE.

Que le diable t'emporte !

ISABELLE.

Ah ! contre-temps fâcheux !

Mad. GROGNAC

Votre Neveu ? Comment ?

VALERE.

Il a sçû se produire,
Et n'a pas eu besoin de moy pour s'introduire.

Mad. GROGNAC.

Vous n'estes pas, Monsieur, un Maître Italien?

VALERE.

Luy ? c'est le Chevalier.

LE CHEVALIER.

Il est vray, j'en convien,
Cela n'empéche pas que dans quelques familles
Je ne montre par fois l'Italien aux filles.

Mad. GROGNAC.

Comment, impertinente !

LE CHEVALIER.

Ah ! point d'emportement.

Mad. GROGNAC.

Aprés vous avoir dit ....

LE CHEVALIER.

Madame, doucement.
N'allez pas devant moy gronder mes écolieres.

Mad. GROGNAC.

Meslez-vous, s'il vous plaist, Monsieur, de vos affaires.
Lorsque je vous deffens ...

LE CHEVALIER.

Pour calmer ce courroux,
J'aime mieux vous baiser, maman.

Mad. GROGNAC.

Retirez-vous,
Je ne suis point, Monsieur, femme que l'on plaisante.

LE CHEVALIER.

*Il la prend par la main, chante, & la fait*
*danser par force.*
Je veux que nous dansions ensemble une courante.

VALERE *les separant, & mettant le*
*Chevalier dehors.*
C'est trop pousser la chose, allons, retirez vous ;
Et vous, pour éviter de vous mettre en courroux,

Dans votre appartement rentrez , je vous en prie.
Mad. GROGNAC *s'en allant.*
Ouf, ouf, je n'en puis plus.

# SCENE V.

## VALERE, ISABELLE, LISETTE.

### LISETTE.

Mais quelle étourderie !
Pour éviter le bruit , j'avois trouvé moyen
De le faire passer pour Maître Italien,
Et vous êtes venu . . . .

### VALERE.

Mon imprudence est haute,
Mais je veux sur le champ réparer cette faute :
Je m'en vais la rejoindre , & tâcher de calmer
Son esprit violent , prompt à se gendarmer.

# SCENE VI.

## LISETTE, ISABELLE.

### LISETTE.

Voilà, je vous l'avoüe , une fâcheuse affaire.

### ISABELLE.

N'as-tu pas ry , Lisette , à voir danser ma mere ?

LISETTE.

Comment donc, vous riez, & vous ne craignez pas
La foudre toute preste à tomber en éclats?

ISABELLE.

Laissons pour quelque temps passer icy l'orage,
Leandre vient, il faut nous ranger du passage;
Ecoutons un moment, nous n'oserions sortir;
De ses distractions il faut nous divertir,
Il ne manquera pas d'en faire icy paroistre.

LISETTE.

Je le veux, demeurons sans nous faire connoistre,
Ecoutons.

# SCENE VII.

## LEANDRE, CARLIN, ISABELLE, LISETTE.

### LEANDRE.

D'Où viens-tu? parle donc, répond-
moy,
Je ne te vois jamais, quand j'ay besoin de toy.

CARLIN.

J'execute votre ordre avec zele, ou je meure.
Vous avez oublié que depuis un quart-d'heure,
De dix commissions il vous plut me charger.
J'ay vû le Rapporteur, le Tailleur, l'Horloger,
Et voilà votre montre enfin racommodée,
Elle sonne à present.

LEANDRE *prenant la montre.*
Il me l'a bien gardée.

CARLIN.

Vous m'avez commandé de même d'acheter

De bon tabac d'Espagne , en voilà pour goûter.

LEANDRE *prend le papier où est le tabac.*

Voyons.

CARLIN.

C'est du meilleur qu'on puisse jamais prendre,
Dont on frauda les droits en revenant de Flandre.

LEANDRE *jettant la montre croyant jetter*
*le tabac.*

Quel hörrible tabac , tu veux m'empoisonner.

CARLIN.

La montre ! ah voilà bien pour la faire sonner!
Quelle distraction , Monsieur, est donc la vôtre ?

LEANDRE.

Oh , je n'y pensois pas , j'ay jetté l'un pour l'autre

CARLIN.

Ne nous voilà pas mal ! La montre cette fois
Va revoir l'Horloger tout au moins pour six mois.

LEANDRE.

Cours à l'appartement de l'aimable Clarice ,
Sçache si pour la voir le moment est propice ;
Peins-luy bien mon amour , & quel est mon chagrin
D'avoir manqué tantôt à luy donner la main.
Va vîte , cours , reviens.

CARLIN *mettant la montre à son oreille.*

La montre est toute en pieces.

Vous devriez , Monsieur , exercer vos largesses ,
Et m'en faire present . . .

LEANDRE.

Va donc , ne tarde pas ,

Je t'attens.

CARLIN.

J'obeïs , & reviens sur mes pas.

## SCENE VIII.

### LEANDRE, ISABELLE, LISETTE.

#### ISABELLE.

APProchons-nous.

**LEANDRE** *prenant Isabelle pour Carlin &*
*luy parlant.*

Carlin, j'attens tout de ton zele.
Si Clarice venoit à parler d'Isabelle,
Dis-luy bien que mon cœur n'en fut jamais touché ;
Par de plus nobles nœuds , je me sens attaché.
Isabelle est jolie ; au reste , peu capable
De fixer le penchant d'un homme raisonnable.
Malgré les faux dehors de sa simplicité ,
Elle est coquette au fonds.

#### LISETTE.

La curiosité
Vous pourra couter cher, aux sentimens qu'il montre.

#### LEANDRE.

Mais me parleras-tu toujours de cette montre ?
Hé bien, c'est un malheur. Fais-luy bien concevoir
Qu'Isabelle sur moy n'eut jamais de pouvoir ,
Et que mon Oncle en vain veut faire une alliance ,
Dont mon amour murmure, & dont mon cœur
s'offence.

#### ISABELLE.

Il ne m'aime pas trop , Lisette.

#### LEANDRE.

Ouy , l'on le dit.
Cette Lisette-là luy tourne mal l'esprit :
C'est une babillarde en intrigues habile,
Et qui dans un besoin pourroit montrer en ville.

**LISETTE.**

Voila donc mon paquet , & vous le vôtre auſſi.
Luy diray-je à la fin que vous eſtes icy?

**LEANDRE.**

Ouy , tu pourras luy dire : Avec impatience
J'attendray ton retour, va, cours en diligence.
Que les hommes font fous d'empoiſonner leurs jours
Par des dégoûts cruels qu'ils ont dans leurs amours !
Je ſavoure à longs traits le poiſon qui me tuë.

**LISETTE.**

C'eſt pendant trop de temps nous cacher à ſa vûë,
Et je veux l'attaquer. Monſieur, ſi par hazard
Vous vouliez bien ſur nous jetter quelque regard...

**LEANDRE.**

Sans ce fâcheux dédit qui vient troubler ma joye,
Je paſſerois des jours filez d'or & de ſoye.

**LISETTE.**

Vous voulez bien, Monſieur, me permettre à mon
    tour,
De vous féliciter ſur votre heureux retour ?

**LEANDRE.**

Au pouvoir de l'amour c'eſt en vain qu'on reſiſte.

**LISETTE.**

Monſieur, par charité ...

**LEANDRE.**

                    Que le Ciel vous aſſiſte.

**LISETTE.**

Sommes-nous donc déja des objets de pitié ?
( à Iſabelle ) De tout ce qu'on me dit , vous êtes de
    moitié.
( à Leandre ) Tournez les yeux ſur nous.
                    *Elle le tire par la manche.*

**LEANDRE,**

                    Ah te voilà , Liſette.

**LISETTE.**

Et ma maiſtreſſe auſſi.

**LEANDRE.**

                Que ma joye eſt parfaite !

Jamais rien de plus beau ne s'offrit aux regards,
Les amours prés de vous volent de toutes parts.
Au coup de vos beaux yeux qui pourroit se souftraire?
Et qu'on seroit heureux si l'on pouvoit vous plaire!

#### ISABELLE.

Bon ! votre cœur pour moy ne fut jamais touché,
Par de plus nobles nœuds vous êtes attaché :
Je suis un peu jolie , au reste peu capable
De fixer le penchant d'un homme raisonnable;
Malgré les faux dehors de ma simplicité,
Je suis coquette au fond.

#### LEANDRE.

C'est une fausseté.
Lisette , tu devrois dans le soin qui t'anime,
Luy faire prendre d'elle une plus juste estime :
Tu gouvernes son cœur.

#### LISETTE.

Ouy , quelqu'un me l'a dit.
Cette Lisette-là luy tourne mal l'esprit;
C'est une babillarde, en intrigues habile,
Et qui pourroit montrer en un besoin en ville.
Votre panegyrique a pour nous des appas.
Quel Peintre ! par ma foy , vous ne nous flattez pas.

#### LEANDRE.

Ah , maraut de Catlin , dans peu ton imprudence
Recevra de ma main sa juste recompense.

#### LISETTE.

J'entens venir quelqu'un. Ah Ciel, quel embarras !
C'est Madame Grognac qui revient sur ses pas.

#### ISABELLE.

Lisette , que dis-tu?

#### LISETTE.

Votre Mere en personne.

#### ISABELLE.

Quel parti prendre , ô Ciel ! Je tremble , je frisson-
ne;
Sa brusque humeur sur nous pourroit bien éclater,
Aidez-moy , s'il vous plaît , Monsieur , à l'éviter.

#### LEANDRE.

LEANDRE.

Vous cacher à ses yeux , est chose assez facile;
Mon Cabinet pour vous doit estre un seur azile,
Entrez-y.

ISABELLE.

Volontiers , mais que personne au moins
Ne puisse nous y voir.

*Elles entrent dans le cabinet de Leandre.*

LEANDRE.

Fiez-vous à mes soins.

# SCENE IX.

## Mad. GROGNAC, LEANDRE.

### Mad. GROGNAC.

JE ne la trouve point , Monsieur, où donc est-elle?

LEANDRE.

Qui , Madame ?

Mad. GROGNAC.

Ma fille.

LEANDRE.

Eh qui donc?

Mad. GROGNAC.

Isabelle.

Que j'aurois de plaisir , avec deux bons souflets ,
A vanger pleinement les affronts qu'on m'a faits!
Mais je ne perdray pas icy toute ma peine,
Puisqu'il faut aussi-bien que je vous entretienne ,
Et vous dise en deux mots , que je veux dés ce jour,
Votre Oncle vif ou mort , terminer votre amour.
Vous sçavez ses desseins , & qu'un dédit m'engage,

L

Monſieur, à vous donner ma fille ....
### LEANDRE.
En mariage ?
### Mad. GROGNAC.
Comment donc ? Ouy , Monſieur , en mariage , oüy;
Et je prétens de plus que ce ſoit aujourd'huy.
Je ne puis plus long-temps voir traîner cette affaire ,
Et je vais ordonner qu'on m'amene un Notaire :
C'eſt un point reſolu , Monſieur , dans mon cerveau ;
La garde d'une fille eſt un trop lourd fardeau.
### LEANDRE.
Ce dédit m'embaraſſe , & me tient en cervelle.

# SCENE X.

## CARLIN , CLARICE , LEANDRE.

### CARLIN.

J'Ay fait ce que vos feux attendoient de mon zele ,
Et j'amene Clarice.
### LEANDRE.
Ah! Madame ! en ces lieux
Quel bonheur tout nouveau vous preſente à mes yeux?
### CLARICE.
Malgré votre dédit , je viens icy vous dire
Que mon Oncle à nos feux eſt tout preſt de ſouſcrire.
Mon cœur en eſt charmé , mais je crains votre hu-
meur ,
Et qu'une autre que moy ne regne en votre cœur.
### LEANDRE.
Ces ſoupçons mal fondez me font trop d'injuſtice ,
Et je n'aime que vous , adorable Clarice.

# SCENE XI.

## LEANDRE, CLARICE, CARLIN, UN LAQUAIS.

#### LE LAQUAIS à *Clarice.*

MOn Maître icy m'envoye avec ce mot d'écrit.
*Clarice lit.*

#### CARLIN.
Ce petit joufflu-là montre avoir de l'esprit.

#### CLARICE à *Leandre.*
De votre Rapporteur je reçois cette lettre,
Vous pouvez de ses soins bien-tôt tout vous promettre;
Je vous quitte un moment, & je monte là-haut
Pour luy faire réponse, & reviens au plutôt.

#### LEANDRE *l'arrêtant.*
Si dans mon cabinet vous vouliez bien écrire,
Vous auriez plûtôt fait.

#### CLARICE.
Je craindrois de vous nuire.

#### LEANDRE.
Vous me ferez plaisir, Madame, assurément.

#### CLARICE.
Puisque vous le voulez, j'en use librement;
Je vais le supplier de vous faire justice,
Et de continuer à vous rendre service.
J'auray fait en deux mots.

## SCENE XII.

### LEANDRE, CARLIN,

#### CARLIN.

Vos feux font en bon train,
Je vous vois bien-tôt preſt à vous donner la main.
Le Ciel juſques au bout nous garde de diſgrace.

#### LISETTE *dans le Cabinet.*

Sortons, ſortons, Madame, il faut quitter la place.

#### CARLIN.

Dans votre Cabinet, Monſieur, j'entens du bruit.
Que veut dire cela ? N'eſt-ce point un Eſprit
Qui lutine Clarice ?

#### LEANDRE.

Ah ! je vois ma mépriſe ;
Carlin, tout eſt perdu ; j'ay fait une ſottiſe.
En plaçant là Clarice, en mon eſprit diſtrait,
Je n'ay pas reflechy que dans le même endroit
J'avois mis iſabelle.

#### CARLIN.

Iſabelle ! Ah ! j'enrage !
Nous allons bien-tôt voir arriver du carnage.
Eſtes-vous fou, Monſieur ? mais qu'eſt-ce que je vois?
Quelle proſperité ! pour une en voilà trois.

# SCENE XIII.

## ISABELLE, CLARICE, LISETTE, LEANDRE, CARLIN.

### ISABELLE.

Vous pouvez dans ce lieu tout à votre aise écrire,
Et tant qu'il vous plaira ; pour moy, je me retire.

### CLARICE.

Vous avez eu le temps pour vous , tout à loisir
D'y pouvoir sans témoins remplir votre desir.

### LEANDRE.

Le hazard malgré moy dans ce lieu vous assemble ,
Mon dessein n'étoit point de vous y mettre ensemble.
( à Isabelle. ) Votre mere tantôt.... :

### ISABELLE.

Je suis au desespoir.

### LEANDRE à Clarice.

Madame, vous sçaurez....

### CLARICE.

Je ne veux rien sçavoir.

### LEANDRE à Isabelle.

Je n'ay pas refléchy que.,.

### ISABELLE s'en allant.

Vous êtes un traistre.

### LEANDRE à Clarice.

Le hazard...

### CLARICE s'en allant.

Devant moy gardez-vous de paroître.

L iij

**LISETTE.**

Tu nous as fait le tour , mais vingt coups de bâton
Dans peu , Monſieur Carlin , nous en feront raiſon.

# SCENE XIV.

### CARLIN, LEANDRE.

#### CARLIN.

JE tombe de mon haut.

#### LEANDRE.

Moy , je me deſeſpere.
Allons de l'une & l'autre arrêter la colere.

#### CARLIN.

Courons-y donc , je crains quelque accident cruel,
Et ces deux filles-là ſe vont battre en duel.

*Fin du troiſiéme Acte.*

# ACTE IV.

## SCENE PREMIERE.

### VALERE , CLARICE.

#### CLARICE.

D E vos foins genereux je vous fuis obligée,
Mais depuis un moment mon ame eft
bien changée.

#### VALERE

Plaift-il ?

#### CLARICE.

Je ne veux plus me marier.

#### VALERE.

Comment !
D'où vous peut donc venir un fi prompt changement ?

#### CLARICE.

J'ay penfé meurement aux foins du mariage,
Aux chagrins prefque feurs où fon joug nous engage,
A cette liberté que l'on perd fans retour :
L'hymen eft trop fouvent un écueil pour l'amour.
Je ne me fens point propre aux foins d'une famille,
Et tout confideré, j'aime mieux refter fille.

L iiij

VALERE.

Je fçay bien que l'hymen peut avoir fes dégoûts,
Chaque état a les fiens , & nous le fentons tous,
Cependant vous vouliez de moy ce bon office.

CLARICE.

D'accord ; mais plus on voit de prés le précipice ,
Plus nos fens étonnez frémiffent du danger.
Leandre eft pris ailleurs , & pour le dégager
Votre application peut-être feroit vaine.

VALERE.

Calmez-vous , je prétens y réuffir fans peine ,
Leandre fent pour vous une fincere ardeur,
Je pourrois bien icy répondre de fon cœur ,
Et ce n'eft qu'un devoir de pure obéiffance
Qui retient jufqu'icy fon efprit en balance.

# SCENE II.

## LE CHEVALIER, VALERE,
CLARICE.

### LE CHEVALIER.

AH, mon Oncle, parbleu, je vous trouve à
propos ,
Pour vous laver la tête , & vous dire en deux mots...

VALERE.

Le début eft nouveau.

LE CHEVALIER.

Se peut-il qu'à votre âge
Vous n'ayez pas encor les airs d'un homme fage ?
Si j'en faifois autant, je pafferois chez vous
Pour un franc étourdy ; Là là , répondez-nous.

VALERE.

J'ay tort, mais....

LE CHEVALIER.

Mais, mais, mais.

CLARICE.

Quelle est votre querelle?

LE CHEVALIER.

Je m'étois introduit tantôt chez Isabelle
Que j'aime à la fureur, & qui m'aime encor plus.
J'y passois pour un autre, & Monsieur là-dessus
Est venu brusquement gâter tout le mystere,
Et m'a mal à propos fait connoître à la mere.
Parlez; n'est-il pas vray?

VALERE.

D'accord, mon cher neveu,
Mais je répareray ma faute.

LE CHEVALIER.

Eh, ventrebleu;
C'est un étrange cas. Faut-il que la jeunesse
Apprenne maintenant à vivre à la vieillesse;
Et qu'on trouve des gens avec des cheveux gris,
Plus étourdis cent fois que nos jeunes Marquis?
Je n'y connois plus rien, dans le siecle où nous sommes;
Il faut fuir dans les bois, & renoncer aux hommes.

VALERE.

Je veux vous marier, & votre sœur aussi.

LE CHEVALIER.

Ma sœur? vous vous mocquez.

VALERE.

Pourquoy donc ce soucy?

LE CHEVALIER.

Quelle injustice! ô Ciel! On me vole, on me pille.
Cela n'est point dans l'ordre, & l'on sçait qu'une fille,
Pour enrichir un frere, en faire un gros Seigneur,
Doit renoncer au monde.

CLARICE.

On connoit ton bon cœur,

L v

Et je fçay qui t'oblige à parler de la forte;
C'eſt l'amour de mon bien.

**LE CHEVALIER.**

Ouy, le Diable m'emporte.

**VALERE.**

Je prétens luy donner cinquante mille écus,
Vous reſervant à vous de mon bien le ſurplus,
Et je veux aujourd'huy terminer cette affaire.

# SCENE III.

## LE CHEVALIER, CLARICE.

### LE CHEVALIER.

V Eux-tu que ſur ce point je m'explique en bon
    frere ?
Tu fçais bien qu'entre nous, nous parlons aſſez net,
Un hymen quel qu'il ſoit n'eſt point du tout ton fait.
Te voilà faite au tour, nul ſoin ne te travaille,
Et le premier enfant te gâteroit la taille.
Crois-moy, le mariage eſt un triſte métier.

**CLARICE.**

Mon frere, cependant tu veux te marier.

**LE CHEVALIER.**

Le devoir d'une femme engage à mille choſes;
On trouve mainte épine où l'on cherchoit des roſes,
Le plaiſir de l'himen eſt terreſtre & groſſier.

**CLARICE.**

Mon frere, cependant tu veux te marier.

**LE CHEVALIER**

Parlons à cœur ouvert, & confeſſons la dette,
Je ſuis un peu coquet, tu n'es pas mal coquette,
Notre mere l'étoit, dit-on, en ſon vivant,

Nous chaſſons tous de race, & le mal n'eſt pas grand:
Si quelqu'amant venoit fraper ta fantaiſie,
Tu pourois avec luy faire quelque folie.

### CLARICE.

Mon frere, cependant . . . .

### LE CHEVALIER.

Tu vas te récrier
Mon frere, cependant tu veux te marier.
Quel diable? tu répons toujours la même proſe.

### CLARICE.

Mais tu me dis auſſi toujours la même choſe.

# SCENE IV.

## LE CHEVALIER, CLARICE, LISETTE.

### LISETTE.

Bon jour, Monſieur, depuis votre maudit jargon,
La Madame Grognac eſt pire qu'un dragon,
Et je viens vous chercher icy pour vous apprendre
Qu'elle veut dés ce ſoir finir avec Leandre.
Elle m'a commandé de luy faire venir
Un Notaire.

### LE CHEVALIER.

Bon, bon! il faut la prévenir.

### LISETTE.

Ah! vous voilà, Madame! Hé, dites-moy de grace,
Au cabinet encor venez-vous prendre place?
Quelque nouvel amant, en dépit des jaloux,
Vous donne-t'il icy quelque autre rendez-vous?

L vj

LE CHEVALIER.

Comment, un rendez-vous ? que dis-tu ? prens bien
　　garde,
C'eſt ma ſœur.

LISETTE.

Vôtre ſœur ! peſte ! quelle égrillarde ?

CLARICE.

Pour faire une répoñe aux termes d'un billet,
Leandre a bien voulu m'ouvrir ſon cabinet ;
Où j'ai trouvé d'abord Iſabelle enfermée.

LE CHEVALIER.

Iſabelle.

CLARICE.

Et Liſette.

LE CHEVALIER.

　　　　Ah, petite ruſée !
Avant le mariage on me fait de ces tours ?
L'augure eſt vrayment bon pour nos futurs amours !

LISETTE.

Icy mal à propos votre eſprit ſe gendarme,
Le mal eſt donc bien grand pour faire un tel vacarme ;
Ne vous ſouvient-il plus du Maître Italien,
Et de cette courante à contrecœur ?

LE CHEVALIER.

　　　　　　Hé bien ?

LISETTE.

Hé bien ! pour éviter le retour de la Dame
Qui peſtoit contre nous, & juroit dans ſon ame,
Nous avons fait retraite au cabinet ſans bruit,
Clarice eſt arrivée en ce même reduit
Pour écrire une lettre, & voilà le miſtere.

LE CHEVALIER.

L'une écrit une lettre, & l'autre fuit ſa mere,
Et toutes deux d'abord s'en vont chez un garçon:
C'eſt prendre ſon party, l'aſile eſt vrayment bon.

CLARICE.

Liſette, tu remets le calme dans mon ame,

Mon soupçon se dissipe, & fait place à ma flâme :
Peut-être à tes discours j'ajoute trop de foy,
Mais Leandre aujourd'huy triomphe encor de moy.

LE CHEVALIER *l'arrêtant.*

Ecoute donc, ma sœur.

CLARICE.

Que me veux-tu, mon frere ?

LE CHEVALIER.

Mets-toi dans un Couvent, tu ne sçaurois mieux faire.

CLARICE.

Je prens comme je dois tes conseils là dessus,
Mais l'avis ne vaut pas cinquante mille écus.

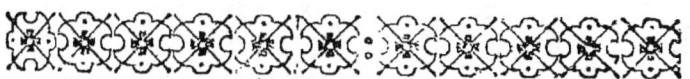

# SCENE V.

## LE CHEVALIER, LISETTE.

### LE CHEVALIER.

VOilà ce que me vaut ta legere cervelle.
Le maudit instrument qu'une langue femelle !
De ses soupçons jaloux pourquoy la gueris-tu ?

LISETTE

Comment ? de ma Maitresse effleurer la vertu !
J'entens venir quelqu'un, adieu, je me retire.

## SCENE VI.

### LEANDRE, LE CHEVALIER, CARLIN.

#### LE CHEVALIER.

C'Eſt Leandre ; tant mieux, j'ay deux mots à luy
    dire.
Un ſort heureux, Monſieur, vous preſente à mes yeux.

#### LEANDRE.

Peut-être elle pourra reve nir en ces lieux.

#### LE CHEVALIER.

Je ſçay que vous voulez devenir mon beau-frere,
C'eſt fort bien fait à vous ; ma ſœur a de quoy plaire ;
Elle eſt riche en vertus ; pour en argent comptant,
Je crois ſans la flater, quelle ne l'eſt pas tant.
Quand mon pere mourut, il nous laiſſa, pour vivre,
Ses dettes à payer, & ſa maniere à ſuivre ;
C'eſt, comme vous voyez, peu de bien que cela.

#### LEANDRE.

Et n'avez-vous jamais eu que ce pere là ?

#### LE CHEVALIER *rit.*

Comment ?

#### LEANDRE.

Que cette ſœur, Monſieur, j'ay voulu dire.

#### CARLIN.

L'erreur eſt pardonnable, il ne faut point tant rire.

#### LE CHEVALIER.

Je ſçay votre naiſſance & votre probité,
Et je ſuis fort content de vous par ce côté.

Vous n'avez qu'un deffaut , qui par tout vous décele ,
Dans le fond cependant , c'est une bagatelle ;
Mais je serois content de vous en voir défait.
Vous êtes accusé d'estre un peu trop distrait ,
Et tout le monde dit que cette létargie
Fait insulte au bon sens , & vise à la folie.

### LEANDRE.

Chacun ne peut pas être aussi sage que vous.
Tout les hommes , Monsieur , sont differemment fous,
Chacun à sa folie , & j'ay grace à vous rendre
De ne trouver en moy qu'un deffaut à reprendre.

### LE CHEVALIER.

Ce que je vous en dis n'est que par amitié ,
Et je vous trouve moy trop sage de moitié.
On ne m'entend jamais censurer ny médire ,
Et je ne dis icy que ce que j'entens dire.

### LEANDRE.

On parle volontiers ; mais un homme d'esprit
Doit donner rarement creance à ce qu'on dit.
De loüange & d'encens les hommes sont avares.
Ils font rarement grace aux vertus les plus rares ,
Au lieu qu'avec plaisir , d'une langue sans frein,
De leurs traits médisans ils chargent le prochain.
Je suis toujours en garde , & n'ay pas voulu croire
Cent bruits semez de vous fâcheux à votre gloire.

### LE CHEVALIER.

Que peut-on , s'il vous plaist , Monsieur , dire de moy?
On n'insultera pas ma naissance , je croy.

### LEANDRE.

Non.

### LE CHEVALIER.

Nul dans l'Univers ne peut dire , je gage ,
Que dans l'occasion je manque de courage.

### LEANDRE.

Non.

LE CHEVALIER.

Peut-on m'accuſer d'eſtre fourbe, flateur,
Fat, inſolent, ingrat, ſuffiſant, impoſteur.

LEANDRE.

*( Il prend ſa tabatiere, la renverſe : prend ſes gants*
*pour ſon mouchoir. )*

Non, vous dis-je, Monſieur, & je ne vois perſonne
Qui de ces vices-là ſeulement vous ſoupçonne :
Mais on ne me dit pas de vous autant de bien
Que je ſouhaiterois. On dit, je n'en crois rien,
Qu'en diſcours vous prenez un peu trop de licence ;
Qu'on ne peut ſe ſouſtraire à votre médiſance ;
Que vous parlez toujours avant que de penſer ;
Que tout votre mérite eſt de chanter, danſer ;
Que pour vous faire croire homme à bonne fortune,
Vous paſſez en hyver les nuits au clair de lune,
A ſouffler dans vos doigts, & prendre vos ébats
Sous la porte d'Iris qui ne vous connoît pas.
Que ſouvent vous prenez trop de vin de Champagne,
Et qu'il faut que toujours quelqu'un vous accompagne,
Pour pouvoir vous montrer votre chemin la nuit,
Et même quelquefois vous reporter au lit.
Enfin que ſçais-je moy, l'on charge ma mémoire
De cent mauvais récits que je ne veux pas croire ;
Et tout homme prudent doit ſe garder toujours
De donner trop crédit à de mauvais diſcours.

LE CHEVALIER.

Adieu, Carlin, adieu.

CARLIN.

Monſieur de la muſique,
Redites-nous encor ce petit air bachique.

# SCENE VII.

## LEANDRE, CARLIN.

### CARLIN.

VOus avez fort bien fait de luy river son clou,
C'est bien à faire à luy de vous appeller fou !
Et vous deviez encor luy mieux laver la tête.

### LEANDRE.

J'ay bien un autre soin qui m'occupe & m'arrête.
Tu t'imagines bien que Clarice en courroux
Se livre toute entiere à ses transports jaloux,
Et m'accable des noms d'ingrat & d'infidelle ;
D'une autre part aussi que peut dire Isabelle ?

### CARLIN.

Vous avez tort. Faut-il que chaque instant du jour,
Votre distraction nous fasse quelque tour ?
Vous avez de l'esprit & de la politesse,
Vous raisonnez par fois comme un sage de Grece,
Et d'autres fois aussi vos faits & vos raisons
Vous font croire échapé des Petites-maisons.

### LEANDRE.

Mais sçais-tu bien, maraut, qu'avec ta remontrance,
Tu te feras chasser ?

### CARLIN.

                    Monsieur, en conscience,
Je ne veux point du tout icy vous corriger.

### LEANDRE.

Ma maniere est fort bonne, & n'en veux point changer ;
Je ne ressemble point aux hommes de notre âge,
Qui masquent en tout temps leurs cœurs à leur visage ;

Mon deffaut prétendu, mon peu d'attention
Fait la sincerité de mon intention.

Je ne prépare point avec effronterie,
Dans le fond de mon cœur d'indigne menterie;
Je dis ce que je pense, & sans déguisement;
Je suis sans refléchir mon premier mouvement;
Un esprit naturel me conduit & m'anime,
Je suis un peu distrait, mais ce n'est pas un crime.

### CARLIN.

Ce n'est pas un grand mal. Pour être bel esprit,
Il faut avec mépris écouter ce qu'on dit,
Rêver dans un fauteüil, répondre en coq-à-l'ânes,
Et voir tous les mortels ainsi que des prophanes.
Au suprême degré vous avez ce deffaut,
Et bien d'autres encor.

### LEANDRE.

( *Pendant ce couplet il ôte la cravate à son valet par distraction.* )

Te tairas-tu, maraut...
Un cerveau foible, étroit, qui ne tient qu'une chose,
Peut répondre en tout temps à ce qu'on luy propose;
Mais celuy qui comprend toujours plus d'un objet,
Peut bien être excusé s'il est un peu distrait.

### CARLIN *remet sa cravatte.*

Je vous excuse aussi ; mais permettez de grace
Que je remette icy chaque chose en sa place,
Il n'est pas encor temps que je m'aille coucher.

### LEANDRE *déboutonne son valet.*

C'est le moindre deffaut qu'on puisse reprocher.
Est-il juste après tout que l'on s'assujettisse
A répondre à cent sots selon leur sot caprice ?
Ce qu'on pense vaut mieux cent fois que leur discours.
J'irois de ma pensée interrompre le cours,
Pour un jeune étourdy qui me rompt les oreilles
De ses travaux fameux d'amour & de bouteilles ?
Pour un plaisant qui vient de son bruit m'enyvrer,

Qui croit me faire rire, & qui me fait pleurer ?
Pour un fastidieux, qui n'a pour l'ordinaire,
Ny le don de parler, ny l'esprit de se taire.

CARLIN *remettant son juste-au-corps.*

Mais voyez, je vous prie, quelle distraction!

LEANDRE.

Je crains pour mon amour quelque alteration.
La belle est en courroux ; toute mon innocence
Ne me rassure pas, & je crains sa presence.

CARLIN.

Je vous diray, Monsieur, pour sortir d'embarras,
Comme ordinairement j'en use en pareil cas.
Il faudroit qu'une lettre écrite d'un beau stile,
Pût vous rendre prés d'elle un accés plus facile.
Mandez-luy que tantôt ce que vous avez fait
N'est qu'un coup d'étourdy.

LEANDRE.

Je seray satisfait
Si la lettre a l'effet, Carlin, que tu l'esperes.

CARLIN.

Une lettre, Monsieur, remet bien des affaires ;
Et trois ou quatre mots en hâte barboüillez,
Font souvent embrasser des amans bien broüillez.

LEANDRE.

En cette occasion, Carlin, je te veux croire,
Va vîte me chercher la table & l'écritoire.

CARLIN.

Je vais, je cours, je vole, & je reviens à vous.

## SCENE VIII.

### LEANDRE *seul.*

JE veux la rassurer de ses soupçons jaloux,
　Dissiper son erreur : ouï, charmante Clarice,
Vous verrez que mon cœur dépouillé d'artifice,
Ne brûle que pour vous d'un veritable feu,
Et ma main sur le champ en va signer l'aveu.

## SCENE IX.

### CARLIN, LEANDRE.

#### CARLIN *luy presentant un livre.*

TEnez, Monsieur, voilà...
　　　　　　　LEANDRE.
　　　　　　　　Comment, es-tu donc yvre ?
Pour écrire un billet tu m'aportes un livre ?
　　　　　　　CARLIN.
Ah ! vous avez raison. On heurle avec les loups,
Et je seray bien-tôt aussi distrait que vous :
Votre absence d'esprit est une maladie
Qui se gagne aisément.
　　　　　　　LEANDRE.
　　　　　　　　Et tais-toy, je te prie,
Ne me fatigue point par tes mauvais discours.
Les valets sont fâcheux, & font tout à rebours.

CARLIN *apportant une table & une écritoire.*
Pour écrire, à ce coup, j'apporte toute chose.
LEANDRE *s'affit pour écrire.*
Donne-moy promptement.
CARLIN.
Voyons de votre profe.
Si pour vous d'Apollon les treforts font ouverts,
Vous pouvez même auffi vous efcrimer en vers,
En Sonnet, en Balade, en Ode, en Elegie,
Le fexe aime les vers.
LEANDRE.
*Il change plufieurs fois de plume qu'il trempe dans la
poudre pour le cornet.*
Quelque mauvais genie
Des plumes que je prens vient empêcher l'effet.
CARLIN.
Je le crois bien, Monfieur, car voilà le cornet,
Et dans le poudrier vous trempiez votre plume.
LEANDRE.
Tu peux avoir raifon, c'eft contre ta coutume.
CARLIN.
L'écriture eft un art bien utile aux amans:
Petits foins, rendez-vous, doux racommodemens,
Promeffe d'époufer, plainte, douceur, rupture,
Tout cela fe trafique avecque l'écriture.
Si le papier qui fert aux amoureux billets
Coûtoit comme celuy qu'on employe au Palais,
Cette ferme en un an produiroit plus de rente,
Que le papier timbré ne peut rendre en quarante.
LEANDRE *renverfe fur fa lettre le cornet pour la
poudre.*
Ma lettre eft achevée...
CARLIN.
Ah! perdez-vous l'efprit?
Vous verfez à grands flots l'encre fur votre ecrit.
Quelle eft donc, s'il vous plaît, cette façon de peindre?
LEANDRE.
De mon efprit trop prompt, c'eft à moy de me plain-
dre.

CARLIN *montrant la lettre.*

Le bel écrit, ma foy, pour un traité de paix!
On croira qu'un demon en a formé les traits.
Les Experts Ecrivains s'y donneront au diable,
Je tiens dés à prefent la lettre indéchiffrable.

LEANDRE *se remet à écrire.*

Il faut recommencer, le mal n'eft pas bien grand,
Je ne plains point, Carlin, la peine que je prens.

CARLIN.

C'eft tres-bien fait, mais moy, je plains fort Ifabelle.

LEANDRE.

Ifabelle?

CARLIN.

Ouy, Monfieur.

LEANDRE *écrivant.*

Ne me parle point d'elle.

CARLIN.

Soit. Quand d'une cruelle on veut toucher le cœur,
C'eft un ftyle éloquent qu'un billet au porteur,
Qui vaut mieux qu'un difcours remply de fariboles.
Si vous vous en ferviez . . .

LEANDRE.

Fais trêve à tes paroles.

CARLIN.

Quand une belle voit, comme par fupplément,
Quatre doigts de papier plié bien proprement
Hors du corps de la lettre, & qu'avant fa lecture,
Car c'eft toujours par là que l'on fait l'ouverture,
On voit du coin de l'œil fur ce petit papier:
Monfieur, par la prefente il vous plaira payer
Deux mille écus comptant auffi-tôt lettre veuë
A Damoifelle en blanc, d'elle valeur reçuë,
Et Dieu fçait la valeur. Un difcours auffi rond
Fait taire l'éloquence & l'art de Ciceron.

LEANDRE *écrivant.*

Cela peut être vray pour de ferviles ames
Qui trafiquent d'un cœur.

CARLIN.

Aujourd'huy bien des femmes
Se mêlent du traficq.

LEANDRE.

J'ay finy, je n'ay plus
Qu'à cacheter ma lettre, & mettre le dessus.

CARLIN.

Le Ciel en soit loué, me voilà hors de crise.
Je tremblois de vous voir faire quelque méprise ;
Vous avez plus d'esprit que je ne l'eusse crû,
Et j'attendois encore un trait de votre crû.

LEANDRE.

Tu deviens insolent.

CARLIN.

Ce n'est que par tendresse.

LEANDRE.

Tien, porte de ce pas la lettre à son adresse.
De ton zele empressé j'attens tout dans ce jour,
Et me remets sur toy du soin de mon amour.

CARLIN.

Pour vous servir plus vîte en cette conjoncture,
Je m'en vais emprunter les aîles de Mercure.

# SCENE X.

## CARLIN seul.

ALlons nous acquiter de notre honneste employ,
Remettons deux amans.., mais qu'est-ce que je
voy ?
Pour Isabelle. O Diable ? aurois-je la berluë ?
Quelque nuage épais m'obscurcit-il la veuë ?
Mais non, j'ay grace au Ciel, encore deux bons yeux.

Monfieur, Monfieur ? Il eft déja loin de ces lieux.
Il me femble pourtant que felon tout indice,
Le billet que je tiens doit aller à Clarice ;
Mais le nom d'Ifabelle eft peint fur ce papier.
Ne me jouëroit-il point un tour de fon métier ?
Il fe peut faire auffi qu'il inftruife Ifabelle
De l'état de fon cœur, & qu'il rompe avec elle ;
Luy donne en peu de mots fon congé écrit ;
Ouy, voilà ce que c'eft, & le cœur me le dit.
Ah, qu'un Maître eft heureux quand un valet habile
A la conception & legere & facile !
Il peut fe fourvoyer fans rien apprehender,
Et de tels ferviteurs font nez pour commander.

*Fin du quatrième Acte.*

ACTE

# ACTE V

## SCENE PREMIERE.

### ISABELLE, LISETTE, CARLIN.

ISABELLE *tenant une lettre ouverte.*

ROIT-IL que de mon cœur je sois
    embaraſſée,
Et que de l'engager on ait eu la penſée ?
      CARLIN
Je ne dis pas cela.

      LISETTE.

           Dans ſon petit cerveau
Penſe-t-il que l'on ſoit bien tenté de ſa peau,
Et de la tienne auſſi ?
      CARLIN.
      Je ne l'ay pas trop rude.

      ISABELLE.

Pour m'outrager encor il a mis tant d'étude
A m'offrir un billet pour Clarice dicté.
      CARLIN *à part.*
Le traître a fait le coup, je m'en ſuis bien douté.

      ISABELLE.
Mon party ſur ce point eſt fort facile à prendre.
             M

CARLIN.

Madame écoutez-moy.

ISABELLE.

Je ne veux rien entendre.

CARLIN.

Mais de grace un seul mot.

LISETTE.

Sors d'icy, malheureux,
Va-t'en porter ailleurs ton cartel amoureux.

CARLIN.

On ne traita jamais un courier de la sorte.

LISETTE.

Détallons.

CARLIN.

Vous sçaurez . .

LISETTE.

Gagneras-tu la porte ?

CARLIN.

Mais tu pers le respect, je suis Ambassadeur.

LISETTE.

Sortiras-tu d'icy, postillon de malheur ?
Il est enfin party malgré son éloquence ;
Mais d'un autre côté le Chevalier s'avance.

# SCENE II.

## LE CHEVALIER, ISABELLE, LISETTE.

### LE CHEVALIER.

HE' bien, la mere encor fait-elle le lutin ?
Pourrons-nous nous soustraire à son brusque
chagrin ?

### ISABELLE.

Vous fçavez fon humeur. Ah jufte Ciel! je tremble;
Elle peut revenir & nous trouver enfemble.

### LE CHEVALIER.

Que ce foin ne vous faffe aucune impreffion,
Je vous prens en ces lieux fous ma protection.
N'êtes-vous pas ma femme? & pour hâter les chofes,
J'ay dreffé le contract moy-même avec les claufes,
Dont mon Oncle eft porteur.

### LISETTE.

Tout eft bien avancé,
Puifque déja par vous le contract eft dreffé;
Et l'aveu de la mere eft une bagatelle.

### ISABELLE.

Nous aurons de la peine à venir à bout d'elle.

### LE CHEVALIER.

Avant d'accorder tout à mon jufte tranfport,
Je veux fur fon efprit faire un dernier effort;
Me jetter à fes pieds, luy dire mes allarmes,
Crier, gémir, pleurer, car j'ay le don des larmes.
Lifette m'appuyera; malgré fon air chagrin,
Nous la flarerons tant, qu'il faudra bien enfin
Qu'elle me céde un bien dont mon amour eft digne.

### LISETTE.

Bon, bon! plus on la flate, & plus elle égratigne;
C'eft un efprit rétif, & qu'on ne réduit pas.
Mais je vois votre fœur tourner icy fes pas.

# SCENE III.

## LE CHEVALIER, CLARICE, ISABELLE, LISETTE.

### LE CHEVALIER.

HE' bien, ma chere sœur, quel soin icy t'amene ?
Et quelle intention est maintenant la tienne ?
As-tu pris ton party ?

### CLARICE.

J'espere qu'à la fin
Mon Oncle avec Leandre unira mon destin.

### ISABELLE.

Tant mieux : mais puisqu'enfin vous épousez Leandre
L'amitié, la raison m'obligent à vous rendre
Un billet amoureux qu'il m'écrit ; le voicy.

### CLARICE.

De Leandre ?

### ISABELLE.

De luy.

### LE CHEVALIER.

Quel rôle fais-je icy ?
Un Rival odieux auroit pû vous écrire ?

### ISABELLE.

De ce qui s'est passé je sçauray vous instruire,
Suivez-moy seulement, & demeurez en paix.
Tenez, voilà la lettre, & le cas que j'en fais.
Adieu.

### LE CHEVALIER.

Bon soir, ma sœur. Il faut aller, Madame,
Faire un dernier effort pour couronner ma flâme.

# SCENE IV.

## CLARICE *seule.*

L'Ai-je bien entendu ? dois-je en croire mes yeux ?
Mais je puis fur le champ m'éclaircir encor mieux !
Lifons : *Pour Ifabelle.* O Ciel, je fuis trahie !
Je vois, je tiens, je fens toute fa perfidie ?
Mais je vois fon valet. Approche, monftre affreux,
Miniftre impertinent d'un Maître malheureux :
A qui va cette lettre : eft-ce pour Ifabelle ?

# SCENE V.

## CARLIN, CLARICE,

### CARLIN.

M Adame, c'eft pour elle, & ce n'eft pas pour
elle.

### CLARICE.

Avec ces vains détours penfes-tu me tromper ?
Voyons. Demeure là, ne crois pas m'échaper.

*Elle lit.*

*Je fuis au defefpoir, Mademoifelle, que l'avanture
du cabinet vous ait donné quelque foupçon de ma fidelité.*

Vien-ça, maraut, répond, parle.

*Elle le prend par la cravatte.*

M iij

CARLIN.

                Misericorde.
Cette lettre est pour nous la pomme de discorde.
Ouf, hay ! Je n'en puis plus, vous serrez le siflet.
Mais du moins jusqu'au bout lisez donc le billet.

CLARICE

Que ie lise, maraut : que veux-tu qu'il m'aprenne ?
De ses déloyautez ne suis-je pas certaine ?

CARLIN.

Si mon Maître est ingrat, puis-je mais de cela ?
Mais il vient, vous pouvez l'étrangler : le voilà.

# SCENE VI.

## LEANDRE, CLARICE, CARLIN.

CLARICE.

J'Ay peine en le voyant à tenir ma colere.

CARLIN.

Ne parlons pas trop haut de peur de le distraire.

CLARICE.

Vous voilà donc, Monsieur ? cherchez-vous en ces
    lieux
Que ma Rivale encor se presente à mes yeux ?

LEANDRE.

Ah, Madame, à propos avez-vous lû ma lettre ?

CLARICE.

Ouy, traître, ma Rivale a sçu me la remettre,
Je la tiens d'Isabelle, & le cas qu'elle en fait
Peut me vanger assez de ton lâche forfait.

LEANDRE.

Un autre que Carlin en vos mains l'a remise ?
Le maraut ! je sçauray châtier sa méprise ;
Je le roûray de coups ; le coquin tous les jours

Lasse ma patience, & me fait de ces tours.
Je le vois. Vien-ça, traître; aux dépens de ta vie
Je veux tirer raison de cette perfidie.
Tu mourras de ma main.

### CARLIN.

Ah, Monsieur, doucement.
Grace, je n'ay point fait encor mon testament.
Non, je n'ay jamais vû de piéce d'écriture
Faire tant de procés.

### LEANDRE.

Parle sans imposture,
Qu'as-tu fait de ma lettre ? & quel affreux démon
Te pousse à me trahir d'une telle façon ?

### CARLIN.

Moy, Monsieur, vous trahir ! je vous sers avec zele,
Je l'ay mise avec soin dans les mains d'Isabelle.

### LEANDRE *tirant son épée.*

Et voilà pour ta mort l'arrest tout prononcé.

### CARLIN.

Quelle faute ay-je fait ?

### LEANDRE.

Quelle faute, insensé !

### CARLIN.

Ouy, vous avez raison de vous faire justice.

### LEANDRE.

Ne t'avois-je pas dit de le rendre à Clarice ?

### CARLIN.

A Clarice, Monsieur ? je veux estre pendu
Si je me ressouviens de l'avoir entendu.

### LEANDRE.

Mais le dessus écrit suffit pour te confondre.
A ce témoin muet que pourras-tu répondre ?
Pour luy faire sentir son peu de jugement,
De grace prestez-moy cette lettre un moment.

*Il prend la lettre.*

### CARLIN.

Bon ! c'est où je l'attens.

M iiij

LEANDRE.

Vien, tête sans cervelle,
Lis avec moy, bourreau, lis donc ... Pour Isabelle.

CARLIN.

Pouph ! Il faut l'avoüer, vous avez à mon gré
La presence d'esprit au suprême degré.
Ly donc, bourreau, ly donc.

LEANDRE.

Ah, de grace, Madame !
Pardonnez mon erreur en faveur de ma flâme,
Mon cœur n'a point de part au crime de ma main.

CLARICE.

Vous tâchez, inconstant, à me seduire en vain ;
Mais je ne reçois point un grossier artifice.

CARLIN.

Je répons pour mon Maître, il n'a point de malice,
Et s'il n'estoit point fou, je veux dire distrait,
Ce seroit, je vous jure, un garçon tout parfait.

LEANDRE.

Mais si vous avez lû le dedans de ma lettre,
De ces soupçons cruels elle a dû vous remettre.

CLARICE.

Ma curiosité m'en a fait lire assez,
Je n'en ay que trop lû.

CARLIN.

Mon Dieu, recommencez,
En changeant le dessus nous changeons bien la these.
Vous avez le bras bon, soit dit par parenthese.

CLARICE lit.

*Je suis au desespoir que l'avanture du cabinet vous ait pu donner quelque soupçon de ma fidelité. Votre Rivale ne servira qu'à rendre votre triomphe plus parfait. Monsieur, par la presente il vous plaira payer à Demoiselle en blanc, d'elle valeur reçuë, & Dieu sçait la valeur.*

CARLIN.

Fy donc, Madame, fy, vous mocquez-vous de moy !

Cela n'eſt point écrit.

### CLARICE.

Voy donc.

### CARLIN.

Ah, par ma foy,
Votre mépriſe icy me paroit fort étrange.
Qoy ! vos billets d'amour ſont des lettres de chan-
ge ?
Vous aurez bien-tôt fait votre paix à ce prix.

### LEANDRE.

C'eſt ce malheureux-là qui pendant que j'écris
M'embaraſſe l'eſprit de ſes impertinences.

### CARLIN.

J'ay diablement d'eſprit ! on écrit mes ſentences.

### CLARICE *continue de lire.*

*Ouy, belle Clarice, je n'adore que vous, & fais tous*
*mon bonheur de vous aimer le reſte de ma vie.*

### CARLIN.

Vous trouvez maintenant les termes plus coulans,
Et vous ne venez plus pour étrangler les gens.

### CLARICE.

Je reſpire ! Ah ! Carlin, c'eſt une joye extrême
De trouver innocent un coupable qu'on aime ;
Et que ſans nul effort on fait un prompt retour
Des mouvemens jaloux aux tranſports de l'amour

### LEANDRE.

A mes diſtractions faites grace, Madame,
Nul autre objet que vous ne regne dans mon ame.

### CARLIN.

C'eſt une verité ; le plaiſir qu'il reçoit
Fait qu'il ne vous croit pas où ſouvent il vous voit.
Voicy Monſieur votre oncle, à vos vœux tout conſpire.

# SCENE VII.

### VALERE, LEANDRE, CLARICE, CARLIN.

#### VALERE.

A Vec empreſſement, Monſieur, je viens vous dire
Que mon plaiſir ſeroit de pouvoir en ce jour
Au gré de vos ſouhaits contenter votre amour.

#### LEANDRE.
Je crois qu'à mes deſirs vous n'êtes point contraire.

#### VALERE.
Je donne volontiers les mains à cette affaire,
Mais il faut du dédit encor vous délier,
Et procurer de plus l'hymen du Chevalier.
Nous nous trouvons toujours dans une peine extrême.

#### CARLIN.
Il me vient dans l'eſprit un petit ſtratagême.
La vieille ne ſongeoit dans votre engagement,
Qu'au bien qu'on vous devoit laiſſer par teſtament?

#### LEANDRE.
Non ſans doute.

#### CARLIN.
　　　　　L'on peut dreſſer quelque machine,
Faire jouer ſous main quelque ſecrete mine...

#### VALERE.
J'ay déja dans ma poche un contract.

#### CARLIN.
　　　　　　　　Bon, tant mieux,
La mere ne ſçait point que je ſuis en ces lieux :
Elle ne m'a point vû ; je puis aiſément dire

Ce que pour vous servir mon adresse m'inspire.

**VALERE.**

Mais crois-tu ?....

**CARLIN.**

Laissez-moy , l'affaire est dans le sac.

**VALERE.**

J'entens venir quelqu'un , c'est Madame Grognac.

**CARLIN.**

Je vais tout preparer pour que la mine joüe ;
Et vous , ne manquez pas de pousser à la roüe.

# SCENE VIII.

## Mad. GROGNAC , LE CHEVALIER, LEANDRE, CLARICE, VALERE.

### LE CHEVALIER.

LE dessein en est pris , je ne vous quitte point
Que je ne sois enfin satisfait sur ce point.
Je prétens malgré vous devenir votre gendre :
Vous ne sçauriez mieux faire , & pour vous en deffen-
dre
Vous avez beau jurer , pester tempester.

**Mad. GROGNAC.**

Ouais !
Je vous trouve plaisant ! Au gré de mes souhaits
Je ne pourray donc pas disposer de ma fille ?
Je ne veux point, Monsieur, d'un fou dans ma famille.

**LE CHEVALIER.**

Là là... doucement.

**Mad. GROGNAC.**

Paix.

M vj

ISABELLE.

Ma mere.

Mad. GROGNAC

Taisez-vous.

LE CHEVALIER.

Un peu de naturel.

Mad. GROGNAC.

Non.

VALERE.

Calmez ce couroux.

Mad. GROGNAC.

Vous, calmez, s'il vous plaift, votre langue indif-
crette.

Ennuyeux harangueur. C'eft une affaire faite,
Monfieur fera mon gendre, & pour me délivrer
Des importunitez qui pourroient trop durer,
J'ay mandé tout exprés en ces lieux un Notaire.

LE CHEVALIER.

Moy, je m'infcris en faux contre ce qu'il peut faire.

Mad. GROGNAC.

Mais où fommes-nous donc ? Vous, Monfieur le
diftrait,
Vous êtes là debout planté comme un piquet.

VALERE.

Il ne répond point trop aux offres que vous faites.

Mad. GROGNAC.

Monfieur, gueriffez-vous des foucis où vous êtes :
Quand il ne voudroit point encor fe marier,
Je n'auray point recours à votre Chevalier,
Un fat dont la conduite eft toute impertinente.

VALERE à part.

Et qui luy fait danfer quelquefois la courante.

Mad. GROGNAC.

Un petit libertin qui doit de tous côtez,
Un étourdy fieffé.

LE CHEVALIER.

Paffons les qualitez,
Cela ne rendra pas le contract moins valide.

## SCENE DERNIERE.

VALERE, Mad. GROGNAC,
ISABELLE, CLARICE,
LE CHEVALIER, LEANDRE,
LISETTE, CARLIN *en Courier.*

### LISETTE.

P Lace, place au Courier qui vient à toute bride.
### CARLIN.
Ah, Monsieur, vous voilà ! quelle fatalité !
Votre oncle icy m'envoye . . . ouf : je suis éreinté,
Pour vous dire . . . attendez.
### CLARICE.
      Tu nous fais bien attendre.
### LEANDRE.
N'as-tu point de sa part quelque lettre à me rendre ?
### CARLIN.
Non, depuis qu'il est mort le deffunt n'écrit plus.
### LE CHEVALIER *riant.*
C'est Carlin.
### CARLIN.
    Ah, Monsieur, vos ris sont superflus,
De vos pleurs bien plutôt lâchez icy la bonde,
En aprenant le coup le plus fatal du monde,
Et qui fera trembler les pâles heritiers
Jusques dans l'avenir de nos neveux derniers.
### CLARICE.
Dis-nous donc si tu veux cette action si noire.
### CARLIN.
La volonté de l'homme est bien ambulatoire !
A grand peine au bon homme aviez-vous dit adieu,

Qu'il a fait appeller le Notaire du lieu,
Et n'écoutant alors qu'un aveugle caprice,
Bien informé d'ailleurs que vous aimiez Clarice,
Et que vous deveniez réfractaire à ses loix,
Refusant d'épouser celle dont il fit choix;
Sans avoir en mourant égard à ma priere,
Il a testamenté tout d'un autre maniere,
Et l'avare deffunt descendant au cercueil,
Ne vous a pas laissé de quoy porter le deüil.

### Mad. GROGNAC.

Ah , juste Ciel , qu'entens-je !

### CARLIN.

O cruelle disgrace !
Nous voila pour jamais reduits à la besace.

### Mad. GROGNAC.

Le deffunt a bien fait , & je l'en aplaudis,
Il devoit à mon sens encore faire pis.

### CARLIN.

Helas ! qu'auroit-il fait ?

### Mad. GROGNAC.

Ta plainte m'importune.
Vous , Monsieur , vous pouvez chercher ailleurs for-
tune,
Votre hymen à present ne me convient en rien;
Pour épouser ma fille il faut avoir du bien.

### VALERE.

Mon neveu ne craint point la disgrace cruelle
D'un pareil testament. S'il épouse Isabelle,
Je luy donne à present mon bien aprés ma mort :
En faveur de l'amour , faites vous cet effort.

### Mad. GROGNAC.

Il est bien étourdy.

### LE CHEVALIER.

Dans peu je me propose
De l'être encore plus ; si je vaux quelque chose,
C'est par là que e vaux , & par ma belle humeur.

### Mad. GROGNAC.

Euh ! j'ay cette courante encore sur le cœur.

### VALERE.

Signez donc ce papier . . . une plume, Lisette.

### LISETTE.

Voilà tout ce qu'il faut.

### Mad. GROGNAC *signant*.

C'est une affaire faite,

Je signeray pourvû que vous me promettiez
Qu'il deviendra plus sage , & que vous le signiez.

### VALERE.

D'accord. ( *à Leandre.* ) Vous, pour le prix d'une juste
tendresse ,
Soyez heureux , Monsieur , je vous donne ma niéce.

### Mad. GROGNAC.

Comment donc ? rêvez-vous , Monsieur ? êtes-vous
fou
De donner votre fille à qui n'a pas un sou ?

### VALERE.

Il ne faut pas icy plus long-temps vous séduire ,
Et vous me permettrez maintenant de vous dire
Que ce faux testament , Madame , n'est qu'un jeu
Inventé par Carlin pour tirer votre aveu.

### Mad. GROGNAC.

Parle.

### CARLIN.

Le dénoûment est bien prest à se faire.

### Mad GROGNAC.

Ne nous as-tu pas dit que l'Oncle en sa colere
A d'autres qu'à Leandre avoit laissé son bien?

### CARLIN.

Ma foy , je le croyois : mais puisqu'il n'en est rien ,
Le Ciel en soit loüé.

### Mad. GROGNAC.

Je suis assassinée !

### LISETTE.

Il ne faut point icy tant faire l'étonnée,
C'est vous qui nous montrez à choisir un mary,
Quand votre époux jadis grand Gruyer de Berry ,
Voulut vous enlever , vous le laissâtes faire ,

Votre fille eſt encor plus ſage que ſa mere.
### Mad. GROGNAC.
Coquine !

### ISABELLE.
Ecoutez-moy.
### Mad. GROGNAC.
Taiſez-vous, s'il vous plaiſt.
### LE CHEVALIER
J'ay, ſi vous la grondez, un menüet tout preſt.
### CARLIN.
Vous payrez le dédit, parbleu.
### VALERE.
De bonne grace,
Puiſque tout eſt ſigné, que la choſe ſe faſſe.
Pour aporter la paix & calmer votre eſprit,
Je m'oblige pour vous à payer le dédit,
Et je donne de plus cette ſomme à ma niéce.
### Mad. GROGNAC
Je ſuis au deſeſpoir ; c'eſt à moy qu'on s'adreſſe
Pour faire de ces tours ! Vous ſçaurez en un mot,
Que je ne donneray pas cela pour ſa dot.
Faſſe qui le voudra les frais du mariage,
Vous l'avez commencé finiſſez votre ouvrage,
Et je prétens de plus qu'en formant ces liens,
On les ſepare encore & de corps & de biens.
*Elle ſort.*
### VALERE.
Rentrons, & ſur le champ terminons cette affaire.
### LE CHEVALIER.
Allons, embraſſez-vous, vous ne ſçauriez mieux
faire.
Vous ſerez Belles-ſœurs ; mais ſur-tout gardez-vous,
De prendre à l'avenir le même rendez-vous.
### ISABELLE.
Lorſque j'en donneray, je ſeray plus ſécrete.
### CLARICE.
Une autre fois auſſi je ſeray plus diſcréte.

### L E A N D R E.

Toy, Carlin, à l'inftant prépare ce qu'il faut
Pour aller voir mon Oncle, & partir au plutôt.

### C A R L I N.

Laiffez votre Oncle en paix; Quel diantre de langage!
Vous devez cette nuit faire un autre voyage:
Vous n'y fongez donc plus ? vous êtes marié.

### L E A N D R E.

Tu m'en fais fouvenir, je l'avois oublié.

### C A R L I N.

Ah Ciel ! un jour de nôce oublier une femme !
Cette erreur me paroit un peu digne de blâme :
Pour le lendemain paffe, & j'en vois aujourd'huy
Qui voudroient bien pouvoir l'oublier comme luy.

### F I N.

# LE
# RETOUR
## IMPREVEU.

## *COMEDIE,*

R E P R E S E N T E' E  E N  1700.

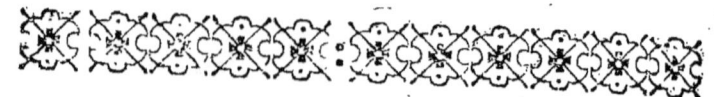

# *ACTEURS.*

CLITANDRE, Amant de Lucile.

LUCILE.

CYDALISE.

LE MARQUIS.

LISETTE.

Mad. BERTRAND, Tante de Lucile.

M. GERONTE, Pere de Clitandre.

MERLIN, Valet de Clitandre.

JAQUINET, Valet de M. Geronte.

M. ANDRE', Ufurier.

*Le Retour imprévû.*

# LE
# RETOUR
## IMPREVEU.
## *COMEDIE.*

## SCENE PREMIERE.

### Mad. BERTRAND, LISETTE.

#### Mad BERTRAND.

H ! vous voilà ! je suis fort aise de vous rencontrer ? parlons ensemble un peu serieusement, je vous prie, Mademoiselle Lisette.

#### LISETTE.

Aussi serieusement qu'il vous plaira, Mad. Bertrand.

#### Mad. BERTRAND.

Sçavez-vous bien que je suis fort mécontente de la conduite & des manieres de ma Niéce ?

LISETTE.

Comment donc, Madame? Que fait-elle de mal, s'il vous plaît?

Mad. BERTRAND.

Elle ne fait rien que de mal; & le pis que j'y trouve, c'eſt qu'elle garde auprés d'elle une coquine comme vous, qui ne luy donnez que de mauvais conſeils, & qui la pouſſez dans un précipice, où ſon penchant ne l'entraîne déja que trop.

LISETTE.

Voilà un diſcours tres-ſerieux au moins, Madame; & ſi je répondois auſſi ſerieuſement, la fin de la converſation pourroit bien faire rire: mais le reſpect que j'ay pour votre âge, & pour la Tante de ma Maîtreſſe, m'empêchera de vous répondre avec aigreur.

Mad. BERTRAND.

Vous avez bien de la moderation!

LISETTE.

Il ſeroit à ſouhaiter, Madame, que vous en euſſiez autant; vous ne ſeriez pas la premiere à ſcandaliſer votre Niéce, & à la décrier comme vous faites dans le monde, par des diſcours qui n'ont point d'autre fondement, que le déreglement de votre imagination.

Mad. BERTRAND.

Comment impudente? le déreglement de mon imagination! c'eſt le déreglement de vos actions qui me fait parler, & il n'y a rien de plus horrible que la vie que vous faites.

LISETTE.

Comment donc, Madame? quelle vie faiſons-nous, s'il vous plaît?

Mad. BERTRAND.

Quelle? Y-a-t'il rien de plus ſcandaleux que la dépenſe que Lucile fait tous les jours? une fille qui n'a pas un ſoû de revenu!

LISETTE.

Nous avons du credit, Madame.

Mad. BERTRAND.

C'eſt bien à elle, d'avoir ſeule une groſſe maiſon, des habits magnifiques !

LISETTE.

Eſt-il défendu de faire fortune ?

Mad. BERTRAND.

Et comment la fait-elle, cette fortune ?

LISETTE.

Fort innocemment : elle boit, mange, chante, rit, joüe, ſe promene ; les biens nous viennent en dormant, je vous en aſſûre.

Mad. BERTRAND.

Et la reputation ſe perd de même. Elle verra ce qu'il luy arrivera ; elle n'aura pas un ſoû de mon bien. Premierement, ma fille unique ne veut plus eſtre Religieuſe, je m'en vais la marier ; mon frere le Chanoine, qui luy en veut depuis long-temps, la desheritera ; car il eſt vindicatif. Patience, patience ; elle ne ſera pas toûjours jeune.

LISETTE.

Hé vrayment, c'eſt pour cela que nous ſongeons à profiter de la belle ſaiſon.

Mad. BERTRAND.

Ouy, fort bien ; & tout le profit qui vous en demeurera, c'eſt que vous mourrez toutes deux à l'Hôpital, & deshonnorées encore.

LISETTE.

Oh, pour cela, non, Madame ; un bon mariage va nous mettre à couvert de la prédiction.

Mad. BERTRAND.

Un bon mariage ! elle va ſe marier ?

LISETTE.

Ouy, Madame.

Mad. BERTRAND.

A la bonne heure, je ne m'en meſle point, je la renonce pour ma Niéce ; & je ne prétens pas aider à tromper perſonne ; adieu.

#### LISETTE.

Nous ferons bien nos affaires fans vous, ne vous mettez pas en peine.

#### Mad. BERTRAND.

Je croy que ce fera quelque belle alliance !

#### LISETTE.

Ce fera un mariage dans toutes les formes ; & quand il fera fait, vous ferez trop heureufe de nous faire la cour, & d'eftre la Tante de votre Niéce.

## SCENE II.

## MERLIN, LISETTE.

#### MERLIN.

BOn jour, ma chere enfant ; qui eft cette vieille Madame, avec qui tu eftois en converfation ?

#### LISETTE.

Quoy? tu ne connois pas Madame Bertrand, la Tante de ma Maîtreffe ?

#### MERLIN.

Si fait vrayment, je ne connois autre ; je ne l'avois pas bien envifagée.

#### LISETTE.

C'eft une femme fort à fon aife, qui a de bonnes rentes fur la Ville, des maifons à Paris; Lucile eft fort bien apparentée, au moins.

#### MERLIN.

Ouy, mais elle n'en eft pas plus riche.

#### LISETTE.

Il ne faut defefperer de rien ; cela peut venir : s'il luy mourroit trois Oncles, deux Tantes, trois couples de Coufins germains, deux paires de Neveux, & autant de Niéces, elle fe trouveroit une groffe héritiere.

MERLIN

**MERLIN.**

Comment diable ! mais fçais-tu bien qu'en temps de pefte, cette fille-là pourroit devenir un tres gros party ?

**LISETTE.**

Le party n'eft pas mauvais dés à prefent; & la beauté....

**MERLIN.**

Tu as raifon, fa beauté luy tient lieu de tout, & mon Maître eft abfolument déterminé à l'époufer.

**LISETTE.**

Et elle, abfolument déterminée à époufer ton Maître.

**MERLIN.**

Il y aura peut-eftre quelque tribulation à effuyer au retour de notre bon homme de Pere ; mais il ne reviendra pas fi-tôt, nous aurons le temps de nous préparer, & mon Maître ne fera pas malheureux, s'il n'a que ce chagrin-là de fon mariage.

**LISETTE.**

Comment donc ? que veux-tu dire ?

**MERLIN.**

Le mariage eft fujet à de grandes revolutions.

**LISETTE.**

Ah, ah ! tu es encore un plaifant vifage, de croire que Clitandre puiffe jamais fe repentir d'avoir époufé Lucile, une fille que j'ay élevée !

**MERLIN.**

Tant pis.

**LISETTE.**

Une fille belle, jeune, & bien faite.

**MERLIN.**

Il n'y a pas là de quoy fe raffurer.

**LISETTE.**

Une fille aifée à vivre.

**MERLIN.**

La plûpart des filles ne le font que trop.

**LISETTE.**

Une fille fage & vertueufe.

N

MERLIN.

Et c'eft toy qui l'as élevée ?

LISETTE.

Parle donc, maraut, que veux-tu dire ?

MERLIN.

Tien, veux-tu que je te parle franchement ? cette alliance ne me plaît point du tout, & je ne prévoy pas que nous y trouvions notre cômpte ny l'un ny l'autre. Clitandre fait de la dépenfe, parce qu'il eſt amoureux, l'amour rend liberal, le mariage corrige l'amour; ſi mon Maître devenoit avare, où en ſerions-nous ?

LISETTE.

Il eſt d'un naturel trop prodigue, pour devenir jamais trop œconome. A-t'il donné de bons ordres pour le regal d'aujourd'huy ?

MERLIN.

Je t'en répons : trois garçons dela Guerbois viennent d'arriver avec tout leur attrail de cuiſine ; Camel le fameux Camel, marchoit à leur tête ; l'illuftre Forel a envoyé ſix douzaines de bouteilles de vin de Champagne; comme il n'y en a point, il l'a fait luy-même.

LISETTE.

Tant mieux, j'aime la bonne chere : mais voicy ton Maiſtre.

---

# SCENE III.

## CLITANDRE, MERLIN, LISETTE.

### CLITANDRE.

HE' bon jour, ma chere Liſette, comment te portes-tu, mon enfant? que fait ta belle Maîtreſſe?

LISETTE.

Elle eſt chez elle avec Cydaliſe.

### CLITANDRE.

Va, cours, ma chere Lisette, la prier de se rendre au plûtôt icy ; je n'ay d'heureux momens que ceux que je passe avec elle.

### LISETTE.

Que vous êtes bien faits l'un pour l'autre ! Elle s'en-nuye à la mort, quand elle ne vous voit point ; elle ne tardera pas, je vous en répons.

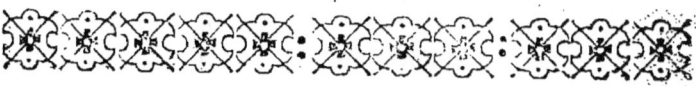

# SCENE IV.

## CLITANDRE, MERLIN.

### MERLIN.

HE' bien, Monsieur, vous allez donc épouser ? Vous voicy, grace au Ciel, bien-tost à la con-clusion de votre amour, & à la fin de votre argent. C'est vrayment bien fait, de terminer ainsi toutes ses affaires ? Mais s'il vous plaist, qu'allons-nous faire en attendant le retour de Monsieur votre Pere, qui est en Espagne depuis un an pour les affaires de son commer-ce : & que ferons-nous, quand il sera revenu ?

### CLITANDRE.

Que tu es impertinent avec tes reflexions ! Hé, mon amy, joüissons du present, n'ayons point de regret au passé, & ne lisons point des choses fâcheuses dans l'avenir ; n'as-tu pas reçû de l'argent pour moy ces jours passez ?

### MERLIN.

Il n'y a que trois semaines que j'ay touché une de-mie année d'avance de ce Fermier, à qui vous avez donné quittance de l'année entiere.

### CLITANDRE.

Bon.

## MERLIN.

J'ay reçeu l'autre femaine dix-huit cens livres de ce Curieux, pour ces deux grands tableaux dont votre Pere avoit refufé deux mille écus quelque tems avant que de partir.

## CLITANDRE.

Bon.

## MERLIN.

Bon. J'ay encore eu deux cens loüis d'or de ce Fripier pour cette tapiſſerie que Monſieur votre Pere avoit achetée, il y a deux ans, cinq mille francs à un inventaire.

## CLITANDRE.

Bon.

## MERLIN.

Oüy, oüy, nous avons fait de bons marchez pendant fon abſence, n'eſt ce pas?

## CLITANDRE.

Voila un petit rafraîchiſſement qui nous menera quelque temps, & nous travaillerons enfuite fur nouveaux frais.

## MERLIN.

Travaillez-y donc vous meſme; car pour moy je fais confcience d'eſtre l'inſtrument & la cheville ouvriere de votre ruine; c'eſt par mes foins que vous avez trouvé le moyen de diſſiper plus de dix mil écus, fans compter douze ou quinze mille francs que vous devez encore à pluſieurs quidams, Uſuriers ou Notaires ( c'eſt preſque la même chofe ) qui nous vont tomber fur le corps au premier jour.

## CLITANDRE.

Celuy qui m'embaraſſe le plus, c'eſt ce perfecutant Monſieur André; & fi, je ne luy dois que trois mille cinq cens livres.

## MERLIN.

Il ne vous a preſté que cela, maïs vous avez fait le billet de deux mille écus. Il a depuis quatre jours obtenu contre vous une Sentence des Confuls; & il ne seroit pas plaisant, que le jour de la nôce il vous fist coucher au Châtelet.

### CLITANDRE.

Nous trouverons des expedients pour nous parer de cet inconvenient.

### MERLIN.

Hé, quel expedient trouver ? Nous avons fait argent de tout ; les revenus sont touchez d'avance ; la maison de la Ville est démeublée à faire pitié ; nous avons abbatu les bois de la maison de Campagne, sous pretexte d'avoir de la veuë : pour moy, je vous avouë que je suis à bout.

### CLITANDRE.

Si mon Pere peut estre encore cinq ou six mois sans revenir, j'auray tout le temps de réparer par mon œconomie les premiers desordres de ma jeunesse.

### MERLIN.

Assurément ; & Monsieur votre Pere, de son costé, ne travaille-t'il pas à reboucher tous ces trous-là ?

### CLITANDRE.

Sans doute.

### MERLIN.

Il vaut mieux que vous fassiez toutes ces sottises-là de son vivant qu'aprés sa mort ; il ne seroit plus en état d'y remedier.

### CLITANDRE.

Tu as raison, Merlin.

### MERLIN.

Allez, Monsieur, vous n'avez pas tant de tort qu'on diroit bien ; Monsieur votre Pere fera un gros profit pendant son voyage, vous aurez fait une grosse dépense pendant son absence : quand il reviendra, de quoy aura-t'il à se plaindre ? ce sera comme s'il n'avoit bougé de chez luy ; & au pis aller, ce sera luy qui aura eu tort de voyager.

### CLITANDRE.

Que tu parles aujourd'huy de bon sens, mon pauvre Merlin !

N iij

#### MERLIN.

Entre nous, ce n'eſt pas un grand genie que Monſieur votre Pere; je l'ay mené autrefois par le nez, comme vous ſçavez; je luy fais accroire ce que je veux, & quand il reviendroit preſentement, je me ſens encore aſſez de vigueur pour vous tirer des affaires les plus épineuſes. Allons, Monſieur, grand'chere & bon feu, le courage me revient, combien ſerez-vous à table aujourd'huy ?

#### CLITANDRE.

Cinq ou ſix.

#### MERLIN.

Et votre bon amy le Marquis, ſoy diſant tel, qui vous aide à manger ſi genereuſement votre bien, & qui n'eſt qu'un fat au bout du compte, y ſera-t'il ?

#### CLITANDRE.

Il me l'a promis : mais voicy la charmante Lucile, & ſa Couſine.

# SCENE V.

## LUCILE, CYDALISE, CLITANDRE, MERLIN, LISETTE.

#### LUCILE.

LEs démarches que vous me faites faire, Clitandre, ne peuvent eſtre juſtifiées que par le ſuccés qu'elles vont avoir; & je ſerois entierement perduë dans le monde, ſi le mariage ne mettoit fin à toutes les parties de plaiſir, où je me laiſſe engager tous les jours.

#### CLITANDRE.

Je n'ay jamais eu d'autres ſentimens, belle Lucile,

& voila votre amie qui peut vous en rendre témoi-
gnage.

### CYDALISE.

Je suis caution de la bonté de votre cœur, & vous
touchez au moment de la justifier par vous-mesme ;
mais moy qui n'entre pour rien dans l'avanture, &
qui n'ay point en veuë de conclusion, quel personnage
est-ce que je fais dans tout cecy, & que dira-t'on,
je vous prie ?

### MERLIN.

On dira qu'on se fait pendre par compagnie, &
par compagnie il ne tiendra qu'à vous de vous faire
épouser ; mon Maître a tant d'amis, vous n'avez
qu'à dire.

### LISETTE.

Prenez-en quelqu'un, Madame ; plus on est de fous,
plus on rit : allons, déterminez-vous.

### MERLIN.

Je me donne au diable, pendant que nous sommes
en train, il me prend envie d'épouser Lisette aussi par
compagnie, moy ; c'est une chose bien contagieuse
que l'exemple.

### CLITANDRE.

Je voudrois que le nôtre la pût engager à nous imiter, & j'ay un jeune homme de mes amis qui s'est
broüillé depuis quelques jours avec sa famille.

### MERLIN.

Voila le vray moyen de le racommoder. Le cœur
vous en dit-il ?

### CYDALISE.

Non, ces sortes d'alliances-là ne me plaisent point ;
je ne dépens de personne, je veux prendre un mary
aussi indépendant que moy.

### MERLIN.

C'est bien fait, il n'est rien tel que d'avoir tous
deux la bride sur le coû. Mais voicy votre Marquis,
qui vient au rendez-vous ; je vais voir si tout se prépare pour votre souper.

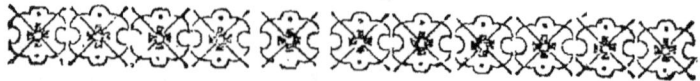

# SCENE VI.

## LE MARQUIS, CLITANDRE, LUCILE, CYDALISE, LISETTE.

### LE MARQUIS.

SErviteur, mon amy. Ah, Mefdames, je fuis ravy de vous voir; vous m'attendiez, c'eft bien fait, je fuis l'ame de vos parties, j'en conviens; le premier mobile de vos plaifirs, je le fçay ; où en fommesnous? le fouper eft-il preft : épouferons-nous ? auronsnous du vin abondamment ? allons, de la gayeté, je ne me fuis jamais fenty de fi belle humeur, & je vous défie de m'ennuyer.

### CYDALISE.

En verité, Monfieur le Marquis, vous vous eftes bien fait attendre.

### LISETTE.

Cela feroit beau, qu'un Marquis fût le premier au rendez-vous ! on croiroit qu'il n'auroit rien à faire.

### LE MARQUIS.

Je vous affure, Mefdames, qu'à moins de voler, on ne peut pas faire plus de diligence ; il n'y a pas en verité trois quarts-d'heure que je fuis parti de Verfailles. Vous connoiffez ce cheval barbe, & cette jument arabe, que je mets ordinairement à ma chaife, il n'y a pas deux meilleurs animaux pour un rendezvous de viteffe.

### CLITANDRE.

Quelle affaire fi preffée . . . . .

## LE MARQUIS.
Et un Poſtillon . . . . . un Poſtillon qui n'eſt pas plus
gros que le poing, & qui va comme le vent; ſi nous
n'avions pas, nous autres, de ces voitures volantes-
là, nous manquerions la moitié de nos occaſions.

## LUCILE.
Et depuis quand, Monſieur le Marquis, vous meſ-
lez-vous d'aller à Verſailles ? il me ſemble que vous
faites ordinairement votre cour à Paris.

## LE MARQUIS.
Hé bien, qu'eſt-ce, mon cher ? te voila au comble
des plaiſirs, tu vas nager dans les delices, tu ſçais
l'intereſt que je prens à tout ce qui te touche : quelle
felicité, lorſque deux cœurs bien épris approchent au
moment attendu . . . . . là, qu'on ſe voit à la queuë du
roman. Sangaride, ce jour eſt un grand jour pour
vous.

## CLITANDRE.
Je reſſens mon bonheur dans toute ſon étenduë.
Mais dis moy, je te prie, as-tu paſſé, comme tu
m'avois promis, chez ce Joüallier, pour ces diamans.

## LE MARQUIS.
Et vous, la belle Couſine, qu'eſt-ce ? le cœur ne
vous en dit-il point ? il faut que l'exemple vous encou-
rage : ne voulez-vous point, en vous mariant, payer
vos dettes à l'amour & à la nature : fy, que cela eſt
vilain, d'eſtre une grande inutile dans le monde !

## CYDALISE.
L'état de fille ne m'a point encore ennuyée.

## LE MARQUIS.
Ce ſera quand il vous plaira au moins, que nous ferons quelque marché de cœur enſemble; je ſuis fait
pour les Dames, & les Dames ſans vanité ſont auſſi
faites pour moy; je veux eſtre des-honoré, ſi je ne
vous trouve fort à mon gré: je me ſens meſme de la
diſpoſition à vous aimer un jour à l'adoration, à la
fureur; mais point de mariage au moins, point de
mariage; j'aime les amours ſans conſequence, vous

m'entendez bien.

### LISETTE.

Vrayment, ce difcours-là eft affez clair, il n'a pas befoin de commentaire. Quoy, Monfieur le Marquis....

### LE MARQUIS.

Il n'eft pas connoiffable depuis qu'il me hante, ce petit homme ; il eft vray que je n'ay pas mon pareil pour débourgeoifer un enfant de famille, le mettre dans le monde, le pouffer dans le jeu, luy donner le bon goût pour les habits, les meubles, les équipages. Je le méne un peu roide ; mais ces petits Meffieurs-là ne font-ils pas trop heureux, qu'on leur infpire les manieres de Cour, & qu'on leur apprenne à fe rüiner en deux ou trois ans ?

### LUCILE.

Avez-vous bien des écoliers ?

### LE MARQUIS.

A propos, où eft Merlin, je ne le voy point icy ; c'eft un joly garçon, je l'aime, je le trouve admirable pour faire une reffource, pour écarter les Creanciers, amadoüer des Ufuriers, perfuader des Marchands, démeubler une maifon en un tour de main. Que ton Pere a eu de prevoyance, d'efprit, de jugement, de te laiffer un gouverneur auffi fage, un œconome auffi entendu ! Ce coquin-là vaut vingt mille livres de rente comme un foû à un enfant de famille.

# SCENE VII.

## MERLIN, LE MARQUIS, CLITANDRE.

### MERLIN.

Messieurs & Mesdames, quand vous voudrez entrer, le souper est tout prest.

### LE MARQUIS.

Ouy, c'est bien dit, ne perdons point de temps ; je vous disois bien que Merlin estoit un joly garçon : je me sens en disposition louable de bien boire du vin, vous allez voir si j'en tiens raisonnablement ; allons, Mesdames, qui m'aime me suive.

### CLITANDRE.

Les momens sont trop chers aux Amans, n'en perdons aucun.

# SCENE VIII.

### MERLIN.

Voila, Dieu mercy, les affaires en bon train, nos amans sont en joye ; fasse le Ciel que cela dure long-temps ! Mais que vois-je ? voila, je croy, Jaquinet, le valet de notre bon-homme.

## SCENE IX.

### JAQUINET, MERLIN.

#### JAQUINET.

A La fin me voila. Hé, bon jour, Merlin, foyez le bien retrouvé ; comment te portes-tu ?

#### MERLIN.

Et vous, le mal revenu, Monfieur Jaquinet ; comment t'en va ?

#### JAQUINET.

Tu vois, mon enfant, le mieux du monde ; à la fatigue prés, nous avons fait un bon voyage.

#### MERLIN.

Comment, vous avez fait un bon voyage : tu n'es donc pas venu tout feul ?

#### JAQUINET.

La belle queftion ! vrayment non ; je fuis arrivé avec mon Maître ; & pendant qu'il eft allé avec le Caroffe de voiture faire vifiter à la Doüane quelques ballots de marchandife, il m'a fait prendre les devants pour venir dire à Monfieur fon fils, qu'il eft de retour en parfaite fanté.

#### MERLIN.

Voila une nouvelle qui le rejoüira fort ! qu'allons-nous faire ?

#### JAQUINET.

Qu'as-tu ? il femble que tu ne me fais guere bonne mine, & tu ne me parois pas trop content de notre arrivée.

#### MERLIN.

Je ne fuis pas celuy qu'elle chagrinera le plus : tout eft perdu. Et dis-moy, le bon-homme a-t'il affaire pour long-temps à cette Doüane ?

JAQUINET.

Non, il fera icy dans un moment.

MERLIN.

Dans un moment ! où me fourerai-je?

JAQUINET.

Mais que diable as-tu donc ? parle.

MERLIN.

Je ne fçaurois. Ah ! le maudit vieillard ! Revenir fi
mal-à-propos, & ne pas avertir qu'il revient, encore !
cela eft bien traître.

JAQUINET.

Te voila bien intrigué ; ce retour impreveu ne dé-
rangeroit-il point un peu vos petites affaires ?

MERLIN.

Oh non, elles font toutes dérangées, de par tous les
diables.

JAQUINET.

Tant pis.

MERLIN.

Jaquinet, mon pauvre Jaquinet, aide moy un peu
à fortir d'intrigue, je te prie.

JAQUINET.

Moy ! que veux-tu que je faffe ?

MERLIN.

Va te repofer, entre au logis, tu trouveras bonne
compagnie ; ne t'effarouche point, on te fera boire de
bon vin de Champagne.

JAQUINET.

Cela n'eft pas bien difficile.

MERLIN.

Dis à mon Maître que fon Pere eft de retour ; mais
qu'il ne s'embaraffe point, je vais l'attendre icy, &
tâcher de faire en-forte que nous puiffions... Je me
donne au diable fi je fçay comment m'y prendre ; dis-
luy qu'il fe tienne en repos, & toy commence par t'enyvrer, & tu t'iras coucher ; bon foir.

JAQUINET.

J'executeray tes ordres à merveille, ne te mets pas
en peine.

# SCENE X.

### MERLIN *seul.*

ALlons, Merlin, de la vivacité, mon enfant, de la presence d'esprit. Cecy est violent : un Pere qui revient en impromptu d'un long voyage ; un fils dans la débauche ; sa maison en desordre, pleine de cuisiniers ; les apprêts d'une nôce prochaine ; il faut se tirer d'embarras pourtant. Ah ! le voicy, tenons-nous un peu à l'écart, & songeons d'abord aux moyens de l'empescher d'entrer chez luy.

# SCENE XI.

### GERONTE, MERLIN.

#### GERONTE.

ENfin aprés bien des travaux & des dangers, voilà, grace au Ciel, mon voyage heureusement terminé ; je retrouve ma chere maison, & je croy que mon fils sera bien sensible au plaisir de me revoir en bonne santé.

#### MERLIN *à part.*

Nous le serions bien davantage à celuy de te sçavoir encore bien loin d'icy.

#### GERONTE.

Les enfans ont bien de l'obligation aux peres qui se donnent tant de peine pour leur laisser du bien.

#### MERLIN.

Ouy, mais ils n'en ont gueres à ceux qui reviennent si mal-à-propos.

GERONTE.

Je ne veux pas differer davantage à rentrer chez moy,
& à donner à mon fils le plaisir que luy doit causer mon
retour : je croy que le pauvre garçon mourra de joye en
me voyant.

MERLIN *à part.*

Je le tiens déja plus que demi mort ; mais il faut l'a-
border. ( *haut* ) Que vois-je ? juste Ciel ! suis-je bien
éveillé ? est-ce un spectre ?

GERONTE.

Je croy, si je ne me trompe, que voila Merlin.

MERLIN.

Mais vrayment, c'est Monsieur Geronte luy-mesme,
ou c'est le diable sous sa figure : serieusement parlant,
seroit-ce vous, mon cher Maître ?

GERONTE.

Ouy c'est moy, Merlin, comment te portes-tu ?

MERLIN.

Vous voyez, Monsieur, fort à votre service, comme un serviteur fidele, gay, & gaillard, & toujours
prest à vous obéïr.

GERONTE.

Voila qui est bien ; entrons au logis.

MERLIN.

Nous ne vous attendions point, je vous assure, &
vous estes tombé des nües pour nous en verité.

GERONTE.

Non, je suis venu par le Carrosse de Bordeaux, où
mon vaisseau est heureusement arrivé depuis quelques
jours. . . mais nous serons aussi bien. . .

MERLIN.

Que vous vous portez bien ! quel visage ! quel em-
bonpoint ! il faut que l'air du païs d'où vous venez soit
merveilleux pour les gens de votre âge ; vous y deviez
bien demeurer, Monsieur, pour votre santé & pour
notre repos.

GERONTE.

Comment se porte mon fils ? a-t'il eu grand soin de

mes affaires ? & mes deniers ont-ils bien profité entre
fes mains ?

### MERLIN.

Oh pour cela, je vous en répons, il s'en eft fervy d'u-
ne maniere... vous ne fçauriez comprendre comme
ce jeune homme-là aime l'argent ; il a mis vos affaires dans un état dont vous ferez étonné fur ma parole.

### GERONTE.

Que tu me fais de plaifir, Merlin, de m'aprendre une
fi bonne nouvelle ! je trouveray donc une groffe fomme d'argent qu'il aura amaffée ?

### MERLIN.

Point du tout, Monfieur.

### GERONTE.

Comment, point du tout ?

### MERLIN.

Et non, vous dis-je ; ce garçon-là eft bien meilleur
ménager que vous ne penfez, il fuit vos traces, il fatigue fon argent à outrance, & fi-toft qu'il a dix piftoles, il les fait travailler jour & nuit.

### GERONTE.

Voila ce que c'eft de donner aux enfans de bonnes
leçons, & de bons exemples à fuivre ; je me meurs
d'impatience de l'embraffer : allons, Merlin.

### MERLIN.

Il n'eft pas au logis, Monfieur ; & fi vous eftes fi
preffé de le voir . . .

# SCENE XII.

## M. ANDRE', GERONTE, MERLIN.

### M. ANDRE'.

Bon jour, Monſieur Merlin.

### MERLIN.

Votre valet, Monſieur André, votre valet. Voila un coquin d'uſurier qui prend bien ſon temps pour venir demander de l'argent !

### M. ANDRE'.

Sçavez-vous bien, Monſieur Merlin, que je ſuis las de venir tous les jours ſans trouver votre Maître, & que s'il ne me paye aujourd'huy, je le feray coffrer demain, afin que vous le ſçachiez.

### MERLIN.

Nous voila gaſtez.

### GERONTE.

Quelle affaire avez-vous donc...

### MERLIN.

Je vous l'expliqueray tantoſt, ne vous mettez pas en peine.

### M. ANDRE'.

Une affaire de deux mille écus qui me ſont dûs par ſon Maître, dont j'ay le billet, & en vertu d'iceluy une bonne Sentence par corps, que je vais faire mettre à execution.

### GERONTE.

Qu'eſt-ce que cela veut dire, Merlin ?

### MERLIN.

C'eſt un maraut qui le feroit comme il le dit.

**GERONTE.**

Clitandre vous doit deux mille écus ?

**M. ANDRE'.**

Ouy, juſtement, Clitandre, un enfant de famille, dont le pere eſt allé je ne ſçay où, & qui ſera bien ſurpris à ſon retour quand il apprendra la vie que ſon fils mene pendant ſon abſence.

**MERLIN.**

Cela va mal.

**M. ANDRE'**

Autant que le fils eſt joüeur, dépenſier, & prodigue, autant le pere, à ce qu'on dit, eſt un vilain, un ladre, un feſſe-mathieu.

**GERONTE.**

Que voulez-vous dire avec votre ladre, & votre feſſe-mathieu ?

**M. ANDRE'.**

Ce n'eſt pas de vous dont je veux parler, c'eſt du pere de Clitandre, qui eſt un ſot, un imbecille.

**GERONTE.**

Merlin......

**MERLIN.**

Il vous dit vray ; Monſieur, Clitandre luy doit deux mille écus.

**GERONTE.**

Et tu dis qu'il a eſté d'une ſi bonne conduite ?

**MERLIN.**

Ouy, Monſieur, c'eſt un effet de ſa bonne conduite de devoir cet argent-là.

**GERONTE.**

Comment ? emprunter deux mille écus d'un uſurier ; car je vois bien à la mine, que Monſieur eſt du métier.

**M. ANDRE'.**

Ouy, Monſieur, & je vous croy auſſi de la profeſſion.

**MERLIN.**

Comme les honneſtes gens ſe connoiſſent !

GERONTE.

Tu appelles cela l'effet d'une bonne conduite ?

MERLIN.

Paix, ne dites mot ; quand vous fçaurez le fond de cette affaire-là, vous ferez charmé de Monfieur votre fils ; il a acheté une maifon de dix mille écus.

GERONTE.

Une maifon de dix mille écus ?

MERLIN.

Qui en vaut plus de quinze ; & comme il n'avoit que vingt-quatre mil francs d'argent comptant, pour ne pas manquer un fi bon marché, il a emprunté les deux mille écus en queftion de l'honnefte fripon que vous voyez : vous n'eftes plus fi fâché que vous eftiez, je gage.

GERONTE.

Au contraire, je ne me fens pas de joye. Oh ça, Monfieur, ce Clitandre qui vous doit de l'argent eft mon fils.

MERLIN.

Et Monfieur eft fon Pere, entendez-vous.

M. ANDRE'.

J'en ay bien de la joye.

GERONTE.

Ne vous mettez point en peine de vos deux mille écus, j'approuve l'employ que mon fils en a fait, revenez demain, c'eft de l'argent comptant.

M. ANDRE'.

Soit, je fuis votre valet.

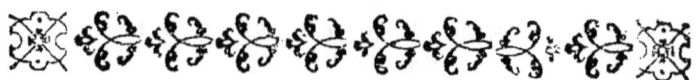

# SCENE XIII.

## GERONTE, MERLIN.

### GERONTE.

ET dis-moy un peu, dans quel endroit de la Ville mon fils a-t'il acheté cette maison?

### MERLIN.

Dans quel endroit?

### GERONTE.

Ouy, il y a des quartiers meilleurs les uns que les autres: celuy-cy par exemple. . . . .

### MERLIN.

Mais vrayment, c'est aussi dans celuy-cy qu'il l'a achetée.

### GERONTE.

Bon, tant mieux; où cela?

### MERLIN.

Tenez, voyez-vous bien cette maison couverte d'ardoise, dont les fenestres sont reblanchies depuis peu?

### GERONTE.

Ouy, hé bien?

### MERLIN.

Ce n'est pas celle-là; mais un peu plus loin à gauche, là. . . cette grande porte cochere qui est vis-à-vis de cette autre qui est vis-à-vis d'elle, là. . . . . dans cette autre ruë.

### GERONTE.

Je ne sçaurois voir cela d'icy.

### MERLIN.

Ce n'est pas ma faute.

GERONTE.

Ne seroit-ce point la maison de Mad. Bertrand ?

MERLIN.

Justement, de Madame Bertrand, la voila, c'est
une bonne acquisition, n'est-ce pas ?

GERONTE.

Ouy vrayment ; mais pourquoy cette femme-là
vend-elle ses heritages ?

MERLIN.

On ne prévoit pas tout ce qui arrive : il luy est sur-
venu un grand malheur, elle est devenuë folle.

GERONTE.

Elle est devenuë folle.

MERLIN.

Ouy, Monsieur, sa famille l'a fait interdire ; & son
fils, qui est un dissipateur, a donné sa maison pour
moitié de ce qu'elle vaut. Je m'embourbe icy de
plus en plus.

GERONTE.

Mais elle n'avoit point de fils quand je suis party.

MERLIN.

Elle n'en avoit point ?

GERONTE.

Non assurément.

MERLIN.

Il faut donc que ce soit sa fille.

GERONTE.

Je suis fâché de son accident ; mais je m'amuse icy
trop long-temps, fais-moy ouvrir la porte.

MERLIN.

Ouf, nous voila dans la crise.

GERONTE.

Te voila bien consterné : seroit-il arrivé quelqu'accident à mon fils ?

MERLIN.

Non, Monsieur.

GERONTE.

M'auroit-on volé pendant mon absence ?

MERLIN.

Pas tout à fait . . . . . que luy diray-je ?

GERONTE.

Explique-toy donc, parle.

MERLIN.

J'ay peine à retenir mes larmes ; n'entrez pas, Monfieur ; votre maifon, cette chere maifon que vous aimiez tant, depuis fix mois . . . .

GERONTE.

Hé bien, ma maifon depuis fix mois . . . .

MERLIN.

Le diable s'en eft emparé, Monfieur, il nous a fallu déloger à my-terme.

GERONTE.

Le diable s'eft emparé de ma maifon ?

MERLIN.

Ouy, Monfieur, il y revient des lutins fi lutinants ... c'eft ce qui a obligé votre fils à acheter cette autre maifon ; nous ne pouvions plus demeurer dans celle-là.

GERONTE.

Tu te moques de moy, cela n'eft pas croyable.

MERLIN.

Il n'y a forte de niches qu'ils ne m'ayent faite : tantoft ils me chatoüilloient la plante des pieds, tantoft ils me faifoient la barbe avec un fer chaud, & toutes les nuits regulierement ils me donnoient des camouflets qui puoient le fouphre.

GERONTE.

Mais encore une fois, je croy que tu te moques de moy.

MERLIN.

Point du tout, Monfieur ; qu'eft-ce qu'il m'en reviendroit ? nous avons vû là deffus les meilleurs devinerefles de Paris, la du Vergé même ; il n'y a pas moyen de les faire déguerpir : ce diable-là eft furieufement tenace, c'eft celuy qui poffede ordinairement les femmes, quand elles ont le diable au corps.

### GERONTE.
Une frayeur soudaine commence à me saisir. Et dis-
moy, je te prie, n'ont-ils point esté dans ma cave?

### MERLIN.
Helas! Monsieur, ils ont fouragé par tout.

### GERONTE.
Ah! je suis perdu; j'ay caché en terre un sac de
cuir où il y a vingt mille francs.

### MERLIN.
Vingt mille francs! quoy, Monsieur, il y a vingt
mille francs dans votre maison?

### GERONTE.
Tout autant, mon pauvre Merlin.

### MERLIN.
Ah! voila ce que c'est, les diables cherchent les tre-
sors, comme vous sçavez; & en quel endroit?

### GERONTE.
Dans la cave.

### MERLIN.
Dans la cave, justement, c'est là où ils font leur
sabath: ah! si nous l'avions sçû plûtôt! Et de quel
costé, s'il vous plaist?

### GERONTE.
A gauche en entrant, sous une grande pierre noire
qui est à costé de la porte.

### MERLIN.
Sous une grande pierre noire vingt mille francs?
vous deviez bien nous en avertir, vous nous eussiez
épargné bien de l'embaras: c'est à gauche en entrant
dites-vous?

### GERONTE.
Ouy, l'endroit n'est pas difficile à trouver.

### MERLIN.
Je le trouveray bien; mais sçavez-vous bien, Monsieur, que vous joüiez là à nous faire tordre le cou? Et
toute la somme est-elle en or?

### GERONTE.
Toute en loüis vieux.

### MERLIN.

Bon , elle en fera plus aifée à emporter ; oh ça,
Monfieur, puifque nous fçavons la caufe du mal , il
ne fera pas difficile d'y remedier , je croy que nous
en viendrons à bout , laiffez-moy faire.

### GERONTE.

J'ay peine à me perfuader tout ce que tu me dis ; cependant on fait tant de contes fur ces matieres-là, que
je ne fçay qu'en croire : je m'en vais au devant de mes
hardes, & je reviens fur mes pas pour voir ce qu'il faut
faire en cette occafion. Qu'il y a de traverfes dans la
vie ! on ne fçauroit avoir un peu de bien, que les hommes ov le diable ne cherchent à vous l'attraper.

### MERLIN.

Le diable n'aura pas celuy-cy.

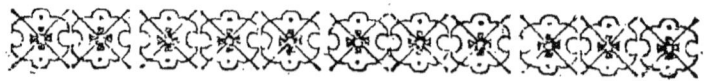

# SCENE XIV.

## LISETTE, MERLIN.

### LISETTE.

AH ! mon pauvre Merlin , eft-il vray que le pere
de ton Maiftre eft arrivé ?

### MERLIN.

Cela n'eft que trop vray ; mais pour nous en confoler, j'ay trouvé un trefor.

### LISETTE.

Un trefor.

### MERLIN.

Il y a dans la cave en entrant à gauche fous une grande pierre noire, un fac de cuir qui contient vingt mille
francs.

LISETTE

LISETTE.

Vingt mille francs ?

MERLIN.

Ouy, mon enfant, je te diray cela plus amplement;
cours au fac, au fac, c'est le plus pressé.

LISETTE

Mais si....

MERLIN.

Que le diable t'emporte avec tes si & tes mais :
j'entens Monsieur Geronte qui revient sur ses pas,
sauve-toy au plus viste, au fac, au fac; nous voila dans
un joly petit embarras, & vogue la galere.

# SCENE XV.

## GERONTE, MERLIN.

### GERONTE.

JE n'ay pas tardé, comme tu vois, j'ay trouvé mes
gens à deux pas d'icy, & je les ay fait demeurer ;
parce qu'il m'est venu en pensée de mettre mes balots
dans cette maison que mon fils a achetée.

MERLIN.

Nouvel embaras !

GERONTE.

Je ne la remets pas bien, vien-t'en m'y conduire toy-
mesme.

MERLIN.

Je le veux bien, Monsieur ; mais...

GERONTE.

Quoy, mais?

MERLIN.

Le diable ne s'est pas emparé de celle-là ; mais
Madame Bertrand y loge encore.

O

GERONTE.

Elle y loge encore ?

MERLIN.

Ouy vrayment, on eſt convenu qu'elle acheveroit le terme, & comme elle a l'eſprit foible, elle ſe met dans une fureur épouvantable quand on luy parle de la vente de cette maiſon, c'eſt-là ſa plus grande folie, voyez-vous.

GERONTE.

Je luy en parleray d'une maniere qui ne luy fera pas de peine : allons, vien.

MERLIN.

Oh pour le coup, tout eſt perdu.

GERONTE.

Tu me fais perdre patience ; je veux abſolument luy parler, te dis-je.

MERLIN.

Hé bien, Monſieur, parlez-luy donc, la voila qui vient heureuſement ; mais ſouvenez-vous toujours qu'elle eſt folle.

SCENE XVI.

GERONTE, Mad. BERTRAND, MERLIN.

Mad. BERTRAND.

COmment, voila Monſieur Geronte de retour, je penſe.

MERLIN.

Ouy, Madame, c'eſt luy-même ; mais il eſt revenu fou, ſon vaiſſeau a pery, il a bû de l'eau ſalée un peu plus que de raiſon, cela luy a tourné la cervelle.

### Mad. BERTRAND.

Quel dommage ! le pauvre homme !

### MERLIN.

S'il s'avise de vous accoster par hazard, ne prenez pas garde à ce qu'il vous dira, nous allons le faire enfermer. ( *à Geronte.* ) Si vous luy parlez, ayez un peu d'égard à sa foiblesse, songez qu'elle a le timbre un peu festé.

### GERONTE.

Laisse-moy faire.

### Mad. BERTRAND.

Il a quelque chose d'égaré dans la veuë.

### GERONTE.

Comme sa phisionomie est changée ! elle a les yeux hagards.

### Mad. BERTRAND.

Hé bien, qu'est-ce, Monsieur Geronte, vous voila donc de retour en ce pays cy?

### GERONTE.

Prest à vous rendre mes petits services.

### Mad. BERTRAND.

J'ay bien du chagrin en verité du malheur qui vous est arrivé.

### GERONTE.

Il faut prendre patience ; on dit qu'il revient des esprits dans ma maison, il faudra bien qu'ils en délogent quand ils seront las d'y demeurer.

### Mad. BERTRAND.

Des esprits dans sa maison ! Il ne faut pas le contredire, cela redoubleroit son mal.

### GERONTE.

Je voudrois bien, Madame Bertrand, mettre dans votre maison quelques ballots que j'ay rapportés de mon voyage.

### Mad BERTRAND.

Il ne se souvient pas que son vaisseau a pery, quelle pitié ! je suis à votre service, & ma maison est plus à vous qu'à moy-même.

GERONTE.

Ah ! Madame , je ne prétens point abuser de l'état
vous estes. Mais vrayment, Merlin, cette femme-
là n'est pas si folle que tu disois.

MERLIN.

Elle a quelquefois de bons momens ; mais cela ne
dure pas.

GERONTE.

Dites-moy , Madame Bertrand, estes-vous toûjours aussi sage , aussi raisonnable qu'à present ?

Mad. BERTRAND.

Je ne pense pas, Monsieur Geronte , qu'on m'ait
jamais veuë autrement.

GERONTE.

Mais si cela est , votre famille n'a point esté en droit
de vous faire interdire.

Mad. BERTRAND.

De me faire interdire, moy ! de me faire interdire !

GERONTE.

Elle ne connoist pas son mal.

Mad. BERTRAND.

Mais si vous n'estes pas ordinairement plus fou qu'à
present, je trouve qu'on a grand tort de vous faire
enfermer.

GERONTE.

Me faire enfermer ! voila la machine qui se detra-
que ; ça ça, changeons de propos : hé bien qu'est-ce,
Madame Bertrand, estes-vous fâchée qu'on ait vendu
votre maison ?

Mad. BERTRAND.

On a vendu ma maison?

GERONTE.

Du moins vaut-il mieux que mon fils l'ait achetée
qu'un autre, & que nous profitions du bon marché.

Mad. BERTRAND.

Mon pauvre Monsieur Geronte, ma maison n'est
point venduë, & elle n'est point à vendre.

### GERONTE.

Là, là, ne vous chagrinez point, je prétens que vous y ayez toujours votre appartement comme si elle étoit à vous, & que vous fussiez dans votre bon sens.

### Mad. BERTRAND.

Qu'est-ce-à-dire, comme si j'estois dans mon bon sens? allez, vous estes un vieux fou, un vieux fou à qui il ne faut point d'autre habitation que les petites maisons; les petites maisons, mon amy.

### MERLIN.

Estes-vous sage, de vous emporter contre un extravagant?

### GERONTE.

Oh parbleu, puisque vous le prenez sur ce ton-là, vous sortirez de la maison, elle m'appartient, & j'y feray mettre mes ballots malgré vous: mais voyez cette vieille folle!

### MERLIN.

A quoy pensez-vous de vous mettre en colere contre une femme qui a perdu l'esprit?

### Mad. BERTRAND.

Vous n'avez qu'à y venir, je vais vous y attendre: hom, l'extravagant! Hastez-vous de le faire enfermer, il devient furieux, je vous en avertis.

### MERLIN.

Je ne sçai pas comment je me tirerai de cette affaire.

# SCENE XVII.
## LE MARQUIS yvre, GERONTE, MERLIN.

### LE MARQUIS yvre.

QUe veut donc dire tout ce tintamare-là? vient-on, s'il vous plaist, faire tapage à la porte d'un honneste homme, & scandaliser toute une populace?

### GERONTE.

Merlin, qu'est-ce que cela veut dire?

O iij

##### MERLIN.

Les diables de chez vous font un peu yvrognes, ils
fe plaifent dans la cave.

##### GERONTE.

Il y a icy quelque fourberie , je ne donne point
là-dedans.

#### LE MARQUIS.

Il nous eft revenu que le Maiftre de ce logis vient
d'arriver d'un long voyage; feroit-ce vous par avanture ?

##### GERONTE

Ouy, Monfieur, c'eft moy-même.

#### LE MARQUIS.

Je vous en félicite : c'eft quelque chofe de beau que
les voyages , & cela façonne bien un jeune homme :
il faut fçavoir comme Monfieur votre fils s'eft façonné
pendant le vôtre ; les jolies manieres . . . ce garçon-
là eft bien genereux, il ne vous reffemble pas, vous-
eftes un vilain , vous.

##### GERONTE.

Monfieur , Monfieur. . . .

##### MERLIN.

Ces lutins-là font d'une infolence . . .

##### GERONTE.

Tu es un fripon.

#### LE MARQUIS.

Nous avons eu bien du chagrin , bien du foucy, bien
de la tribulation de votre retour, je veux dire de votre
abfence ; votre fils en a penfé mourir de douleur en
verité, il a pris toutes les chofes de la vie en dégouft,
il s'eft défait de toutes les vanités qui pouvoient l'attacher à la terre : richeffes, meubles , ajuftemens ; ce
garçon-là vous aime, cela n'eft pas croyable.

##### MERLIN.

Il feroit mort, je croy , de chagrin pendant votre
abfence fans cet honnefte Monfieur-là.

##### GERONTE.

Hé que venez-vous de faire chez moy, Monfieur,
s'il vous plaift?

LE MARQUIS.

Ne le voyez-vous pas bien fans que je vous le dife ?
j'y viens de boire du bon vin de Champagne, & en
fort bonne compagnie ; votre fils eft encore à table,
qui fe confole de votre abfence du mieux qu'il eft pof-
fible.

GERONTE.

Le fripon me ruine, il faut aller . . .

LE MARQUIS.

Alte-là, s'il vous plaift, je ne fouffriray pas que
vous entriez là-dedans.

GERONTE.

Je n'entreray pas dans ma maifon ?

LE MARQUIS.

Non, les lieux ne font pas difpofés pour vous recevoir.

GERONTE.

Qu'eft-ce-àdire ?

LE MARQUIS.

Il feroit beau, vrayment, qu'au retour d'un voyage, aprés une fi longue abfence, un fils qui fçait vivre, & que j'ay façonné, eût l'impoliteffe de recevoir
fon tres cher & honoré pere dans une maifon où il
n'y a que les quatre murailles ?

GERONTE.

Que les quatre murailles ! Et ma belle tapifferie, qui
me couftoit prés de deux mille écus, qu'eft-elle devenuë ?

LE MARQUIS.

Nous en avons eu dix-huit cent livres, c'eft bien
vendre.

GERONTE.

Comment bien vendre, une tenture comme celle-
là         LE MARQUIS.

Fy, le fujet eftoit lugubre, elle reprefentoit la
bruflure de Troye, il y avoit là-dedans un grand vilain
Cheval de bois, qui n'avoit ny bouche ny éperons ;
nous en avons fait un amy.

O iiij

GERONTE.

Ah pendard!

LE MARQUIS.

N'aviez-vous pas auſſi deux grands tableaux qui re-
preſentoient quelque choſe?

GERONTE.

Ouy, vrayment, ce ſont deux originaux d'un fameux Maiſtre, qui repreſentent l'enlevement des Sabines.

LE MARQUIS.

Juſtement, nous nous en ſommes auſſi défaits,
mais par delicateſſe de conſcience.

GERONTE.

Par délicateſſe de conſcience?

LE MARQUIS.

Un homme ſage, vertueux, religieux comme Monſieur Geronte : ah! il y avoit là une immodeſte Sabi-
ne, décolletée, qui... fy, ces nudités-là ſont ſcan-
daleuſes pour la jeuneſſe.

# SCENE XVIII.

## Mad. BERTRAND, GERONTE, LE MARQUIS, MERLIN.

### Mad. BERTRAND.

AH vrayment, je viens d'apprendre de jolies choſes, Monſieur Geronte ; & votre fils, à ce qu'on
dit, engage ma niéce dans de belles affaires.

GERONTE.

Je ne ſçay ce que c'eſt que votre niece, mais mon
fils eſt un coquin, Madame Bertrand.

MERLIN.

Ouy, un débauché, qui m'a donné de mauvais
conſeils, & qui eſt cauſe...

LE MARQUIS.

Ne nous plaignons point les uns des autres, & ne

parlons point mal des abfens, il nefaut point condamner les perfonnes fans les entendre; un peu d'attention, Monfieur Geronte. Il eft conftant que fi ... vous
prenez les chofes du bon cofté ... quand vous ferez
content, tout le monde le fera .. d'ailleurs comme
dans tout cecy, il n'y a pas de votre faute, vous n'avez
qu'à ne point faire de bruit, on n'aura pas le mot à
vous dire.

### GERONTE.

Allez au diable, avec votre galimathias ; mais que
vois-je ! mon fac & mes vingt-mille francs qu'on
emporte.

### Mad. BERTRAND.

C'eft cette coquine de Lifette & maniece.

### GERONTE.

Et mon fripon de fils : ah ! miferable !

# SCENE DERNIERE.

## Mad. BERTRAND, GERONTE, LE MARQUIS, CLITANDRE, MERLIN.

### CLITANDRE.

IL ne faut pas, mon Pere, abufer plus long-temps
de votre credulité : tout cecy eft un effet du zele &
de l'imagination de Merlin pour vous empêcher d'entrer chez vous, où j'eftois avec Lucile dans le deffein
de l'époufer ; je vous demande pardon de ma conduite
paffée, confentez à ce mariage, je vous prie, on vous
rendra votre argent, & je promets que vous ferez
content de moy dans la fuite.

### GERONTE à *Merlin*.

Ah ! pendard, tu te moquois de moy ?

### MERLIN.

Cela eft vray, Monfieur.

O v

Mad. BERTRAND.

Lucile eſt ma niece, & ſi votre fils l'épouſe, je luy donneray un mariage dont vous ſerez content.

GERONTE.

Pouvez-vous donner quelque choſe ? & n'eſtes-vous pas interdite ?

MERLIN.

Elle ne l'eſt que de ma façon.

GERONTE.

Quoy ? la maiſon...

MERLIN.

Tout cela part de là.

GERONTE.

Ah malheureux ! mais ... qu'on me rende mon argent , je me ſens aſſez d'humeur à conſentir à ce que vous voulez ; c'eſt le moyen de vous empêcher de faire pis.

LE MARQUIS.

C'eſt bien dit, cela me plaiſt, touchez-là, Monſieur Geronte , vous eſtes un brave homme , je veux boire avec vous : allons nous remettre à table ; cela eſt heureux que vous ſoyez venu tout-à-propos pour eſtre de la nôce.

F I N.

# ATTENDEZ-MOY

# SOUS L'ORME,

## COMEDIE.

# ACTEURS.

**DORANTE**, Officier reformé, revenant de sa garnison, qui devient amoureux d'A-gathe.

**AGATHE**, Fille d'un Fermier, amoureuse de Dorante

**PASQUIN**, Valet de Dorante.

**LISETTE**, Amie d'Agathe.

**COLIN**, jeune Fermier, accordé avec Agathe.

Plusieurs Bergers & Bergeres qui estoient priez pour la Nôce de Colin & d'Agathe.

*La Scene est dans un Village de Poitou, sous l'Orme.*

*Atendez moi sous l'Orme.*

# ATTENDEZ-MOY
# SOUS L'ORME
## *COMEDIE.*

## SCENE PREMIERE.
### DORANTE, PASQUIN.
### PASQUIN.

OUR m'expliquer en termes plus clairs, j'ay avancé la depense du voyage depuis notre Garnison jusqu'à ce Village-cy, nous y avons déja séjourné quinze jours sur mes crochets ; je vous prie que nous comptions ensemble , & je vous demande mon congé.

### DORANTE.
O passambleu, tu prens bien ton temps !
### PASQUIN.
Hé , puis-je le mieux prendre , Monsieur ? Vous veniez d'estre reformé ; il faut bien que vous reformiez votre train.

### DORANTE.
Pasquin, quitter le service d'un Officier, c'est se broüiller avec la fortune.

### PASQUIN.

Ma foy, Monfieur, je me fuis broüillé avec elle dés le jour que je fuis entré chez vous : mais, Dieu mercy, je fuis au deffus de la fortune ; Je veux me tirer du monde.

### DORANTE.

Le fat ! ô le fat !

### PASQUIN.

Ouy, Monfieur, j'ay fait depuis peu des reflexions morales fur la vanité des plaifirs mondains : je fuis las d'eftre bien battu & mal nourry ; je fuis las de paffer la nuit à la porte d'un Lanfquenet, & le jour à vous détourner des Grifettes. Je fuis las enfin d'avoir de la condefcendance pour vos débauches, & de m'enyvrer au buffet, pendant que vous vous enyvrez à table. Il faut faire une fin, Monfieur. Je vay me rendre mary d'une certaine Lifette, qui eft le Bel-Efprit de ce Village-cy. Les plus jolies filles de Poitou la confultent comme un oracle, parce qu'elle a fait fes études fous une Coquette de Paris ; c'eft là où elle eft devenuë amoureufe de moy.

### DORANTE.

Hé, je n'ay point encore trouvé en mon chemin cette Lifette fi aimable, j'en fçais mauvais gré à mon étoile.

### PASQUIN.

Ce n'eft pas votre étoile, Monfieur, c'eft moy qui ay pris foin de vous cacher Lifette ; je l'ay trouvée trop jolie, pour vous la faire connoiftre. Mais cette digreffion vous fait oublier qu'il s'agit entre vous & moy d'une petite regle d'Arithmetique. Il y a huit ans que je vous fers. A vingt-cinq écus de gages, Somme totale fix cens livres ; fur quoy j'ay receu quelques coups de canne, coups de pied au cul ; partant refte toûjours fix cens livres, que je vous prie de me donner prefentement.

### DORANTE.

Quoy ? J'ay eu la patience de garder huit ans un coquin comme toy ?

**PASQUIN.**

Tout autant, Monfieur.

**DORANTE.**

Un maraut ?

**PASQUIN.**

Ouy, Monfieur.

**DORANTE.**

Huit ans, un Valet à pendre ?

**PASQUIN.**

Ah !

**DORANTE.**

A noyer, à écraſer ?

**PASQUIN.**

Il y a du malheur à mon affaire. Vous avez efté jufqu'à prefent tres-content de mon fervice, & vous ceffez de l'eftie dans le moment que je vous demande mes gages.

**DORANTE** *ſe radouciſſant.*

Pafquin, ce n'eft pas d'aujourd'huy que je fuis la dupe de ma bonté. Va, mon cher, je veux bien encore ne te point chaffer de chez moy.

**PASQUIN.**

Vrayment, Monfieur, ce n'eft pas vous qui me chaffez, c'eft moy qui vous demande mon congé, & les fix cens livres.

**DORANTE.**

Non, mon cœur, tu ne me quitteras point. Tu ne fçais ce qu'il te faut. La vie champeftre ne convient point à un intriguant, un fourbe.

**PASQUIN.**

Je fçais bien que j'ay tous les talens pour faire fortune à la Ville ; mais je borne mon ambition à Lifette, à qui j'apporte en mariage les fix cens livres, dont je vay vous donner quittance.

*Pafquin tire de ſa poche du papier.*

**DORANTE** *luy arreſtant la main.*

Pefte foit du faquin ! tu n'as que tes affaires en tête.

Parlons un peu des miennes.    J'épouse demain la pe
tite Fermiere Agathe.  J'ay si bien fait par mon ma-
nege , que le pere est à present aussi amoureux de moy
que sa fille.   Elle a dix mille écus , Pasquin.

### PASQUIN.

Vous n'avez que vos affaires en teste ,  reparlons un
peu des miennes.

### DORANTE.

Agathe m'attend chez elle à  quatre heures , &
avant que d'y aller, j'ay à regler certaines choses avec
le Notaire.

### PASQUIN

Monsieur, il n'y a que deux mots à mon affaire.

### DORANTE.

Le Notaire m'attend , Pasquin.

### PASQUIN.

Mon congé, & mes gages?

### DORANTE.

Oh , puisque tu veux absolument que nous finissions
d'affaire ensemble . . .

### PASQUIN.

Si ce n'estoit pas pour une occasion aussi pressante. ..

### DORANTE.

Il faut faire un effort. . . .

### PASQUIN.

Je ne vous importunerois pas.

### DORANTE.

Quelque peine que cela me fasse . . .

### PASQUIN.

Voicy la quittance

### DORANTE *prenant la quittance.*

Va , je te donne ton congé.

### PASQUIN.

Et mes gages , Monsieur ?

### DORANTE.

Tu m'attendris, Pasquin, je ne veux pas te voir
davantage.

# SCENE II.

### PASQUIN *seul.*

LE fcelerat ! Je n'ay plus rien à ménager avec cet homme-là. Lifette me follicite de rompre fon mariage avec Agathe : Allons voir ce qui en fera.

# SCENE III.

### PASQUIN, LISETTE.

### PASQUIN.

HA , te voila !

### LISETTE.

Il y a une heure que je te cherche.   Es-tu d'accord avec ton Maiftre?

### PASQUIN.

Peu s'en faut.  Il ne s'agiffoit entre luy & moy que de deux articles. Je luy demandois mon congé & mes gages , il a partagé le differend par moitié , il m'a donné mon congé , & me retient mes gages.

### LISETTE.

Et tu gardes des mefures avec cet homme là ? Te feras-tu encore tirer l'oreille pour m'aider à rompre fon mariage en faveur de mon pauvre frere Colin , à qui Agathe eftoit promife : Il ne tient qu'à toy de rendre la joye à tout le Village.   Ce n'éroit que feftes ,

danſes & chanſons preparées pour les noces de Colin
& d'Agathe ; & depuis que ton Officier reformé eſt
venu nous enlever le cœur de cette jolie Fermiere,
toute notre galanterie Poitevine eſt en deüil.

### PASQUIN.

Je ne manque pas de bonne volonté, mais je conſidere . . .

### LISETTE.

Et moy, je ne conſidere plus rien. Je ſuis bien
ſotte de prier quand j'ay droit de commander. Colin
eſt mon frere, & s'il n'épouſe point Agathe par ton
moyen, Liſette n'épouſera point Paſquin.

### PASQUIN.

Ouais! tu me mets bien librement le marché à la
main.

### LISETTE.

C'eſt que je ne ſuis pas comme la plûpart de celles
qui font de pareils marchez, je ne t'ay point donné
d'arrhes, & je rompray ſi . . .

### PASQUIN.

Doucement. C'a que faut-il donc faire pour ce petit frere Colin ? As-tu pris des meſures avec luy ?

### LISETTE.

Des meſures avec Colin ? Bon ; c'eſt un jeune Amant
à la franquette, qui n'eſt capable que de ſe tremouſ-
ſer à contre-temps. Il va, il vient, il pietine, il peſte
contre ſon infidelle, & toujours quelque raiſonnement
d'enfant qu'il veut qu'on écoute ; enfin, c'eſt un petit
obſtiné que j'ay eſté contrainte d'enfermer, afin qu'il
me laiſſât en paix travailler à ſes affaires. Je croy que
le voila encore.

## SCENE IV.

COLIN, LISETTE, PASQUIN.

LISETTE.

Quoy, petit lutin, tu feras toujours fur mes talons?

COLIN.

J'ay fauté par la feneftre de la falle où tu m'avois enfermé, pour te venir dire que tout le tripotage de veuve que tu veux faire pour attraper ce Dorante, par cy, par là, tantia que tout ça ne vaut rien.

LISETTE.

Mort de ma vie, fi tu..

PASQUIN.

Laiffe opiner Colin, il me paroift homme de tefte.

COLIN.

Affurément. J'ay trouvé un fecret pour qu'Agathe me r'aime ; & j'ay commencé à imaginer...

LISETTE.

Et va-t'en achever d'imaginer, laiffe-moy executer.

COLIN.

O, y faut que ce foit moy qui...

LISETTE.

O, ce ne fera pas toy qui..

COLIN

Je te dis que....

LISETTE.

Je te dis que tu te taifes.

### COLIN.

O, c'eſt moy qui ſuis l'amoureux, une fois, je veux parler tout mon ſoû.

### LISETTE.

O, le petit mutin d'amoureux!

### COLIN.

Tenez, ſi Paſquin me dit que je n'ay pas pu d'eſprit que toy pour ce qui eſt d'Agathe, je veux bien m'en retourner dans la ſalle.

### LISETTE.

Ecoutons à cette condition.

### COLIN.

C'eſt que j'ay eune ruſé pour faire venir Agathe dans eun endroit où je vous cacheray tous deux.

### PASQUIN.

Fort bien!

### COLIN.

Et pi, quand a ſera là, je luy diray: ça, gn'a perſonne qui nous écoute, n'eſti pas vray, Agathe, qu'ou m'avez dit cent fois qu'ou m'aimiez? A dira, Oüy, Colin; car ça eſt vray. N'eſti pas vray, ſi rediray-je, que quand vous me dites ça, je dis moy que les paroles eſtoient belle & bonne, mais que ça ne tien guere, à moins qui n'y ait quelque choſe là qui ſignifie qu'ou n'oſeriez pu prendre d'autre mary que moy. Agathe dira: Ouy, Colin. N'eſt-il pas vray, ce ly feray-je encore, qu'un certain jour que l'épingle de votre colet étoit défaite, je le ſoulevis tout doucement, tout doucement . . .

### LISETTE.

O, va donc plus viſte, j'aime l'expedition.

### PASQUIN.

Ce recit promet beaucoup au moins; & nous ſerons cachez pour entendre tout cela?

### COLIN.

Aſſurément. Je ne barguigneray point à luy faire tout dire; car ſi a m'épouſe, l'épouſaille couvre tout, & ſi non, je ſuis bien aiſe qu'on ſçache que la recolte appartient à fti qui a défriché la terre. O donc, je diray à Agathe: N'efti pas vray, quand j'eu entr'ouvar votre colet, que je pris deffous un papier dans votre fein, & que fur ce papier vous m'aviez fagotté en las d'amour votre nom parmy le mien, pour montrer ce que je devions eftre l'un à l'autre.

## PASQUIN.

Et a dira, Ouy, Colin.

## COLIN.

O, a dira peut-eftre que c'eft qu'a dormoit : mais je fçay bien qu'a ne faifoit que femblant, car a fe réveillit tout jufte quand...

## LISETTE,

Hé bien enfin, quand elle aura tout dit...

## COLIN.

Vous fortirez tous deux de votre cache, & vous luy direz : Agathe, faut qu'ou vous mariez rien qu'avec Colin tout feul, ou nous allons dire par-tout qu'ous aymez deux hommes à la fois. O, a ne voudra pas.

## LISETTE.

O que fi, a voudra. Les femmes en font gloire.

## COLIN.

Faire gloire d'aimer un autre que fti avec qui on fe marie? Non, gnia point de femme comme ça dans tout le monde.

## PASQUIN.

Colin n'a pas voyagé. Ça, je juge que M. Colin imagine mieux que nous, mais nous executerons mieux que Colin. Partant, condamné à retourner dans la falle, jufqu'à ce que nous ayons befoinde luy.

## COLIN.

O! ne vla-t-il pas, qu'il dit comme Lifette, à caufe que... hé là là.

## LISETTE.

O va donc, ou je ne me mefle plus de tes affaires.

## COLIN.

J'y vas, mais j'enrage.

LISETTE *le pouffant.*

Hé, va donc.

# SCENE V.

## LISETTE, PASQUIN.

### LISETTE.

OH, nous voila délivrez de luy. Ca, il s'agit de guerir Agathe de l'entestement où elle est pour ton Maistre.

### PASQUIN.

Hon, quand l'amour s'est une fois emparé d'un cœur aussi simple que celuy d'Agathe, il est difficile de l'en chasser ; il se trouve mieux logé là que chez une Coquette.

### LISETTE.

J'avouë que les grands airs de ton Maistre ont saisi la superficie de son imagination ; mais le fond du cœur est encore pour Colin. Finissons. Il faut empêcher Agathe de sortir de chez elle, afin qu'elle ne vienne point rompre ces mesures que nous avons prises. Comment nous y prendrons-nous ?

### PASQUIN.

Hom. Attendez, nous luy avons fait venir des habits de Paris. Si j'allois luy dire que mon Maistre veut qu'elle les mette, la coëffure seule suffit pour amuser une femme toute la journée.

### LISETTE.

La voicy qui vient, songe à la renvoyer chez elle.

# SCENE VI.

## AGATHE, LISETTE, PASQUIN.

### AGATHE.

OU eft donc ton Maiftre , Pafquin ? Il y a deux heures que je l'attends chez moy.

### PASQUIN.

Vous vous trompez , Madame, mon Maiftre eft trop amoureux pour vous faire attendre.

### LISETTE.

Je vous avois bien dit que fes empreffemens ne dureroient pas.

### AGATHE.

O, c'eft tout le contraire, Lifette. Dorante doit eftre aujourd'huy amoureux de moy à la folie, car il m'a promis que fon amour augmenteroit tous les jours, & il m'aimoit déja bien hier.

### LISETTE.

En une nuit il arrive de grandes révolutions dans le cœur d'un François.

### PASQUIN.

Ouy , fur la fin de ce fiecle-cy les amans & les faifons fe font bien déreglez ; le chaud & le froid n'y dominent plus que par caprice.

### LISETTE.

Oh , en Poitou nous avons une regle certaine ; c'eft que le jour des nôces le Thermometre de la tendreffe eft à fon plus haut degré, mais le lendemain il defcend bien bas.

### AGATHE.

Vous voulez me perfuader tous deux que Dorante

fera inconstant : mais il faudroit que je fusse folle pour craindre qu'il change. Quoy ? quand Colin me disoit tout simplement qu'il me seroit fidelle, je le croyois, & je ne croirois pas Dorante qui est Gentilhomme, & qui fait des sermens horribles qu'il m'aimera toujours ?

PASQUIN.

En amour les sermens d'un Courtisan ne prouvent rien, c'est le langage du pays.

LISETTE.

Si vous vouliez m'écouter une fois en votre vie, je vous ferois voir que Dorante . . .

AGATHE.

Parlons d'autre chose, Lisette.

PASQUIN.

Elle a raison : parlons des beaux habits que mon Maistre vous a fait venir.

AGATHE.

Ah, Pasquin, j'en suis charmée.

PASQUIN.

A propos, mon Maistre vouloit vous voir aujourd'huy parée.

AGATHE.

Je voudrois bien l'estre aussi, mais je ne sçay pas lequel je dois mettre des deux habits. Dis-moy, Pasquin, lequel aimera-t'il mieux de * l'innocente ou de la gourgandine?

PASQUIN.

La gourgandine a toujours esté du goust de mon Maistre.

AGATHE.

Il faut que les femmes de Paris ayent bien de l'esprit, pour inventer de si jolis noms !

PASQUIN.

Malepeste, leur imagination travaille beaucoup.

Elles

* Deux noms d'habits à la mode,

Elles n'inventent point de mode qui ne servent à cacher quelque défaut. Falbala par haut pour celles qui n'ont point de hanches, celles qui en ont trop le portent plus bas. Le col long, & les gorges creuses, ont donné lieu à la Steinquerque; & ainsi du reste.

### AGATHE.

Ce qui m'embarasse le plus, c'est la coëffure. Je ne pourray jamais venir à bout d'arranger tant de machines sur ma teste; il n'y a pas de place pour en mettre seulement la moitié.

### PASQUIN.

Oh, quand il s'agit de placer des fadaises, la teste d'une femme a plus d'étenduë qu'on ne pense. Mais vous me faites souvenir que j'ay icy le livre instructif que la Coëffeuse a envoyé de Paris. Il s'intitule : *Les Elemens de la Toilette, ou le Systême harmonique de la coëffeure d'une femme.*

### AGATHE.

Ah ! que ce livre doit-estre joly ;

### LISETTE.

Et sçavant.

### PASQUIN *tirant un livre de sa poche.*

Voicy le second tôme. Pour le premier, il ne contient qu'une Table alphabetique des principales piéces qui entrent dans la composition d'une Commode : comme,

La Duchesse, le solitaire,
La fontange, le chou,
Le teste à teste, la culbute,
Le Mousquetaire, le Croissant,
Le firmament, le dixiéme Ciel,
La pallissade, & la souris.

### AGATHE.

Ah, Pasquin ! cherche-moy l'endroit où le livre dit que se met la souris. J'ay un nœud de ruban qui s'appelle comme cela.

### PASQUIN.

C'est icy quelque part : Attendez. *Coëffure pour*

P

racourcir le visage. Ce n'est pas cela. *Petits tours
blonds à boucles fringantes pour les fronts étroits, &
les nez longs.* Je n'y suis pas. *Suplemens ingenieux
qui donnent du relief aux jouës plates.* Ouais! *Cornet-
tes fuyantes, pour faire sortir les yeux en avant.* Ha,
voici ce que vous demandez. *La souris est un petit nœud
de nompareille, qui se place dans le bois; nota qu'on
appelle petit bois un paquet de cheveux herissez, qui
garnissent le pied de la futaye bouclée.* Mais vous lirez
cela à loisir. Allez viste arranger votre toilette, je
vous envoiray mon Maistre si tôt qu'il aura finy une
petite affaire.

### AGATHE.

Qu'il ne me fasse pas attendre au moins. Adieu,
Lisette.　　　LISETTE.

Adieu, Agathe. On vient à bout de tout en ce monde, quand on sçait prendre chacun par son foible. Les
hommes par les femmes, les femmes par les habits;
ça il faut à present nous assurer de ton Maître.

### PASQUIN.

Il est chez le Notaire, il faut qu'il repasse par icy
pour aller chez Agathe, & je l'arrêteray pendant que
tu iras te déguiser en veuve.

### LISETTE.

Recapitulons un peu ce déguisement. Tu es bien
seur que ton Maître n'a jamais veu la veuve?

### PASQUIN.

Assurément. Sur la reputation qu'elle a dans Poitiers d'estre fort riche, mon fanfaron s'est vanté qu'elle estoit amoureuse de luy. Pour se vanger, elle a pris
plaisir à se trouver masquée à deux ou trois assemblées
où il étoit, de faire la passionnée; en un mot de se
moquer de luy, trouvant toujours des excuses pour ne
se point démasquer. C'est une gaillarde qui fait mille
plaisanteries de cette nature pour égayer son veuvage.

### LISETTE.

Puisque cela est ainsi, je contreferay la veuve comme si je l'étois.

**PASQUIN.**

Tant pis. Car on ne sçauroit bien contrefaire la veuve, qu'on n'ait contrefait la femme mariée. L'habit
est-il prest ?

**LISETTE.**

Ouy.

**PASQUIN.**

Voila mon Maître qui vient.

**LISETTE.**

Amuse-le pendant que je me déguiseray ; & aprés,
tu iras avertir Agathe qu'elle vienne nous surprendre,
tu la feras écouter notre conversation, laisse-moy faire.

**PASQUIN seul.**

Comment luy tourneray-je la chose ? Mais il ne
faut pas tant de façon avec mon Maître ; un homme
qui se croit aimé de toutes les femmes, en est aisément
la dupe.

# SCENE VIII.

## DORANTE, PASQUIN.

**PASQUIN.**

Monsieur, Monsieur ?

**DORANTE.**

Ne m'arreste point, Agathe m'attend.

**PASQUIN.**

Ce n'est plus de mes affaires que je veux vous parler
à present.

**DORANTE.**

Je meurs d'impatience de la voir. L'amour, Pasquin, l'amour ! Ah ! quand on a le cœur pris...

P ij

**PASQUIN.**

Fait comme vous estes, Monsieur, je n'euſſe jamais deviné que l'amour vous feroit perdre votre fortune.

**DORANTE.**

Que veux-tu dire par là ?

**PASQUIN.**

Que votre amour pour Agathe vous fait manquer cette veuve de cinquante mille écus.

**DORANTE·**

Hé, ne t'ay-je pas dit que la ſotte eſt devenuë inviſible à Poitiers ?

**PASQUIN.**

Apparement elle vouloit éprouver votre conſtance, l'heureux moment eſt venu ; elle eſt icy, Monſieur.

**DORANTE.**

Eſt-il poſſible ?

**PASQUIN.**

Il n'y a rien de plus vray, & depuis que vous m'avez quitté... Mais n'en parlons plus, vous avez le cœur pris pour Agathe.

**DORANTE.**

Acheve, Paſquin, acheve.

**PASQUIN.**

Amoureux comme vous eſtes, vous ne voudriez pas compre un mariage d'inclination pour vingt mille écus, plus ou moins.

**DORANTE.**

Il faudra ſe faire violence. Avec vingt mille écus on achete un Regiment, on eſt utile au Prince, tu ſçais qu'un Gentilhomme doit ſe ſacrifier pour les beſoins de l'Etat.

**PASQUIN·**

Entre nous, l'Etat n'a pas grand beſoin de vous, puiſqu'il vous a remercié de vos ſervices à la teſte de votre Compagnie.

**DORANTE.**

Parlons de la veuve, Paſquin.

### PASQUIN.

La veuve eſt venuë ce matin de Poitiers pour vos
beaux yeux , & depuis que vous m'avez quitté , on
vient de m'offrir de ſa part cent piſtoles , ſi je puis livrer votre cœur.

### DORANTE.

Je ſeray ravy de te faire gagner cent piſtoles. J'aime
à m'acquiter , Paſquin.

### PASQUIN.

En rabatant ſur les gages.

### DORANTE.

C'a que faut-il faire , mon cher cœur ?

### PASQUIN.

On eſt convenu avec moy , que le hazard ameneroit
la veuve ſous cet Orme dans un quart-d'heure.

### DORANTE.

Bon.

### PASQUIN.

J'ay promis que le hazard vous y conduiroit auſſi.

### DORANTE.

Fort bien.

### PASQUIN.

Il faut que vous vous promeniez ſans faire ſemblant
de rien. Elle va venir ſans faire ſemblant de rien. Pour
lors vous l'aborderez vous, en faiſant ſemblant de rien,
elle vous écoutera en faiſant ſemblant de rien. Voila
comme ſe font les mariages des Thuilleries.

### DORANTE.

Parbleu, tu es un homme adorable.

### PASQUIN.

C'a, préparez-vous à aborder la veuve en petit Maître , cachez-vous un œil avec votre chapeau, la main
dans la ceinture, le coude en avant , le corps d'un côté, & la teſte de l'autre ; ſur-tout, gardez-vous bien
de vous promener ſur une ligne droite , cela eſt trop
bourgeois.

### DORANTE.

Ce maraut-là en ſçait preſqu'autant que moy.

PASQUIN.

Voicy l'occasion, Monsieur, de faire profiter les talens que vous avez pour le grand art de la minauderie. Ah ! si vous pouviez vous souvenir de cette mine que vous fistes l'autre jour à la Comedie : là, une certaine mine qui perdit de reputation cette femme à qui vous n'aviez jamais parlé.

DORANTE.

Que tu es badin !

PASQUIN.

Voicy la veuve, Monsieur, faites semblant de rien. Hem, semblant de rien.

# SCENE IX.

## DORANTE, PASQUIN, LISETTE *en veuve.*

PASQUIN *à Dorante, en faisant signe à Lisette.*

N'Y a t'il rien de nouveau en Catalogne ? que dit-on de l'Allemagne ? vous avez receû des lettres de Flandres ? La promenade est bien deserte aujourd'huy. De quel costé vient le vent ? Mon Dieu, la belle journée !

DORANTE.

Pasquin, la veuve soupire.

PASQUIN.

Apparemment, c'est pour le deffunt.

DORANTE.

Il faut un peu la laisser ronger son frein. Elle est sensible aux bons airs. Je me sers de mes avantages.

PASQUIN.

Vous avez raison, votre geste est tout plein de me-

tite, & vous avez encore plus d'esprit de loin que de
prés. Si elle vous entendoit chanter, elle seroit charmée, Monsieur ; ne sçavez-vous point par cœur quel-
qué Impromptu de l'Opera nouveau ?

### DORANTE.

Je vay chanter pour me desennuyer, un petit air que
je fis à Poitiers pour cette charmante veuve. Hem.

### DORANTE chante.

*Palsembleu, l'Amour est un fat, l'Amour est un*
*    fat.*
*Sans égard pour ma naissance,*
*Il me fait soupirer, gemir, sentir l'absence,*
*Comme un Amant du tiers Estat.*
*Palsembleu, l'Amour, &c.*
*   Il n'est point de belle en France*
*Que je n'aye soumise à ce petit ingrat ;*
*Et pour toute recompense*
*Il m'enchaîne comme un forçat.*
*Palsembleu, l'Amour est un fat.*

### PASQUIN aprés que Dorante a chanté.

Vous estes l'Amour, Monsieur.

### DORANTE abordant la veuve.

C'est assez la faire languir. Ciel ! quelle avanture,
Pasquin ? Je croy que voila mon aimable invisible
dont je te parlois.

### PASQUIN.

C'est elle-meme.

### DORANTE.

Par quel bonheur, Madame, vons trouve-t'on dans
ce Village ?

### LISETTE.

J'y venois chercher la solitude, & pleurer en liberté.

### PASQUIN.

Retirons-nous donc, Monsieur : Il est dangereux
d'interrompre les larmes d'une veuve. La veuë d'un
joly homme fait rentrer la douleur en dedans.

DORANTE.

Je vous l'ay dit cent fois, charmante spirituelle, je suis le Cavalier de France le plus specifique pour la consolation des Dames.

LISETTE.

Un Cavalier fait comme vous ne sçauroit en consoler une, qu'il n'en afflige mille autres.

DORANTE.

Perissent de jalousie toutes les femmes du monde, pourvû que vous vouliez bien . . . . .

LISETTE.

Ah ! n'achevez pas, Monsieur, je crains que vous ne me fassiez des propositions que je ne pourrois entendre sans horreur ; car enfin il n'y a encore que huit ans que mon mary est mort.

PASQUIN.

Ah, Monsieur, vous allez r'ouvrir une playe qui n'est pas encore bien refermée.

DORANTE.

Ah, Pasquin, je sens que mon feu se rallume.

LISETTE.

Helas ! le pauvre deffunt m'aimoit tant !

PASQUIN.

Elle parle du deffunt, vos affaires vont bien.

LISETTE.

Il m'a fait promettre en mourant que je ne me
( *En baissant la voix.* )
remarierois point.

PASQUIN.

Profitez du moment, Monsieur : elle est femme ; & puisque sa parolle baisse, il faut qu'elle soit bien foible.

LISETTE *begayant.*

Je tiendray . . . ma promesse . . . ou bien . . .

PASQUIN.

Elle begaye, il est temps que je me retire.

# SCENE X.

### DORANTE, LISETTE.

#### DORANTE

VA t'en. Nous sommes seuls, Madame, accordez-moy donc enfin ce que vous m'avez tant de fois refusé à Poitiers, levez ce voile cruel . . .

#### LISETTE.

Monsieur, l'affliction m'a si fort changée . . .

#### DORANTE.

Hé, je vous conjure . . .

#### LISETTE *d'un ton de Prétieuse.*

Je ne dors point, la fatigue du carosse, la chaleur, la poussiere, le grand jour . . . vous me trouverez laide à faire peur.

#### DORANTE.

Je vous trouveray charmante.

#### LISETTE.

Vous le voulez ?

#### DORANTE.

Que vois-je ?

#### LISETTE.

Puisqu'il faut vous l'avouer, dés la seconde fois que je vous vis, je formay le dessein de faire votre fortune, mais je voulois vous éprouver. Ah, cruel ! falloit-il si tost vous rebuter ?

#### DORANTE.

Hé ; vous avois-je vûë, Madame ?

# SCENE XI.

## DORANTE, LISETTE, PASQUIN, AGATHE, *Pasquin amene Agathe pour écouter.*

### AGATHE *à part.*

C'Est donc pour cela qu'il me faisoit tant attendre?

### PASQUIN *à part.*

Ecoutez.

### DORANTE.

Je l'avouë franchement ; à votre refus j'avois baissé les yeux sur une petite Fermiere, parce que je trouvois une somme d'argent pour nettoyer de gros biens que j'ay en direction, mais d'honneur, je ne l'av jamais regardée que comme un enfant , une poupée avec quoy on se jouë ; & depuis les charmantes conversations de Poitiers, vous n'avez point desemparé mon cœur.

### AGATHE *à part.*

Le traitre !

### LISETTE.

Apparemment que je vous crois, puisque je veux bien vous donner ma main ; mais avant toute chose , il faut que vous disiez à Agathe, en ma presence, que vous ne l'avez jamais aimée.

### DORANTE.

En votre presence ?

### LISETTE.

Quoy, vous hesitez ?

### DORANTE.

Nullement. Mais enfin , dire en face à une femme que je ne l'aime point , c'est l'assassiner ; le coup ei

mortel, Madame, & je dois avoir des ménagemens
pour une pauvre petite creature, qui …

**LISETTE.**

Qui?

**DORANTE.**

Qui, puisqu'il faut vous faire la confidence, a eu
pour moy certaines foiblesses. Je suis galant homme.

**AGATHE** *à part.*

Comme il ment!

**DORANTE.**

Mais, Madame, je quitte tout pour vous suivre. Je
me laisse enlever, je vous épouse, faut-il d'autres
marques de mon amour?

**LISETTE.**

Au moins, je vous ordonne d'aller tout presentement rompre l'engagement que vous avez avec le pere.

**DORANTE.**

Oh, pour cela volontiers.

**LISETTE.**

Allez promptement, & revenez dans une demi-heu-
re m'attendre sous cet Orme.

**DORANTE.**

Je vay vous satisfaire.

**LISETTE.**

Sous l'Orme au moins.

# SCENE XII.

## AGATHE, LISETTE.

**AGATHE** *n'osant aborder la veuve.*

IL faut que je sçache d'elle … Mais me feray-je
connoistre apres ce qu'on luy vient de dire de moy?

P vj

LISETTE.

Mon Dieu, la jolie mignonne ! quelle eſt aimable !
me voulez-vous parler ?

AGATHE *n'oſant l'aborder.*

Non.

LISETTE.

Mais je crois vous avoir veu quelque part. N'eſtes-
vous pas la belle Agathe ?

AGATHE *n'oſant l'aborder.*

Je ne ſçay pas.

LISETTE.

Ne craignez rien, ma bouchonne ; vous m'aviez en-
levé mon Amant, mais je ſuis déja vangée, puiſqu'il
vous a ſacrifiée à moy.

AGATHE.

Le traitre !

LISETTE.

Vous eſtes bien fâchée, n'eſt-ce pas, de perdre un
ſi joly petit homme ?

AGATHE.

Je ne ſuis que fâchée de ce qu'il vous vient de dire
desfauſſetez de moy; il dit que j'ay eu des foib'eſſes pour
luy ; ah ! ne le croyez pas au moins, Madame, c'eſt
un méchant qui en dira tout autant de vous.

LISETTE *rit.*

Ha ha !

AGATHE.

Vous riez, eſt-ce que vous me ſoupçonnez de ce que
menteur-là vous a dit ?

LISETTE.

Dorante ne ſçauroit mentir, il eſt Gentilhomme.

AGATHE.

Que je ſuis malheureuſe ! Quoy vous croyez...

LISETTE *ſe dévoilant.*

Ouy, je croy...

AGATHE.

C'eſt Liſette !

### LISETTE.

Je croy, comme je l'ay toujours crû, que vous estes fort sage, & que Dorante est le plus grand scelerat.. Mais je suis contente, vous avez tout entendu. Ce n'est pas sa faute, comme vous voyez, si je ne suis qu'une fausse veuve. Hé bien, que vous dit le cœur presentement?

### AGATHE.

Helas! j'ay trahy Colin. Colin m'aime-t'il encore?

### LISETTE.

Il fera tout comme s'il vous aimoit; & si-tost que vous luy aurez dit un mot, il ne songera plus qu'à se vanger de Dorante.

### AGATHE.

Ah! qu'il ne s'y jouë pas. Dorante m'a dit qu'il estoit bien méchant.

### LISETTE.

Il s'agit d'une vangeance qui servira de divertissement à toute nostre petite societé galante. Il sera berné, qu'il ne manquera rien.

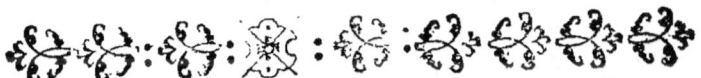

# SCENE XIII.

## COLIN, LISETTE, AGATHE.

#### COLIN sans appercevoir Agathe.

Pasquin me vient de dire que tout alloit bien pourveu que je patientisse; mais quand je devrois tout gaster, je ne serois plus me tenir en place. Je suis trop amoureux.

#### AGATHE fâchée d'avoir trahy Colin.

Ah! Colin, Colin!

COLIN *appercevant Agathe.*

Ce n'eſt pas de vous au moins, que je dis que je
fis amoureux : Il feroit bau var que j'aimiſſe encore
eune … ingrate !

AGATHE.

Il eſt vray.

COLIN.

Euue … infidelle !

AGATHE.

Ouy, Colin.

COLIN.

Eune changeuſe !

AGATHE.

Helas! je n'aime pas trop à changer, mais c'eſt
que cela me vint malgré moy tout d'un coup, parce-
que je n'avois jamais veu d'homme fait comme Dorante.

COLIN.

Ouy, vous eſtes une traitreſſe.

AGATHE.

Oh, pour traitreſſe, non. Ne vous avois-je pas
averti que je voulois aimer Dorante ?

COLIN *étoufant de colere.*

Eune … aouf, gnia pu moyen de retenir mon naturel. Baille-moy ta main.

AGATHE.

Ah ! Colin ! que je ſuis fâchée …

COLIN.

Ah ! que je fis aiſe, moy !

LISETTE.

Vous allez uſer toute votre tendreſſe, gardez-en un
peu pour quand vous ſerez mariez, vous en aurez beſoin. C'a, Dorante va venir m'attendre ſous l'Orme,
nous avons reſolu de nous moquer de luy. Pierrot,
Nanette & Licas nous doivent aider, ils ſont là tout
preſts, les voicy. Qui vous a donc avertis qu'il eſtoit
temps ?

# SCENE XIV.

## LISETTE, COLIN, AGATHE, NANETTE, LICAS, PIERROT.

### NANETTE.

NOus avons veu de loin qu'elle se laissoit baiser la main par Colin, nous avons jugé . . .
### COLIN.
C'est signe qu'al a retrouvé l'esprit qu'al avoit perdu.
### AGATHE.
Que je suis honteuse, Nanette, d'avoir esté trompée par un homme !
### NANETTE.
Helas ! à qui est-ce de nous autres que cela n'arrive point ? Mais nous allons faire voir à ce petit Coquet de Dorante, qu'il ne sçait pas son métier, puisqu'il donne le temps à une fille de faire des reflexions.
### LISETTE.
Tous vos petits rôles de railleries sont-ils prests ?
### NANETTE.
Bon ! nostre Licas & notre Pierrot feroient un Opera en deux heures.
### LISETTE.
Ouy, je vay vous donner votre rôle.
### NANETTE.
Voicy Dorante, retirez-vous, c'est-à moy à commencer.

*Ils se retirent, Dorante vient au rendez-vous que la veuve luy a donné.*

# SCENE XV.

## DORANTE, NANETTE, LICAS, &c.

### DORANTE.

Voicy à peu prés l'heure du rendez-vous ; J'ay bien fait de ne point voir ny le pere ny la fille ; si la veuve m'alloit manquer, je serois bien-aise de retrouver Agathe. J'entens des Villageois qui chantent, laissons-les passer.

NICAISE *finissant une Chanson à une Paysanne qui le fuit.*

### NANETTE.

Mon pauvre Nicaise, tu perds ton temps & ta chanson. Il est vray que je t'ay aimé, mais c'est justement pour cela que je ne t'aime plus. Ce sont là nos regles.

### NICAISE chante.

*Lors que tu me promis sous cet Orme fatal,*
*Que je triomphero's bien tost de mon Rival,*
*Tu m'en voulus donner une preuve certaine.*
*Ah ! que n'en a -je profité !*
*Je ne serois plus à la eine*
*De te reprocher ton infidelité.*

### NANETTE.

*Il est vray que ma franchise*
*Fut surprise*
*Par tes discours trompeurs, & par ton air charmant ;*
*Mais j'ay passé l'écueil du dangereux moment.*
*J'ay pensé faire la sottise,*
*Tu ne m'as pas prise au mot,*
*Tu seras le sot, tu seras le sot, tu seras le sot.*

DORANTE.

Ces Poitevines font galantes naturellement ; mais la veuve tarde beaucoup.

# SCENE XVI.

## DORANTE, PASQUIN.

### PASQUIN.

AH, Monfieur, nous joüions de malheur.

DORANTE.

Qu'y a-t'il donc ?

PASQUIN.

La veuve eft partie, Monfieur ; une de fes tantes eft venuë l'enlever à ma barbe. Tout ce que la pauvrette a pû faire, c'eft de fortir la tefte par la portiere du caroffe, & de me faire figne de loin, qu'elle ne laifferoit pas de vous aimer toujours.

DORANTE.

Se feroit-elle moquée de moy ?

PASQUIN.

Monfieur, j'ay fcellé votre Anglois, le voila attaché à la porte ; fi vous voulez fuivre le caroffe, il n'eft pas encore bien loin.

DORANTE.

Pafquin, il faut aller au plus certain. Je vay trouver Agathe, & conclure avec elle. La voicy juftement.

## SCENE XVII.

### DORANTE, AGATHE, PASQUIN.

##### AGATHE *à part.*

JE vais bien me moquer de luy. Ha vous voila, Monſieur, il faudra donc que je vous cherche tou-te la journée ?

#### DORANTE.

Ah pardon, ma charmante, j'ay eu une affaire in-diſpenſable.

#### AGATHE.

N'eſt-ce point plutoſt que vous m'auriez fait quel-que infidelité ?

#### DORANTE.

Que dites-vous-là, cruelle, injuſte, ingrate ? J'at-teſte le Ciel . . . .

#### AGATHE.

Hé là, là, ne jurez point. Je ſçay bien comme vous m'aimez.

#### DORANTE.

Mais vous qui parlez, eſt-ce aimer, que de pouvoir attendre juſqu'à demain ?

#### AGATHE.

Hé bien, marions-nous tont à l'heure.

#### DORANTE.

Dites donc au papa qu'il abrege les formalitez ; ces articles, ce contract me deſeſperent.

#### PASQUIN.

La ſotte coutume pour les Amans qui ſont bien preſſez !

AGATHE.

Nous irons dans un moment trouver mon pere, &
s'il nous fait trop attendre, nous nous marierons tous
deux tous seuls.

LE CHOEUR chante derriere le Theâtre.

*Attendez-moy sous l'Orme,*
*Vous m'attendrez long-temps.*

DORANTE.

Qu'entens-je ?

AGATHE.

C'est la nôce d'un nommé Colin. Vous ne le connoissez pas?

PASQUIN *faisant un saut, va joindre la nôce.*
Une noce ? ma foy je m'en vais danser.

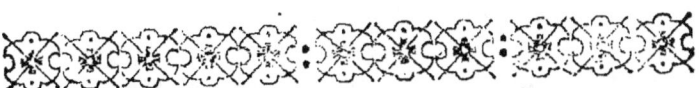

# SCENE XVIII.

## DORANTE, AGATHE.

### DORANTE.

ILs s'avancent, cedons-leur la place.

AGATHE.

Oh, il faut que je sois de cette noce-là.

DORANTE.

Quoy, vous pouvez differer un moment ?

AGATHE.

Si tôt que la noce sera faite nous nous marierons.

LE CHOEUR chante.

*Attendez-moy sous l'Orme,*
*Vous m'attendrez long-temps.*

DORANTE.

Pasquin, voicy bien des circonstances.

PASQUIN.

C'eſt le hazard, Monſieur.

DORANTE.

En tous cas, il faut faire bonne contenance. Fort
( *Dorante ſe meſle avec les Villageois* )
bien, mes enfans. Vive la Poitevine, Menuet de Poitou. Courage Paſquin.

On chante.

*Prenez la fillette*
*Au premier mouvement,*
*Car elle eſt ſujette*
*Au changement :*
*Souvent la plus tendre*
*Qu'on fait trop attendre*
*Se mocque de vous*
*Au rendez-vous.*

PASQUIN *ſe mocquant de Dorante.*

Nous ſommes trahis, on nous berne, Monſieur.

DORANTE.

Cecy me confond.

LISETTE chante à Dorante.

*Vous qui pour heritage*
*N'avez que vos appas,*
*L'argent, ny l'équipage*
*Ne vous manqueront pas ;*
*Malgré votre reforme*
*La veuve y pourvoira,*
*Attendez-la ſous l'Orme,*
*Peut-eſtre elle viendra.*

AGATHE chante à Dorante.

*La fille de Village*
*Ne donne à l'Officier*
*Qu'un amour de paſſage,*
*C'eſt le droit du Guerrier ;*
*Mais le Contract en forme*
*C'eſt le lot du Fermier,*
*Attendez moy ſous l'Orme,*
*Monſieur l'Avanturier.*

## COLIN chante.

*Un jour nôtre goulu de Chat*
*Tenoit la soury sous la pate ,*
*Mais al estoit pour ly tro delicate ,*
*Il la lâchy pour prendre un rat.*

### PASQUIN.

Voila de mauvais plaisans. Monsieur , votre cheval est scellé.

*( Dorante veut tirer l'epée. )*

### PIERROT *l'arrestant.*

Tout bellement , où nous ferons sonner le toxin sur vous.

### DORANTE.

Je viendray saccager ce Village-cy avec un Regiment que j'acheteray exprés.

### LISETTE.

Ce sera des deniers de la veuve.

*( Dorante s'en va )*

Le Village le poursuit en dançant & chantant,

*Attendez-moy sous l'Orme ,*
*Vous m'attendrez long-temps.*

## FIN.

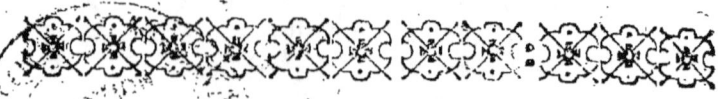

## APPROBATION.

J'AY lû *les Meneschmes* par ordre de Monsei-gneur le Chancelier, & n'y ay rien trouvé qui en doive empêcher l'impreſſion, Fait à Paris ce 19 Decembre 1705.

*Signé*, FONTENELLE.

## PRIVILEGE DU ROY.

LOUIS par la grace de Dieu, Roy de France & de Navarre : A nos amez & feaux Conſeillers, les Gens tenans nos Cours de Parlement, Maîtres des Requeſtes or-dinaires de notre Hôtel, grand Conſeil, Prevoſt de Paris, Baillifs, Senéchaux, leurs Lieutenants Civils, & autres nos Juſti-ciers qu'il appartiendra, SALUT. PIERRE RIBOU, Libraire à Paris, Nous a fait expoſer qu'il deſireroit faire imprimer une Comedie ſous le Titre des *Meneschmes*, & autres pieces de Theâtre du Sieur Regnard, s'il nous plaiſoit luy accorder nos Lettres de Privilege ſur ce neceſſaires : Nous avons per-mis & permettons par ces Preſentes audit Expoſant de faire ou faire faire l'impreſſion deſdites Comedies & Pieces de Theatre, en telle forme, marge, caractere, en un ou plusieurs volumes, & autant fois que bon luy semblera, & de les vendre ou faire vendre par tout notre Royaume, pendant le temps de *trois années* consecutives, à compter du jour de la datte desdites Presentes : Faisons défenses à toutes sortes de personnes, de quelque qualité & condition qu'elles soient, d'en introduire d'Impression étrangere en aucun lieu de notre o-beïssance ; & à tous Imprimeurs, Libraires, & autres, d'imprimer, faire imprimer & contrefaire lesdites Comedies & Pieces de Theatre en tout ny en partie, sous quelque pretexte que ce soit, sans la permission expresse & par écrit dudit Exposant ou de ceux qui auront droit de luy, à peine de confiscation des Exemplaires contrefaits, de 1500 l. d'amende contre les contrevenans dont un tiers à l'Hôtel-Dieu de Paris, un tiers au Denonciateur, & l'autre tiers à l'Exposant, & de tous dépens, dommages & interests : A la charge que ces Presentes seront registrées tout au long sur le Registre de la Communauté des Imprimeurs & Libraires de Paris, & ce dans trois mois de ce jour, que l'Impression de lad. Comedie, & Piéces de Theâtre sera faite dans nôtre Royaume & non ailleurs, & ce conformément aux Reglemens de la Librairie, & qu'avant de les exposer en vente, il en sera mis deux exemplaires dans notre Biblioteque publique, un dans celle de notre Château du Louvre, & un dans celle de notre tres cher & feal Chevalier Chancelier de France le Sieur Phelipeaux Comte de Pontchartrain, Commandeur de nos Ordres : le tout à peine de nullité des Presentes ; Du contenu desquelles vous mandons & enjoignons de faire jouïr l'Exposant ou ses ayans cause pleinement & paisiblement, sans souffrir qu'il leur soit fait aucun trouble ou empêchement : Voulons que la copie desdites Presentes, qui sera imprimée au commencement ou à la fin de ladite Comedie & Piéces de Theâtre, soit tenuë pour deuëment signifiée, & qu'aux copies collationnées par l'un de nos amez & feaux Conseillers & Secretaires, foy soit ajoûtée comme à l'Original. Commandons au premier notre Huissier ou Sergent, de faire pour l'execution des Presentes, tous actes requis & necessaires, sans autre permission, nonobstant clameur de Haro, Chartre Normande, & Lettres à ce contraires. Car tel est notre plaisir. Donne' à Versailles le vingt-septiéme jour de Decembre, l'an de grace mil sept cens cinq, & de notre regne le soixante troisiéme. *Signé*, Par le Roy en son Conseil, LE FEBVRE.

*Regiſtré ſur le Livre de la Communauté des Libraires & Imprimeurs de Paris, conformément aux Reglemens, & notamment à l'Arrêt du Conſeil du 13 Août 1703 A Paris ce 6 Janvier 1706. Signé GUERIN, Sjndl.*

www.ingramcontent.com/pod-product-compliance
Lightning Source LLC
Chambersburg PA
CBHW050318030726
47505CB00003B/760